Une poignée de seigle

Collection de romans d'aventures
créée par Albert Pigasse

Agatha Christie

Une poignée de seigle

Nouvelle traduction de Marie Franck

ÉDITIONS DU MASQUE
17, rue Jacob, 75006 PARIS

Titre de l'édition originale :

A POCKET FULL OF RYE

A Bruce Ingram
qui a aimé et publié
mes premières nouvelles.

À Bruce Ingram,
qui a aimé et publié
mes premières nouvelles.

1

C'était au tour de miss Somers de faire le thé. Dernière en date des dactylos, miss Somers était aussi la moins futée. Plus toute jeune, elle était affligée des traits mous, de l'œil humide et de la mine inquiète que l'on assimile volontiers à la brebis bêlante. L'eau n'avait pas encore tout à fait commencé de frémir quand elle la versa sur le thé, mais la pauvre miss Somers ne savait jamais au juste si l'eau frémissait ou ne frémissait pas. C'était là un des mille et un handicaps qui la pénalisaient dans l'existence.

Elle remplit les tasses, posa deux biscuits ramollis sur chaque soucoupe et distribua le tout à la ronde.

Miss Griffith, le dragon à cheveux gris qui, depuis seize ans, dirigeait avec autorité et compétence le secrétariat du *Consolidated Investments Trust*, décréta tout aussitôt avec aigreur que : « *Une fois de plus*, l'eau ne frémissait pas, Somers ! » Ce sur quoi le doux visage de victime expiatoire s'empourpra et miss Somers bredouilla : « Mon Dieu ! et dire que, *cette fois-ci*, j'étais pourtant *persuadée* qu'elle frémissait... »

« Elle nous fera peut-être encore un mois, se dit pensivement miss Griffith. Le temps qu'on ait abattu ce surcroît de travail... Mais vraiment ! Le gâchis que cette gourde patentée a pu faire avec cette lettre à *Eastern Developments*... Dieu sait pourtant que ça ne présentait pas la moindre difficulté... Et débile au point de ne pas être capable de faire le thé ! S'il n'était pas devenu si difficile de trouver des dactylos qui aient quelque chose dans le crâne... Et pas même fichue non plus d'avoir convenablement refermé la boîte de biscuits la fois précédente. *Ré-el-le-ment*, je... »

Comme c'était si souvent le cas lors des récriminations intimes de miss Griffith, sa dernière phrase était vouée à rester en suspens.

Miss Grosvenor venait en effet d'effectuer son entrée solennelle afin de se livrer à la sacro-sainte préparation du thé du patron. Car Mr Fortescue avait son thé bien à lui, un service de porcelaine à lui réservé et sa marque de biscuits préférée. Seule la bouilloire était commune, ainsi que l'eau, qui venait du robinet des vestiaires. Mais, pour la circonstance, comme il s'agissait du thé de Mr Fortescue, l'eau en question condescendit *à frémir.* Miss Grosvenor y veilla.

Miss Grosvenor était une blonde aux charmes renversants. Elle portait un petit tailleur noir divinement coupé ; et des bas nylon arachnéens qu'elle avait dû payer les yeux de la tête au marché noir épousaient le galbe parfait de ses jambes interminables.

Elle retraversa le pool des dactylos sans daigner gratifier quiconque d'un regard ou d'un mot. Les malheureuses eussent pu être autant de cancrelats. Miss Grosvenor était la secrétaire personnelle et privée de Mr Fortescue — et peut-être plus que cela s'il fallait en croire de malveillants bruits de couloir qui manquaient de fondements. Mr Fortescue s'était récemment remarié avec une jeune femme aussi séduisante que dépensière, et pleinement capable de l'accaparer tout entier. Miss Grosvenor n'était pour lui qu'un indispensable élément du décor ostensiblement luxueux et tape-à-l'œil de ses bureaux de la *City.*

Son plateau à bout de bras telle une offrande propitiatoire, elle regagna la partie noble des locaux, foula la moquette de la salle d'attente où les clients les plus huppés étaient autorisés à s'asseoir, transita par son propre bureau et, après avoir discrètement toqué au battant, pénétra enfin dans le saint des saints.

C'était une vaste pièce dotée d'un parquet miroitant parsemée de coûteux tapis d'orient. Les murs étaient lambrissés de bois exotique d'une délicate nuance claire et d'énormes fauteuils de cuir naturel attendaient les visiteurs. Derrière un gigantesque bureau en sycomore, centre géométrique et point focal de la pièce, trônait en majesté Mr Fortescue lui-même.

Hélas, même s'il faisait de son mieux, ledit Mr Fortescue en imposait moins qu'il ne l'eût fallu pour être à la hauteur d'un tel décor. C'était un gros homme aux chairs molles et au crâne lui aussi miroitant, qui trouvait du dernier chic d'arborer en ville des costumes de tweed un peu lâche. Il était penché d'un air bougon sur ses paperasses lorsque miss Grosvenor glissa gracieusement jusqu'à lui telle le cygne de la légende. Posant le plateau sur le bureau à hauteur du coude de son maître et seigneur, elle murmura d'une voix basse et impersonnelle : « Votre thé, monsieur » avant de se retirer.

La contribution de Mr Fortescue au rituel se résuma à un grommellement.

De retour dans son propre bureau, miss Grosvenor se réattela au travail en cours. Elle donna deux coups de téléphone, corrigea quelques lettres dûment tapées qui n'attendaient plus que la signature de Mr Fortescue et prit un appel de l'extérieur.

— Je suis au regret, mais c'est hors de question pour l'instant, déclara-t-elle avec toute la condescendance du monde. Mr Fortescue est en réunion.

En raccrochant, elle jeta un coup d'œil à la pendule. Il était 11 h 10.

Ce fut à ce moment précis qu'un bruit inhabituel perça le molleton réputé à l'épreuve du son de la porte capitonnée de Mr Fortescue. Bien qu'étouffé, il n'en était pas moins identifiable : un râle d'agonie. En même temps, la sonnerie impérative de l'interphone se mit à ululer avec des accents de tocsin. Un instant pétrifiée par la stupeur, miss Grosvenor se leva, les jambes molles. En butte à l'imprévu, ses grands airs en avaient pris un coup. Elle parvint pourtant à se recomposer un semblant d'allure conquérante, vogua vers la porte, toqua au battant et entra.

Le spectacle qu'elle découvrit acheva de lui faire perdre contenance. Derrière son bureau, son patron se tordait de douleur. Son corps tout entier était secoué d'abominables convulsions.

— Oh ! mon Dieu, Mr Fortescue, vous ne vous sentez pas bien ? s'inquiéta miss Grosvenor avant d'être frappée par l'absurdité de sa question.

Il ne faisait pas de doute que Mr Fortescue était malade — et très malade.

Dès qu'elle s'approcha de lui, les spasmes redoublèrent. Et il haleta :

— Le thé... Que diable... avez-vous... mis dans le thé... ? Au secours... Vite... un médecin...

Miss Grosvenor se rua hors de la pièce. Adieu la hautaine et élégantissime secrétaire — elle n'était plus rien qu'une jeune femme épouvantée et qui venait de perdre la tête.

Elle s'engouffra dans le bureau des dactylos en hurlant :

— Mr Fortescue est en train de mourir... il faut appeler un médecin... il est dans un état épouvantable... je suis sûre qu'il est en train de mourir !

Les réactions furent aussi immédiates que variées :

— Si c'est une crise d'épilepsie, minimisa miss Bell, la benjamine du groupe, il faudrait lui fourrer un bouchon entre les dents. Qui a un bouchon ?

Personne n'avait de bouchon.

— A son âge, bêla miss Somers, c'est sans doute une attaque.

— Il faut appeler un médecin, trancha miss Griffith. *Tout de suite* !

Mais son efficacité légendaire se trouva cette fois battue en brèche : en seize ans de bons et loyaux services, la digne personne n'avait jamais eu à solliciter la venue sur les lieux d'un médecin. Il y avait bien son praticien personnel, mais il nichait au diable vert. Où y avait-il un médecin tout près ?

Personne n'en savait rien. Miss Bell fit alors main basse sur l'annuaire téléphonique et entreprit, à la lettre M, de chercher la rubrique des médecins. Mais ce n'était pas un annuaire par profession, et les médecins n'y étaient pas classés au même titre que les bornes de taxi. Quelqu'un suggéra l'hôpital. Mais quel hôpital ?

— Il faut que ce soit le bon, recommença à bêler miss Somers, sinon, ils ne viendront pas. A cause du nouveau régime de Sécurité sociale. Il faut qu'il soit dans le quartier.

Quelqu'un suggéra Police secours, mais miss Griffith s'y opposa, choquée : dans Police secours, il y avait le mot police et il est des choses qui ne se font pas. Pour des citoyennes responsables, dans un pays pourtant régi par des lois de protection sociale et médicale précises, ces dames faisaient preuve de l'ignorance la plus crasse quant à la procédure à suivre. Miss Bell réattaqua son annuaire dans le but d'y trouver les ambulances sous A.

— Il y a *son* médecin, murmura miss Griffith. Il doit quand même bien avoir un médecin.

Quelqu'un se rua chercher son carnet d'adresses personnel. Miss Griffith intima l'ordre au garçon de bureau de sortir se mettre en quête d'un médecin — comme il pourrait, *où il pourrait.* Dans le carnet d'adresses, miss Griffith releva le nom de sir Edwin Sandeman, qui avait apparemment pignon sur rue à Harley Street. Quant à miss Grosvenor, elle s'écroula dans un fauteuil.

— J'ai fait son thé comme d'habitude..., vagit-elle dans des tonalités nettement moins Mayfair qu'à son ordinaire. Vraiment comme d'habitude, je vous assure... Il ne pouvait rien y avoir de nocif dedans.

— Rien de *nocif* dedans ?

La main sur le cadran du téléphone, miss Griffith suspendit son geste :

— Pourquoi dites-vous ça ?

— Parce qu'*il* l'a dit... Mr Fortescue... il a dit que c'était le thé...

L'index de miss Griffith dérapa entre le 9 de Police secours et le W de Welbeck tandis que miss Bell suggérait, incurablement jeune et candide :

— Oh ! mais alors il faut lui faire boire de la moutarde délayée dans de l'eau... *tout de suite* ! Est-ce que quelqu'un au bureau a de la moutarde ?

Personne au bureau n'avait de moutarde.

Peu de temps après, le Dr Isaacs, de Bethnal Green, et sir Edwin Sandeman se trouvaient nez à nez devant l'ascenseur tandis que deux ambulances freinaient en catastrophe au pied de l'immeuble. Le téléphone ainsi que les garçons de bureau affichaient la preuve de leur efficacité.

2

Sitôt dans le sanctuaire de Mr Fortescue, l'inspecteur Neele prit place derrière le colossal bureau du susdit tandis que, armé d'un calepin, un de ses subordonnés tirait une chaise dans un recoin afin d'y prendre discrètement des notes.

L'inspecteur Neele avait un petit air bravache et des cheveux drus qui lui faisaient le front bas. Lorsqu'il prononçait la formule « simple question de routine », certains inclinaient à penser avec un mépris souverain : « Et la routine, c'est bien tout ce dont il doit être capable, ce zigoto-là ! » Ce en quoi ils se trompaient lourdement. Sous des abords frustes, l'inspecteur Neele dissimulait un cerveau aiguisé et une imagination fertile — une de ses méthodes d'investigation favorites consistait d'ailleurs à échafauder les théories les plus audacieuses sur la culpabilité possible du suspect, voire du simple témoin, qu'il était en train d'interroger.

Miss Griffith, que son flair infaillible lui avait d'entrée de jeu désigné comme la personne la mieux à même de le mettre brièvement au courant des événements justifiant qu'il trônât en lieu et place du maître de céans, venait tout juste de quitter la pièce après lui avoir brossé en quelques mots un tableau précis des péripéties matinales. Il ne s'en était pas moins laissé aller, durant le même temps, à évoquer trois raisons fort gaillardes et hautes en couleur qui auraient pu pousser la fidèle doyenne du pool des dactylos à empoisonner le traditionnel thé de 11 heures de son vénéré patron avant de les rejeter pour cause d'improbabilité.

Il catalogua miss Griffith comme suit : (a) Pas le profil de l'empoisonneuse type ; (b) Pas amoureuse de son patron ; (c) Peu susceptible d'instabilité mentale ; (d) Pas femme à ruminer de vieilles rancunes. Ce qui revenait à la blanchir tout en se la réservant comme précieuse source d'informations.

Il regarda le téléphone. Il s'attendait, d'une seconde à l'autre, à un coup de fil de l'hôpital St Jude.

On ne pouvait bien évidemment exclure que le brutal malaise de Mr Fortescue soit dû à des causes naturelles, mais tel n'avait cependant pas semblé l'avis du Dr Isaacs, de Bethnal Green — et tel ne l'avait pas non plus paru celui de sir Edwin Sandeman, de Harley Street.

L'inspecteur Neele enfonça le bouton de l'interphone fort commodément placé à sa gauche et pria qu'on lui envoie la secrétaire particulière de Mr Fortescue.

Miss Grosvenor avait quelque peu récupéré, sans être cependant au sommet de sa forme, tant s'en faut. Elle entra craintivement — plus rien en elle du cygne immaculé glissant sur les eaux — et, sur la défensive, lança tout à trac :

— Je n'y suis pour rien !

— Ah bon ? fit l'inspecteur Neele sur le ton de la conversation.

Il désigna la chaise sur laquelle miss Grosvenor était censée se poser élégamment, bloc à la main, chaque fois qu'elle était convoquée pour prendre en sténo le courrier de Mr Fortescue. Elle s'y assit cette fois avec appréhension et contempla l'inspecteur Neele d'un œil inquiet. Ce dernier, dont l'esprit vagabondait présentement sur les thèmes Luxure ? Chantage ? Une Blonde platinée à la Barre ? etc., lui parut rassurant et, à tout prendre, un tantinet stupide.

— Il n'y avait rien qui clochait avec le thé, trémola miss Grosvenor. Il ne pouvait rien y avoir.

— Bien entendu, éluda l'inspecteur Neele. Vos noms et adresse, je vous prie ?

— Grosvenor. Irène Grosvenor.

— Comment épelez-vous ça ?
— Pardon ? Oh ! comme le square du même nom.
— Et votre adresse ?
— 14, Rushmoor Road, Muswell Hill.
L'inspecteur Neele hocha la tête sans dissimuler sa satisfaction.
« Pas de luxure, se dit-il in petto. Pas de Nid d'Amour. Habite bourgeoisement chez ses parents. Pas de chantage. »
Encore une intéressante collection de spéculations à passer aux profits et pertes.
— Et ainsi c'est vous qui avez préparé le thé ? s'enquit-il d'un ton engageant.
— Euh, il fallait bien. Je veux dire... c'est toujours moi qui m'en charge.
Sans hâte, l'inspecteur Neele lui fit méthodiquement retracer le rituel du thé matinal de Mr Fortescue. La tasse, la soucoupe et la théière, dûment enveloppées, avaient déjà été expédiées, aux fins d'analyses, au laboratoire approprié. Maintenant, l'inspecteur Neele apprenait qu'Irène Grosvenor, et Irène Grosvenor seulement, avait manipulé lesdites tasse, soucoupe et théière. La bouilloire, qui avait au préalable servi pour le thé des employés, avait été remplie au robinet des vestiaires par miss Grosvenor en personne.
— Et le thé lui-même ?
— C'était celui réservé à l'usage exclusif de Mr Fortescue, un Chine spécial. Je le range sur une étagère de mon bureau, là à côté.
Nouveau hochement de tête.
— Et le sucre ?
Mr Fortescue ne prenait jamais de sucre.
Le téléphone sonna. L'inspecteur Neele décrocha. Et son expression changea :
— L'hôpital St Jude ?
Il congédia miss Grosvenor avec un petit geste de la main :
— Ce sera tout pour le moment, merci, miss Grosvenor.
Miss Grosvenor fila sans demander son reste.
L'inspecteur Neele écouta attentivement le filet de

voix impersonnel qui s'adressait à lui depuis l'hôpital St Jude. Ce faisant, il gribouilla des signes cabalistiques dans l'angle du sous-main placé devant lui.

— Mort il y a cinq minutes, dites-vous ?

Ses yeux se posèrent sur le cadran de sa montre-bracelet. *12 h 43,* nota-t-il sur le buvard.

La voix impersonnelle déclara alors que le Dr Bernsdorff en personne souhaitait parler à l'inspecteur Neele.

— D'ac ! Passez-le moi, répondit l'inspecteur.

Ce qui fit s'altérer le filet de voix dont la propriétaire se fût attendue à plus de révérence de la part d'un vulgaire policier auquel on annonçait une sommité médicale.

Il y eut sur la ligne une série de cliquetis, de bourdonnements, de murmures lointains et fantomatiques. L'inspecteur Neele prit son mal en patience.

Et tout soudain le rugissement d'une voix de basse profonde l'obligea à écarter l'écouteur de son oreille :

— Allô ! Neele ? Espèce de sacré vieux chacal ! Toujours à collectionner les cadavres, pas vrai ?

L'inspecteur Neele et le Dr Bernsdorff, de l'hôpital St Jude, s'étaient liés d'amitié à l'occasion d'une affaire d'empoisonnement, un an plus tôt.

— D'après ce qu'on m'a dit, notre client a passé l'arme à gauche, doc.

— Oui. Le temps qu'il arrive ici, il n'y avait plus rien à faire.

— Et la cause de la mort ?

— Il va falloir une autopsie, cela va de soi. Un cas très intéressant. Vraiment très intéressant. Content d'avoir pu être sur le coup.

L'enthousiasme tout professionnel de Bernsdorff renseignait au moins Neele sur un point :

— Si je comprends bien, vous n'envisagez pas qu'il puisse s'agir d'une mort naturelle ?

— Alors, là, je vous fiche bien mon billet que non ! tonitrua le digne médecin. Ceci, tout à fait entre nous, n'est-ce pas ? ajouta-t-il, prudent à retardement.

— Bien sûr, bien sûr. Ça va sans dire. Alors... empoisonné ?

— Et comment ! Qui plus est — mais ceci à titre rigoureusement officieux et uniquement de vous à moi —, je suis prêt à parier sur la nature du poison.

— Rien que ça ?

— De la taxine, mon vieux. De la taxine.

— De la taxine ? Jamais entendu parler de ça.

— Je le crois volontiers. C'est *rarissime.* Divinement rarissime ! Et je n'aurais sans doute pas été fichu de le diagnostiquer dans l'affaire qui nous occupe s'il ne s'en était pas présenté un cas il y a de cela deux ou trois semaines. Deux gamines qui jouaient à la dînette — elles avaient plumé un if de ses baies histoire de s'en faire du thé.

— Et c'est de ça qu'il s'agit ? De baies d'ifs ?

— Baies ou aiguilles. Hautement toxiques. La taxine, bien entendu, en est l'alcaloïde. Je ne crois pas me souvenir d'un cas où elle ait été sciemment utilisée. C'est fascinant et quel bain de jouvence... Vous n'avez pas idée, Neele, de ce qu'on peut se fatiguer de l'inévitable mort-aux-rats ! La taxine, c'est du nanan. Bien sûr, je *peux* me tromper — ne me citez pas, je vous en conjure ! —, mais ça m'étonnerait. Et quelle aubaine pour vous aussi : voilà qui va vous changer du train-train quotidien !

— La joie pour tout un chacun, si je comprends bien ? A l'exception de la victime.

— Oui, oui, bien sûr, le pauvre type, condescendit à reconnaître le médecin. Pour lui, c'est plutôt la tuile.

— Il a parlé avant de mourir ?

— Un de vos hommes était à son chevet avec un calepin. Vous aurez les détails exacts. Il a marmonné quelque chose à propos de thé : qu'on lui aurait collé Dieu sait quoi dedans, à son bureau — mais ça ne tient pas la route deux secondes.

— Pourquoi ça ne tient pas la route ? aboya l'inspecteur Neele qui s'était un instant représenté la sculpturale miss Grosvenor en train de piler des baies d'if dans un brouet à base de thé pour finalement trouver l'image incongrue.

— Parce que cette cochonnerie n'aurait jamais pu agir aussi vite. Or, si j'ai bien compris, les premiers symptômes sont apparus sitôt après qu'il a ingurgité son thé, non ?

— C'est ce que tout le monde affirme.

— En fait, très peu de poisons ont un effet aussi rapide — à part les cyanures, bien entendu... et éventuellement la nicotine à l'état pur.

— Et il n'y a aucune chance qu'il se soit agi de cyanure ou de nicotine ?

— Il serait mort avant l'arrivée de l'ambulance. En revanche, j'ai bel et bien songé à la strychnine, mais les convulsions étaient résolument atypiques. Non, toujours à titre officieux, bien entendu, je suis prêt à parier ma réputation qu'il s'agit de taxine.

— Combien de temps prend-elle pour agir ?

— Ça dépend. Une heure. Deux heures. Peut-être bien trois. Votre macchabée n'avait pas l'air du genre à cracher sur la nourriture. S'il a forcé sur le petit déjeuner, ça aura ralenti le processus.

— Le petit déjeuner, répéta l'inspecteur Neele, songeur. Oui, ça m'a tout l'air du petit déjeuner.

— Chez les Borgia, bien entendu, ha ! ha ! s'esclaffa le Dr Bernsdorff. Eh bien, bonne chasse, vieille branche !

— Merci, toubib. J'aimerais parler à mon sergent avant que vous ne raccrochiez.

Il y eut un renouveau de cliquetis, de bourdonnements et de murmures fantomatiques. Puis un souffle puissant et familier lui parvint, prélude inévitable à tout entretien avec le sergent Hay.

— Patron ? haleta-t-il. *Patron* ?

— Oui, c'est moi, Neele, à l'appareil. Est-ce que le type a dit quelque chose d'intéressant avant de mourir ?

— Il a dit que c'était le thé. Le thé qu'on lui avait servi à son bureau. Mais le toubib ici dit que ça colle pas...

— Oui, je suis au courant. Rien d'autre ?

— Non, patron. Mais il y a quand même un truc qui me chiffonne. Le complet qu'il avait sur le dos... j'ai vérifié le contenu de ses poches. Le fourbi habituel... mouchoir, trousseau de clés, monnaie, portefeuille...

mais avec en plus quelque chose de drôlement bizarre. La poche droite de son veston. Il y avait dedans des *céréales.*

— Des céréales ?

— Oui, patron.

— Qu'est-ce que vous entendez par céréales ? Ce qu'on prend au petit déjeuner ? Du *Farmer's Glory* ou du *Wheatifax* ? Ou bien vous voulez parler de blé ou d'orge ?

— Vous avez raison, patron. C'était plutôt du grain. Mais ni blé ni orge. Ça m'a paru du seigle. Et il y en avait pas mal.

— Tiens, tiens... Bizarre, en effet... Mais il s'agissait peut-être après tout d'un échantillon — de quelque chose qui avait à voir avec un marché quelconque.

— C'est ce que je me suis dit, patron... mais je tenais quand même à vous le signaler.

— Vous avez bien fait, Hay.

L'inspecteur Neele resta un moment les yeux perdus dans le vague après avoir replacé le combiné sur son support. Son esprit méthodique était en train de passer de la Phase 1 à la Phase 2 de l'enquête, soit de l'hypothèse de l'empoisonnement à la certitude dudit empoisonnement. Si officieux qu'aient pu être les propos de Bernsdorff, le médecin n'était pas homme à affirmer n'importe quoi. Rex Fortescue avait été empoisonné et le poison lui avait vraisemblablement été administré de une à trois heures avant l'apparition des premiers symptômes. Il semblait donc aller de soi que le personnel du bureau se voyait attribuer du même coup un certificat de bonne vie et mœurs.

Neele se leva et gagna le bureau des dactylos. A y entendre le rythme peu soutenu de la frappe, on pouvait déduire que ces dames n'étaient pas au mieux de leur forme professionnelle.

— Miss Griffith ? Puis-je vous dire encore un mot ?

— Bien entendu, Mr Neele. Mais ne serait-il pas possible que quelques-unes des petites sortent déjeuner ? Leur heure est déjà largement dépassée. A moins que vous ne préfériez qu'on fasse monter des...

— Non. Qu'elles y aillent. A condition qu'elles reviennent ensuite.

— Cela va de soi.

Miss Griffith suivit Neele dans le bureau directorial où elle s'assit, image toujours parfaite de l'efficacité.

— Je viens d'avoir un coup de fil de l'hôpital St Jude, lui annonça-t-il sans préambule. Mr Fortescue est mort à 12 h 43.

Miss Griffith n'en parut pas outre mesure affectée :

— Il m'avait en effet paru au plus mal.

— Voudriez-vous avoir l'amabilité de me fournir des renseignements sur sa famille et son adresse ?

— Bien entendu. J'ai d'ailleurs déjà essayé de joindre Mrs Fortescue, mais il semble qu'elle soit allée jouer au golf. Elle ne rentrera pas déjeuner. Et on nage dans le flou en ce qui concerne le *link* sur lequel elle a pu se rendre.

» Ils habitent Baydon Heath, voyez-vous, expliqua-t-elle, au cœur d'une région qui compte trois terrains de golf extrêmement réputés.

L'inspecteur Neele acquiesça. Baydon Heath était colonisé par le gratin de la City. Sis à une trentaine de kilomètres de Londres, l'endroit était fort bien desservi par les chemins de fer et d'accès relativement aisé par la route, même aux heures de pointe.

— L'adresse exacte, je vous prie, et le numéro de téléphone ?

— Baydon Heath 3400. La propriété s'appelle *La Loge aux Ifs*.

— *Quoi* ?

La question brutale avait jailli sans que l'inspecteur Neele puisse la retenir :

— Vous avez bien dit La Loge aux *Ifs* ?

— Oui.

Miss Griffith manifestait un léger étonnement. Mais l'inspecteur s'était déjà repris et enchaînait :

— Décrivez-moi la famille.

— Mrs Fortescue est sa seconde femme. Elle est beaucoup plus jeune que lui. Ils se sont mariés il y a environ deux ans. La première Mrs Fortescue était morte depuis longtemps. Il y a deux fils et une fille du premier lit. La fille vit toujours à la maison, ainsi que l'aîné des fils, qui est par ailleurs associé de la firme. Il est, hélas, actuellement en voyage d'affaires dans le Nord. Nous ne l'attendons pas avant demain.

— Quant est-il parti ?

— Avant-hier.

— Vous avez essayé de le joindre ?

— Oui. Dès que Mr Fortescue a été transporté à l'hôpital, j'ai appelé le *Midland*, à Manchester, où il était censé descendre hier. Mais il en était reparti ce matin de bonne heure. Je crois qu'il devait se rendre à Sheffield et à Leicester, mais je n'en sais pas plus. Je peux néanmoins vous fournir les noms de quelques sociétés qu'il était suceptible d'y visiter.

Pas de doute, c'était là une femme précise et efficace, songea l'inspecteur. Et si d'aventure elle assassinait un homme, elle le ferait indubitablement avec le maximum d'efficacité. Mais il s'astreignit à abandonner ces spéculations hasardeuses pour concentrer le gros de ses forces sur le front familial de Mr Fortescue :

— Vous avez mentionné un second fils ?

— Oui. Mais, suite à une brouille avec son père, il vit à l'étranger.

— Les deux fils sont mariés ?

— Oui. Mr Percival depuis trois ans. Sa femme et lui occupent un appartement indépendant à la *Loge aux Ifs*. Mais ils vont emménager d'ici peu dans leur propre maison, toujours à Baydon Heath.

— Vous avez pu parler à Mrs Percival Fortescue, quand vous avez appelé ?

— Non, elle est à Londres pour la journée.

Miss Griffith reprit le fil de la conversation :

— Mr Lancelot s'est marié il y a moins d'un an. Avec la veuve de lord Frederick Anstice. Vous avez dû la voir en photo. Dans le *Tatler*... entourée de chevaux, bien entendu. Ou en personne, dans les tribunes de *steeple-chase*.

Le souffle de miss Griffith s'était précipité, et ses joues avaient soudain délicatement rosi. Toujours prompt à capter les émotions de ses contemporains, Neele comprit que ce mariage dans les hautes sphères satisfaisait le snobisme latent de la vieille fille tout en faisant vibrer sa fibre romanesque. L'aristocratie, pour les miss Griffith de la planète, serait toujours l'aristocratie. Et le fait que feu lord Frederick Anstice ait souffert d'une réputation plus que douteuse dans les milieux hippiques était sûrement ignoré de son interlocutrice. Freddie Anstice s'était en effet fait sauter la cervelle sitôt annoncée l'ouverture d'une enquête de la Commission des Jeux sur les dernières performances de l'un de ses chevaux. Neele se rappelait vaguement deux ou trois détails au sujet de sa femme. Fille d'un pair d'Irlande, elle avait précédemment convolé avec un pilote de chasse, tombé au cours de la Bataille d'Angleterre.

Et voilà qu'elle aurait donc maintenant épousé la brebis galeuse de la famille Fortescue ! Car Neele ne doutait pas un instant que la brouille avec son père, à laquelle miss Griffith avait fait allusion du bout des lèvres, ait été due à quelque fâcheux incident de parcours dans la carrière du jeune Lancelot.

Lancelot Fortescue ! Quel nom ! Et comment s'appelait l'autre, déjà ? Percival ? Il se demanda à quoi avait bien pu ressembler Mrs Fortescue n° 1. Ce qu'il y a de sûr, c'est qu'elle avait des goûts pas ordinaires sur le chapitre des prénoms...

Il empoigna le téléphone, composa le numéro de l'interurbain et demanda Baydon Heath 3400.

Une voix d'homme ne tarda pas à répondre :

— Baydon Heath 3400, j'écoute...

— Je souhaiterais parler à Mrs Fortescue ou, à défaut, à miss Fortescue.

— Je regrette. Elles sont là ni l'une ni l'autre.

La voix, diagnostiqua l'inspecteur Neele, trahissait un léger penchant pour la dive bouteille.

— Vous êtes le majordome ?

— C'est exact, oui.

— Mr Fortescue a été transporté à l'hôpital...

— Je sais. On nous a téléphoné pour nous prévenir. Mais je ne vois pas ce que je peux faire. Mr Val est dans le Nord et Mrs Fortescue partie jouer au golf. Mrs Val s'est rendue à Londres et miss Elaine participe à un rallye avec son groupe d'Eclaireuses.

— Il n'y a personne dans la maison à qui je puisse parler de l'état de santé de Mr Fortescue ? C'est important.

— Eh bien... je n'en sais trop rien...

Le bonhomme paraissait perplexe :

— Il y a bien miss Ramsbottom... mais elle ne prend jamais le téléphone. Ou alors il y a encore miss Dove... c'est comme qui dirait la gouvernante.

— Va pour miss Dove.

— Je m'en vais tâcher de vous la trouver.

Son pas pesant éveilla en s'éloignant des échos à l'autre bout du fil. L'inspecteur Neele n'entendit en revanche point de pas léger s'approcher mais une voix féminine fit bientôt vibrer l'écouteur :

— Allô ! Miss Dove à l'appareil.

Le ton était net et posé. L'inspecteur se forgea de miss Dove une image favorable.

— J'ai le triste devoir de vous annoncer, miss Dove, que Mr Fortescue est décédé il y a quelques minutes à l'hôpital St Jude. Il avait été victime de violents malaises à son bureau. Il est impératif que je puisse joindre les membres de sa famille et...

— Bien sûr. Je n'aurais jamais imaginé que...

Elle s'interrompit. Sa voix n'avait pas trahi d'émotion particulière. Elle avait accusé le coup, sans plus.

— Ça ne pouvait pas plus mal tomber, si j'ose m'exprimer ainsi. La personne avec laquelle il faut que vous entriez en contact est Mr Percival Fortescue. C'est lui qui pourra prendre les dispositions nécessaires. Peut-être pourriez-vous essayer de le joindre au *Midland,* à Manchester, ou encore au *Grand,* à Leicester. A moins que vous ne tentiez votre chance chez Shearer ou chez Bonds, toujours à Leicester. Je ne connais hélas pas leurs numéros de téléphone, mais ce sont des firmes qu'il allait contacter et peut-être qu'on y sera à même de vous renseigner sur son emploi du temps de la journée. Mrs Fortescue sera sûrement de retour pour le dîner, voire pour le thé. Ce sera pour elle un choc très dur. Ç'a été très soudain, non ?

Mr Fortescue se portait comme un charme quand il a quitté la maison ce matin.

— Vous l'avez vu avant qu'il ne s'en aille ?

— Oui, bien sûr. Qu'est-ce qu'il a eu ? Une crise cardiaque ?

— Il avait le cœur malade ?

— Non... non... pas que je sache... Mais c'est la soudaineté qui m'y a fait penser...

Elle s'interrompit, puis reprit :

— Vous appelez de l'hôpital ? Vous êtes médecin ?

— Non, miss Dove, je ne suis pas médecin. Je vous parle depuis le bureau de Mr Fortescue. Je suis l'inspecteur Neele, du *Criminal Investigation Department*, et je compte passer vous voir dès que possible.

— *L'inspecteur* ? Vous voulez dire que... Qu'est-ce que vous voulez dire ?

— Il s'agit d'un cas de mort subite, miss Dove. Et chaque fois que se présente un cas de mort subite, nous sommes aussitôt appelés sur les lieux. A plus forte raison quand le défunt n'a pas consulté de médecin depuis quelque temps... ce qui, si j'ai bien compris, semble être ici le cas ?

Ce n'était que l'ombre d'un point d'interrogation, mais la jeune femme s'empressa de répondre :

— Je ne le sais que trop. Par deux fois, Percival a pris rendez-vous pour lui, mais il n'a rien voulu savoir. Il n'était pas raisonnable pour deux sous... tout le monde se faisait beaucoup de souci...

Elle s'interrompit pour la énième fois et reprit comme à l'accoutumée sur un ton plus assuré :

— Au cas où Mrs Fortescue rentrerait avant votre arrivée, que souhaitez-vous que je lui dise ?

En voilà une qui ne perd jamais le nord longtemps ! se dit l'inspecteur Neele.

Tout haut, il décréta :

— Contentez-vous de lui répéter qu'en cas de mort subite nous sommes tenus d'ouvrir une enquête. Simple question de routine.

Sur quoi il raccrocha.

3

Neele repoussa le téléphone et foudroya miss Griffith du regard.

— J'apprends qu'ils se faisaient beaucoup de souci à son sujet ces temps derniers, fulmina-t-il. Ils voulaient qu'il consulte un médecin. Vous ne m'en avez pas touché un mot.

— Je n'y ai pas pensé, bredouilla miss Griffith. D'autant qu'il ne m'a jamais paru à proprement parler *malade*...

— Il n'était pas malade ? Alors qu'est-ce qu'il avait ?

— Il battait un peu la campagne. Il n'était plus lui-même. Il était devenu bizarre, quoi !

— Il se faisait du mauvais sang sur un sujet quelconque ?

— Du *mauvais sang* ? Oh ! non, pas lui. C'était *nous* qui nous en faisions.

L'inspecteur Neele attendit patiemment.

— C'est difficile à formuler, voyez-vous, expliqua miss Griffith. Il était devenu quelque peu... caractériel, comme on dit de nos jours. Il lui arrivait de cracher feu et flammes. A une ou deux reprises, de vous à moi, j'en ai même été jusqu'à croire qu'il avait bu. Il fanfaronnait et racontait des histoires à ne pas croire — et auxquelles moi, du moins, je n'ai jamais cru. Pendant toutes les années que j'ai passées ici, je l'avais toujours connu très réservé... très secret au sujet de ses affaires et de tout ce qui le touchait de près. Et puis, récemment, il a changé du tout au tout, il est devenu expansif — et il s'est même mis à gaspiller l'argent à tout-va. Dieu sait que ça ne lui ressemblait pas jusque-là. Pour vous dire, quand le garçon de bureau a demandé son après-midi pour aller à l'enterrement de sa grand-mère, Mr Fortescue l'a convoqué dans son bureau pour lui remettre un billet de cinq livres en lui conseillant de miser le tout sur l'outsider de son choix et en hurlant de rire. Non, il n'était plus... il n'était plus lui-même. C'est tout ce que je peux dire.

— Comme s'il avait eu, peut-être bien, quelque chose qui le turlupinait ?

— Pas dans l'acception première de l'expression. C'était plutôt comme s'il se réjouissait à l'avance d'un événement heureux... exaltant...

— La conclusion d'une bonne affaire, par exemple ?

Miss Griffith acquiesça avec davantage de conviction :

— Oui... oui, c'est tout à fait ce que je peinais à exprimer. Comme si le train-train quotidien ne valait plus la peine qu'on s'y attache. Il était survolté. Et des gens des plus bizarres venaient le voir ici même. Des gens qui n'avaient jamais mis les pieds ici par le passé. Ça mettait Mr Percival au supplice.

— Au supplice, vraiment ?

— Oui. Mr Percival avait toujours été dans les petits papiers de son père, voyez-vous. Son père lui faisait énormément confiance. Mais, ces derniers temps...

— Ces derniers temps, ils ne s'entendaient plus aussi bien que ça.

— Que voulez-vous, Mr Fortescue s'était mis à prendre des décisions que Mr Percival jugeait déraisonnables. C'est qu'il se montre toujours extrêmement réfléchi et prudent, Mr Percival. Et soudain son père ne l'écoutait plus et il en était très affecté.

— Et ils en sont venus à se bagarrer comme des chiffonniers ? hasarda l'inspecteur Neele qui aimait bien lancer ce genre de coups de sonde.

— « Comme des chiffonniers », je ne saurais dire... Bien entendu, je me rends parfaitement compte avec le recul que Mr Fortescue ne pouvait plus être lui-même... pour se laisser aller à crier comme ça.

— A crier ? Et à crier quoi ?

— Il est arrivé en trombe dans le bureau des dactylos...

— Ce qui fait que vous avez tout entendu ?

— Eh bien... oui. Et il a traité Mr Percival de tous les noms... en a dit pis que pendre... l'a agoni d'injures.

— Qu'est-ce qu'il a dit que Mr Percival avait fait ?

— Il lui a plutôt reproché de n'avoir rien fait du tout... il l'a qualifié de sous-fifre, de misérable petit gratte-papier tout juste bon à couper les cheveux en quatre. Il l'a accusé de manquer de largeur de vues, d'être incapable de traiter les affaires sur un grand pied. Il lui a dit : « Je vais faire rentrer Lance au bercail. Il en vaut dix comme toi... et puis lui, au moins, il a su faire un beau mariage. Lance en a dans le ventre, et ce n'est pas parce qu'il a été une fois à deux doigts de la Correctionnelle que... » Oh ! mon Dieu, je n'aurais pas dû dire ça !

Portée à l'épanchement, comme tant d'autres avant elle, par l'esprit implacablement manœuvrier de l'inspecteur Neele, miss Griffith nageait en pleine confusion.

— Ne vous mettez pas martel en tête, la réconforta l'inspecteur. C'est de l'histoire ancienne.

— Oh ! oui, c'était il y a bien longtemps. Mr Lance était tout jeune et encore chien fou, il ne se rendait pas compte de ce qu'il faisait.

C'était là un refrain que l'inspecteur avait déjà entendu et auquel il n'adhérait pas. Mais, plutôt que de pousser son avantage, il préféra changer son fusil d'épaule et passer à des sujets plus anodins :

— Dites-m'en davantage sur le personnel.

Trop contente d'échapper au guêpier dans lequel elle s'était laissée fourrer, miss Griffith se répandit en détails sur les diverses personnalités de la firme. En l'en remerciant, l'inspecteur lui signala qu'il souhaitait dès à présent revoir miss Grosvenor.

Le constable Waite profita de la pause pour tailler son crayon et faire remarquer, sagace, que la taule était de première bourre. Son regard balaya en connaisseur les fauteuils profonds, le bureau superlatif et les lumières indirectes :

— Et puis tous ces gens trimballent aussi des noms chicos. Grosvenor... ça vous a pas seulement à voir avec une place, mais aussi avec un duc. Et Fortescue... en voilà un qui fait classe !

L'inspecteur Neele sourit :

— Son père ne s'appelait pas Fortescue. Mais plus trivialement Fontescu... et il débarquait de je ne sais quel trou d'Europe centrale. Notre homme aura trouvé que Fortescue sonnait mieux.

Le constable Waite ne chercha pas à dissimuler l'admiration qu'il portait à son supérieur :

— Alors, comme ça, vous savez déjà tout sur son compte ?

— J'ai juste glané quelques tuyaux avant de rappliquer.

— Il n'aurait pas un casier, des fois ?

— Oh ! non. Il était bien trop finaud pour ça. Il a certes flirtaillé avec le marché noir et trempé dans deux ou trois combines dont le moins qu'on puisse dire est qu'elles étaient douteuses, mais toujours dans le cadre de la loi.

— Je vois. Un vilain coco tout de même.

— Un magouilleur et un escroc. Mais nous n'avons jamais eu matière à l'épingler. Le fisc l'a eu dans son collimateur pendant un bon bout de temps, mais il s'est montré plus malin qu'eux. Un génie de la finance, feu Sa Majesté Fortescue.

— Ce qui peut sous-entendre des ennemis à la pelle, observa non sans finesse le constable Waite.

— Oh ! ça, oui... des ennemis sans l'ombre d'un doute. Mais ne perdons pas de vue qu'il a été empoisonné chez lui. Ou que c'est du moins ce que tout semble indiquer. Vous savez quoi, Waite ? Je vois émerger un semblant de modèle. Le bon vieux modèle indémodable des familles. Avec Percival en garçon bien sous tout rapport. Lance dans le rôle du fils indigne, coqueluche de la gent féminine. La tendre épouse qui est plus jeune que son mari et qui jette un voile de brouillard sur les terrains de golf où elle est susceptible d'aller passer la journée. On connaît ça par cœur. A ceci près qu'il y a cette fois un os qui dépasse de façon résolument incongrue...

Le constable Waite demandait « Et c'est quoi, cet os ? » quand la porte s'ouvrit pour livrer passage à miss Grosvenor. Ses grands airs retrouvés et de nouveau la séduction faite secrétaire de direction, cette dernière s'enquit aussitôt avec une souveraine hauteur :

— Vous souhaitiez me voir, me suis-je laissé dire ?

— Je voulais vous poser quelques questions au sujet de votre employeur... de votre ex-employeur, pardon.

— Le pauvre ! fit mine de s'apitoyer miss Grosvenor sans conviction aucune.

— On prétend qu'il avait beaucoup changé ces derniers temps. Qu'en pensez-vous ?

— C'est aussi mon avis, en effet.

— Changé en quoi ?

— Comment vous expliquer cela ? Il lui arrivait de nous débiter toutes sortes de sottises. Au point que j'en étais venue à ne plus croire la moitié de ce qu'il disait. Et puis il se mettait facilement en colère... à l'encontre de Mr Percival, surtout. Pas avec moi, parce qu'il va de soi que *jamais* je ne me permets de le contredire. « Oui, Mr Fortescue. Bien entendu, Mr Fortescue », voilà ce que je lui réponds — ce que je lui répondais — quelle que soit l'énormité de la question posée.

— Vous a-t-il jamais... euh... fait des avances ?

— Eh bien, non, ce serait trop dire, répondit miss Grosvenor avec comme une nuance de regret dans la voix.

— Plus qu'un détail, miss Grosvenor. Mr Fortescue avait-il l'habitude de transporter du grain dans ses poches ?

Miss Grosvenor sembla tomber des nues :

— Du grain ? Dans ses poches ? Vous voulez dire pour donner aux pigeons ou quelque chose d'approchant ?

— Ça aurait pu servir à ça.

— Alors, là, je vous garantis bien que non. Mr Fortescue ? Donner du grain aux pigeons ? Ah non !

— Verriez-vous une bonne raison au fait qu'il ait eu aujourd'hui une poignée d'orge — ou de seigle — dans sa poche ? A titre d'échantillon, par exemple ? S'apprêtait-il à conclure un marché portant sur le grain ?

— Pas du tout. Il attendait cet après-midi un représentant de l'Asiatic Petroleum. Et puis le P.-D.G. de la société de construction Atticus... Personne d'autre.

— Tant pis, fit Neele, abandonnant le sujet et congédiant miss Grosvenor d'un geste de la main.

— Elle a de ces jambes ! s'émut le constable Waite avec un soupir. Et de ces bas nylon...

— Ce ne sont pas ses jambes qui vont faire avancer l'enquête, maugréa l'inspecteur Neele. Je ne suis pas plus éclairé qu'avant. Une poignée de seigle, voilà tout ce que j'ai... et pas l'ombre d'un début d'explication.

4

Mary Dove, qui descendait l'escalier, s'arrêta pour regarder par la baie vitrée. Deux hommes s'extrayaient de la voiture qu'elle avait entendue arriver. Le plus grand lui tournait le dos et examinait les parages. Elle les jaugea pensivement. L'inspecteur Neele et un sous-fifre quelconque.

Les abandonnant provisoirement à leur sort, elle se contempla un instant dans le miroir en pied qui garnissait l'angle du palier. Petite et d'apparence réservée, elle était vêtue d'une robe gris beige aux parements d'un blanc immaculé. Ses lourds cheveux noirs et lustrés, partagés en deux masses égales par une raie médiane, étaient ramassés en chignon sur sa nuque. L'éclat de ses lèvres était relevé d'un rose discret.

Dans l'ensemble, elle n'était pas mécontente de l'effet produit. Esquissant un sourire, elle se remit à descendre.

L'inspecteur Neele, qui s'était retourné et détaillait maintenant la maison, était en train de ronchonner.

Appeler ça une loge, non mais vraiment ! *La Loge aux Ifs* ? L'affectation de ces gens friqués ! Pour lui, il s'agissait là d'un palace. Parce qu'une loge, il savait ce que c'était, merci. C'est dans une loge qu'il avait été élevé ! La loge flanquant les grilles de Harlington Park, ce grand caravansérail palladien avec ses vingt-neuf chambres à coucher qui, en fin de compte, avait été racheté par les Monuments Historiques. Quant à la loge, même si elle avait fière allure, il y régnait une humidité glaciale, elle était malcommode et les sanitaires y dataient de Mathusalem. Dieu merci, ses parents s'en étaient accommodés sans renâcler. Ils n'avaient, après tout, pas de loyer à payer, pas d'autre obligation que d'ouvrir et refermer les grilles quand on les en priait et le domaine regorgeait de garennes et de faisans toujours bons à mettre au pot. Mrs Neele n'avait jamais connu le luxe domestique du fer à repasser électrique, du poêle à feu continu ou du sèche-linge, ni même le simple plaisir d'actionner un commutateur pour s'éclairer à la nuit tombée. Les Neele utilisaient une lampe à pétrole en hiver, et en été allaient se coucher avec les poules. Cela dit, même en retard sur leur temps, ils n'en avaient pas moins coulé là des jours heureux.

Ce qui fait que dès qu'il avait entendu prononcer le mot « Loge », l'inspecteur Neele avait soudain respiré comme une bouffée de son enfance. Mais cet endroit, cette demeure pompeusement baptisée Loge aux Ifs n'était que le type même de la demeure prétentiarde que les gens riches se font construire et qu'ils appellent leur « petit trou perdu à la campagne ». D'ailleurs, toujours selon les critères de l'inspecteur Neele, rien de tout cela n'avait de près ou de loin à voir avec la campagne. La maison était une vaste construction de brique rouge toute en longueur, coiffée d'un nombre invraisemblable de pignons et percée de trop de fenêtres — toutes à petits carreaux cernés de plomb. Les jardins étaient à l'avenant : succession de parterres de roses, de bassins et de pergolas — avec, histoire de justifier l'appellation de l'ensemble, une profusion d'ifs taillés au cordeau.

Suffisamment, en tout cas, pour que n'importe qui ait sous la main la matière première de la taxine.

Sur sa droite, juste derrière une pergola qu'escaladaient des rosiers grimpants, une parcelle de terrain vierge était ombragée par les branches étayées de pieux d'un if énorme, tel qu'on en voit encore dans les cimetières. Celui-là, se dit l'inspecteur, trônait déjà ici bien avant que la rage du lotissement avec son cortège de bicoques de brique rouge ait commencé à défigurer le paysage ; bien avant qu'on n'y dessine des terrains de golf au bulldozer ; bien avant que des architectes à la mode n'aient parcouru la région en compagnie de riches clients en leur faisant miroiter les avantages des nouveaux « sites » qu'ils auraient à leur disposition. Il avait survécu, cet if, au titre d'antiquité éminemment monnayable. Sans doute était-ce à lui que la « Loge » devait son nom. Peut-être étaient-ce également ses baies à lui qui...

L'inspecteur Neele mit fin à ces spéculations stériles. Mieux valait qu'il s'attelle à sa tâche. Il alla sonner à la porte.

Elle lui fut aussitôt ouverte par un individu entre deux âges qui cadrait parfaitement avec l'image qu'il s'en était faite au téléphone. Faussement stylé, le regard fuyant, la main peu assurée.

L'inspecteur déclina ses titre et identité, en fit de même pour son subordonné et eut le plaisir de discerner une lueur d'angoisse dans le regard du majordome. Il n'y attacha pourtant pas trop d'importance. Cela pouvait fort bien n'avoir aucun lien avec la mort de Rex Fortescue, n'être qu'un banal réflexe de défense.

— Est-ce que Mrs Fortescue est rentrée ?

— Pas encore, monsieur.

— Mr Percival Fortescue non plus ? Ni miss Fortescue ?

— Non, monsieur.

— En ce cas, j'aimerais rencontrer miss Dove.

L'homme tourna la tête :

— La voilà justement... qui vient du premier.

L'inspecteur Neele eut tout loisir de contempler Mary Dove tandis qu'elle descendait à petits pas la dernière volée de marches. Cette fois-ci, l'image mentale ne correspondait pas à la réalité. Sans qu'il en eût conscience, le mot « gouvernante » lui avait fait imaginer quelque matrone autoritaire, toute de noir vêtue et faisant tintinnabuler Dieu sait où sous ses jupes l'inévitable trousseau de clefs.

Il n'était donc en rien préparé à cette silhouette mutine. A cette robe aux tonalités pastel, à ces parements blancs, à ces cheveux soyeux bien qu'impeccablement disciplinés, à ce demi-sourire de Joconde. Tout cela lui sembla irréel, comme si cette jeune femme, qui n'avait pas la trentaine, interprétait un rôle : pas même, jugea-t-il, celui de la gouvernante, mais bien celui de Mary Dove. Tout dans son apparence lui parut calculé pour égaler en douceur la sonorité de son nom.

Elle le salua d'un ton un peu gourmé :

— L'inspecteur Neele ?

— Lui-même. Et voici le sergent Hay. Mr Fortescue, comme je vous l'ai dit au téléphone, est mort à l'hôpital St Jude à 12 h 43. Il est à présumer que son décès soit dû à quelque chose qu'il aurait absorbé au cours de son petit déjeuner de ce matin. J'aimerais par conséquent qu'on mène le sergent à la cuisine afin qu'il puisse se renseigner sur ce qui lui a été servi.

— Bien entendu, acquiesça-t-elle après l'avoir dévisagé un instant d'un air songeur.

Puis, se tournant vers le majordome qui vacillait quelque peu :

— Accompagnez le sergent, Crump, et montrez-lui tout ce qu'il souhaitera voir.

Comme les deux hommes s'éloignaient, Mary Dove s'adressa à l'inspecteur :

— Si vous voulez bien me suivre...

Ce disant elle ouvrit une porte par laquelle elle le précéda. La pièce où il se retrouva, banale à souhait avec ses boiseries tape-à-l'œil, ses gros fauteuils rembourrés et l'inévitable collection de gravures de chasse, était manifestement cataloguée « fumoir ».

— Asseyez-vous, je vous en prie.

Il obtempéra, et elle s'installa en face de lui. Et face à la lumière. Choix inhabituel de la part d'une femme. Et plus inhabituel encore si la femme en question avait quoi que ce soit à cacher. Mais peut-être Marie Dove n'avait-elle rien à cacher.

— Il est infiniment regrettable, lui dit-elle, qu'aucun membre de la famille ne soit là pour vous recevoir. Mais Mrs Fortescue peut rentrer d'une minute à l'autre. Ainsi d'ailleurs que Mrs Val. Quant à

Mr Percival Fortescue, je lui ai envoyé des télégrammes partout où il y avait des chances de le joindre.

— Merci, miss Dove.

— Vous avez déclaré que la mort de Mr Fortescue pouvait être due à quelque chose qu'il aurait absorbé à son petit déjeuner, n'est-ce pas ? Vous songez à une intoxication alimentaire ?

— Eventuellement, oui, fit-il en la surveillant du coin de l'œil.

— Cela me paraît invraisemblable, commenta-t-elle sans s'émouvoir. Le petit déjeuner se composait ce matin d'œufs brouillés accompagnés de bacon, de pain grillé, de marmelade d'oranges et de café. Il y avait en outre un jambon froid sur la desserte, mais nous l'avions entamé hier et personne n'avait été incommodé. Nous n'avions ni poisson d'aucun genre ni saucisses de quelque type que ce soit.

— Je constate que vous savez exactement ce qui a été servi.

— Cela va de soi. C'est moi qui compose les menus. Hier soir au dîner...

— Je vous arrête, la coupa Neele. Le dîner d'hier soir n'est pas en cause.

— Je croyais pourtant que les symptômes d'intoxication alimentaire pouvaient être retardés jusqu'à vingt-quatre heures.

— Pas dans le cas présent... Pouvez-me préciser ce que Mr Fortescue a bu et mangé ce matin avant de quitter la maison ?

— D'abord la tasse de thé qu'on lui monte tous les jours dans sa chambre à 8 heures. Et puis son petit déjeuner à 9 heures et quart. Mr Fortescue, comme je viens de vous le dire, a mangé des œufs brouillés, du bacon, du pain grillé et de la marmelade d'oranges.

— Pas de céréales ?

— Non, il n'aimait pas ça.

— Le sucre pour le café... il est en morceaux ou cristallisé ?

— En morceaux. Mais Mr Fortescue n'en mettait pas dans son café.

— Avait-il l'habitude de prendre des médicaments le matin ? Magnésie ? Remontant ? Remède pour l'estomac ?

— Non, rien de tout cela.

— Avez-vous également pris votre petit déjeuner avec lui ?

— Non. Je ne suis pas admise à la table familiale.

— Qui était présent ?

— Mrs Fortescue. Miss Fortescue. Mrs Val Fortescue. Pas Mr Percival Fortescue, bien sûr, puisqu'il est en voyage.

— Et ces dames ont mangé la même chose ?

— Mrs Fortescue ne prend que du jus d'orange, du café et du pain grillé. Mrs Val et miss Fortescue ont nettement plus d'appétit. Outre les œufs brouillés et le jambon froid, elles auront probablement mangé des céréales. Mrs Val prend du thé, pas du café.

L'inspecteur Neele réfléchit un moment. Le champ des suspects se rétrécissait. Trois personnes, et trois personnes seulement, avaient pris leur petit déjeuner avec le défunt : sa femme, sa fille et sa belle-fille. Chacune avait eu la possibilité d'assaisonner son café d'une pincée de taxine. L'amertume du café aurait masqué celle de la taxine. Il y avait aussi la tasse de thé de 8 heures, mais Bernsdorff avait précisé que le goût du thé en aurait été modifié. Encore que, tôt le matin, pas encore très réveillé...

Il releva les yeux pour découvrir que Mary Dove le dévisageait d'un air interrogateur :

— Votre question sur les remontants et divers médicaments m'intrigue, inspecteur. Elle semble impliquer soit qu'un remède ait éventuellement pu être défectueux, soit encore qu'une substance y ait été ajoutée. Je vois mal, dans l'un ou l'autre cas, comment on pourrait encore parler d'intoxication alimentaire.

Neele soutint son regard :

— Je n'ai jamais prononcé l'expression « empoisonnement alimentaire ». J'ai évoqué l'empoisonnement. L'empoisonnement tout court.

— L'empoisonnement, murmura-t-elle tout bas.

Elle n'en paraissait ni troublée ni inquiète, tout au

plus intéressée. Comme lorsqu'on se trouve confrontée à une expérience nouvelle. Elle s'empressa d'ailleurs de le formuler :

— Je n'ai jamais été mêlée à une affaire d'empoisonnement...

— Ça n'a rien de réjouissant, lui signale Neele, très sec.

— Non... ça, je veux bien croire.

Elle s'absorba un moment dans ses pensées, puis releva les yeux vers lui avec un bref sourire :

— Ce n'est pas moi qui ai fait le coup. Mais j'imagine que c'est ce que tout le monde vous raconte !

— Auriez-vous une idée de qui a pu le faire, ce coup, miss Dove ?

Elle haussa les épaules :

— De vous à moi, c'était un individu détestable. N'importe qui peut avoir eu envie de le faire.

— On n'empoisonne pas les gens sous le seul prétexte qu'ils sont « détestables », miss Dove. On est d'ordinaire poussé par un mobile plus consistant.

— Oui, bien sûr.

Elle n'en demeurait pas moins songeuse.

— Verriez-vous un inconvénient à me parler des personnes qui composent cette maisonnée, miss Dove ?

Elle soutenait son regard. Et il fut un peu surpris de la lueur narquoise qui brillait au fond de ses prunelles :

— Ce n'est pas à proprement parler une déposition que vous attendez de moi, n'est-ce pas ? Non, sans quoi vous n'auriez pas envoyé votre sergent faire tourner le personnel en bourrique. Je n'aurais aucune envie d'entendre ce que j'ai à dire lu à haute voix devant un tribunal... mais dans le même temps j'ai envie de le dire — à titre officieux. Confidentiellement, si vous préférez.

— En ce cas, parlez sans crainte, miss Dove. Je n'ai pas de témoin, comme vous l'avez souligné vous-même.

Elle se rencogna au creux de son fauteuil, plissa les paupières et balança joliment son pied menu :

— Permettez-moi de préciser d'entrée de jeu que je n'éprouve aucune obligation de loyauté envers mes employeurs. Je ne travaille pour eux que parce mon job est bien payé et que la première de mes exigences est qu'il en aille ainsi.

— J'étais un peu surpris de vous voir remplir ce genre de fonction. Il m'est tout de suite apparu qu'avec votre intelligence et votre éducation...

— ... je devrais moisir dans un bureau ? Ou classer des fiches dans un quelconque ministère ? Mon cher inspecteur Neele, le métier que je me suis choisi représente le filon idéal. Les gens sont prêts à payer n'importe quoi — *n'importe quoi* — pour être délivrés des soucis domestiques. Embaucher du personnel est assommant. Ecrire aux agences, passer des petites annonces, convoquer les candidats, opérer un choix, former une équipe et faire par la suite en sorte que la machine tout entière fonctionne sans ratés... je vous garantis que ça exige des capacités qui ne sont pas l'apanage du premier venu.

— Et à supposer que votre équipe, une fois formée, vous claque entre les doigts ? Ce sont, paraît-il, des choses qui arrivent.

Mary Dove eut un sourire angélique :

— Si cela s'avère nécessaire, je suis parfaitement capable de faire les lits, la poussière, la cuisine *et* d'assurer le service de table sans que personne y trouve à redire. Seulement je ne vais pas le crier sur les toits. Ça pourrait donner des idées. Non, je suis à même d'assumer si nécessaire. Mais je m'arrange pour que ça n'arrive pas. Je ne travaille que pour les gens extrêmement riches, prêts à payer les yeux de la tête pour garantir leur confort. Moyennant quoi je peux aligner des salaires qui me permettent d'embaucher le dessus du panier.

— Votre majordome, par exemple ?

Elle lui décocha un sourire amusé :

— Les couples posent toujours problème. Je garde Crump à cause de sa femme : Mrs Crump est un véritable cordon bleu. Une perle pour laquelle je suis prête à toutes les bassesses. Notre Mr Fortescue adore ses petits plats — adorait, devrais-je dire. Ici, personne n'a de scrupules et l'argent coule à flots. Beurre, œufs, crème, Mrs Crump peut commander ce qui lui chante. Quant à Crump, il fait ce qu'il peut. Son argenterie brille raisonnablement, et son service de table ne laisse pas trop à désirer. Je cache la clé de la cave, j'ai l'œil sur le gin et le whisky, et je supervise son service de valet de chambre.

L'inspecteur Neele haussa les sourcils :

— La gouvernante idéale, quoi !

— J'estime, voyez-vous, qu'il faut être en mesure de tout faire soi-même. C'est encore le meilleur moyen pour n'avoir pas à le faire. Mais ce sont mes impressions sur la famille que vous vouliez connaître...

— Si cela ne vous ennuie pas.

— Ils sont tous parfaitement odieux. Feu Mr Fortescue était le genre de fripouille qui retombe toujours sur ses pattes. Il se vantait jusqu'à plus soif de ses mille et une recettes pour plumer ses clients — voire ses partenaires. Il était grossier, malappris — un vrai mufle ! Mrs Fortescue, Adèle, sa seconde femme, a presque trente ans de moins que lui. Il l'a dénichée à Brighton. Elle y était manucure... en attendant de décrocher le gros lot. C'est une beauté spectaculaire... et un véritable sexe ambulant, si vous voyez ce que j'entends par là.

Choqué de tels propos, l'inspecteur Neele fit néanmoins en sorte de n'en rien laisser voir. N'empêche : une jeune personne comme Mary Dove n'aurait, à son avis, jamais dû proférer des horreurs pareilles !

Ladite jeune personne n'en poursuivait pas moins, comme si de rien n'était :

— Adèle l'a épousé pour son argent, cela va de soi, et son fils, Percival, et sa fille, Elaine, ne l'ont toujours pas digéré. Ils lui en font voir des vertes et des pas mûres, mais elle, pas folle, fait celle qui s'en moque ou qui n'a pas compris. Elle sait qu'elle peut mener le vieux par le bout du nez. Bon sang ! voilà que j'en parle encore au présent. Je n'arrive pas à me mettre dans la tête qu'il est mort.

— Parlez-moi de son fils.

— Percival chéri ? Val, comme l'appelle sa femme. Percival est un hypocrite et un faux-jeton. Il est guindé, sournois, finassier. Il crève de frousse devant son père et s'est toujours laissé houspiller par lui, ce qui ne l'empêche cependant pas d'être assez roublard pour mener sa barque. A l'inverse de son père, c'est un radin. Les économies de bouts de chandelle, c'est sa raison de vivre. C'est d'ailleurs pour ça qu'il a mis tout ce temps à se trouver une maison bien à lui. Trois pièces en enfilade ici, c'était toujours autant qu'il ne sortait pas de sa poche.

— Et sa femme ?

— Jennifer est du genre effacé et a l'air bête comme ses pieds. Cela dit, il ne faudrait peut-être pas s'y fier. Avant de se marier, elle était infirmière dans un service hospitalier — c'est en soignant Percival d'une pneumonie qu'elle a rencontré le prince charmant. Le vieux a été horriblement déçu par ce mariage. Il était snob comme pas deux et aurait préféré une belle-fille plus reluisante. Il méprisait la pauvre Mrs Val, il l'ignorait. Elle le déteste — le détestait — de tout son cœur, à mon humble avis. Ses principaux centres d'intérêt sont le lèche-vitrines et le cinéma ; son grief majeur, que son mari soit aussi près de ses sous.

— Et la fille ?

— Elaine ? Elle me fait un peu pitié. Ça n'est pas le mauvais cheval. Le type même de la collégienne montée en graine mais qui ne mûrira jamais. Sportive. A la tête d'un groupe de Guides ou d'Eclaireuses, enfin ce genre-là, quoi. Elle s'était entichée, il n'y a pas de ça bien longtemps, d'un jeune enseignant plutôt mal embouché, mais Papa a découvert qu'il avait le cœur un peu trop à gauche et y a mis le holà !

— Elle n'a pas eu le cran de se rebiffer ?

— *Elle,* si. Mais c'est son coquin qui s'est tiré des flûtes. Question d'argent là encore, j'imagine. Elaine n'est pas particulièrement séduisante, la pauvre choute.

— Et l'autre fils ?

— Je ne l'ai jamais vu. C'est un beau gosse, à ce qu'il paraît. Et un très mauvais sujet. Il traîne derrière lui une casserole : une vieille histoire de chèque falsifié. Il vit au Kenya.

— Il était brouillé avec son père, c'est ça ?

— Oui. Mais comme Mr Fortescue en avait déjà fait son associé dans l'affaire, il n'a pas pu le déshériter et s'est contenté de couper les ponts. Et si par malheur on mentionnait Lance devant le vieux, celui-ci s'exclamait : « Qu'on ne me parle plus de ce voyou ! Ce n'est plus mon fils ! » Il n'empêche que...

— Que quoi, miss Dove ?

— Que je ne serais pas surprise, murmura lentement Mary, si le vieux avait manigancé son retour au bercail.

— Qu'est-ce qui vous fait croire ça ?

— Le fait qu'il y a un mois environ, il se soit mis dans une colère épouvantable contre Percival. Il l'a accusé de magouiller derrière son dos. Ce qu'il avait magouillé au juste, je n'en sais rien. Toujours est-il que le vieux était ivre de rage... et que Percival a brusquement cessé d'être le chouchou à son papa. Il a d'ailleurs beaucoup changé ces temps derniers.

— Mr Fortescue ?

— Non. Percival. Il s'est visiblement mis à se faire un sang d'encre.

— Revenons aux domestiques. Vous m'avez déjà décrit les Crump. Qui y a-t-il d'autre dans l'équipe ?

— Gladys Martin, la petite bonne, la seconde femme de chambre, comme elles aiment de nos jours à se faire appeler. Elle fait le ménage du bas, met le couvert, le débarrasse et aide Crump à servir à table. Très brave fille, mais qui n'a pas inventé la poudre. Un peu chien battu sur les bords. La femme de chambre en titre, c'est Ellen Curtis. Plus de la première jeunesse, acariâtre et toujours à vitupérer. A part ça, service impeccable. Quant au reste du personnel, il vient de l'extérieur : des femmes à la journée, pour faire le gros.

— Nous avons donc fait le tour ?

— Pas tout à fait. Reste encore la vieille miss Ramsbottom.

— Qui est-ce ?

— La belle-sœur de Mr Fortescue — la sœur de sa première femme. Ladite première femme était passablement plus âgée que lui, et la sœur en question nettement plus vieille qu'elle — ce qui nous la met bien au-delà des soixante-dix printemps. Elle a son coin bien à elle au second, où elle se fait sa cuisine et tout, juste aidée par une femme de ménage. C'est une excentrique, qui n'a jamais encaissé son beau-frère, mais qui était venue s'installer ici du vivant de sa sœur et qui, après sa mort, n'en est pas repartie pour autant. Quant à Mr Fortescue, il ne lui a jamais cherché noise. Il faut dire que c'est un sacré numéro, la tante Effie !

— Et cette fois, c'est tout ?

— On en a fait le tour, oui.

— Nous en venons donc à vous, miss Dove.

— Vous voulez mon curriculum vitæ ? Je suis orpheline. J'ai suivi un cours de secrétariat au Collège Saint-Alfred. Sortie de là, j'ai décroché un emploi de sténo, que j'ai très vite laissé choir pour un autre, tout ça avant de conclure que j'avais opté pour le mauvais filon et de me lancer dans ma carrière actuelle. J'ai jusqu'à présent sévi chez trois employeurs. Au bout d'un an — dix-huit mois au maximum —, j'en ai ma claque de voir toujours les mêmes têtes et je tire ma révérence. Je suis à la Loge aux Ifs depuis un an et quelque. Je vais taper les noms et adresses de mes divers employeurs et remettre le tout, avec copie de mes références, au sergent... Hay, c'est bien ça ? Cette façon d'agir vous satisfera-t-elle ?

— Pleinement, miss Dove.

Silencieux un moment, Neele redonna un coup de manivelle à son film mental, le temps d'imaginer miss Dove en train de tripatouiller le petit déjeuner de Mr Fortescue. Puis un flash-back lui permit de la voir cueillir méthodiquement des baies d'ifs et en remplir un petit panier.

Avec un soupir, il reprit pied dans la réalité :

— Maintenant, je voudrais voir cette fille... euh... Gladys. Et ensuite vous m'enverrez la femme de chambre, Ellen. A propos, miss Dove, ajouta-t-il en se levant, auriez-vous une idée de la raison pour laquelle Mr Fortescue pouvait bien transporter du grain en vrac dans sa poche ?

— Du grain ? répéta-t-elle avec tous les signes du plus sincère étonnement.

— Oui, du grain. Est-ce que, pour vous, ça évoque quelque chose ?

— Rigoureusement rien.

— Qui s'occupait de ses vêtements ?

— Crump.

— Je vois. Mr et Mrs Fortescue faisaient-ils chambre communc ?

— Oui. Il avait cependant ses propres salle de bains et dressing-room, bien sûr, et elle aussi.

Elle jeta un œil à sa montre :

— Je crois vraiment qu'elle ne devrait plus tarder.

L'inspecteur s'était levé.

— Vous ne savez pas, miss Dove ? fit-il, affable. Je trouve quand même bizarre qu'avec trois terrains de golf dans les parages immédiats, ce qui est à la fois beaucoup et pas tant que ça, il n'ait pas été possible de découvrir sur lequel Mrs Fortescue avait bien pu aller jouer.

— Bizarre, la chose vous le paraîtrait beaucoup moins, inspecteur, s'il s'avérait qu'elle ne soit pas allée y jouer du tout.

Il y avait eu de l'ironie dans sa voix. Le ton de l'inspecteur fut en revanche très sec :

— On m'a cependant très précisément informé qu'elle était allée jouer au golf.

— Elle a pris ses clubs et annoncé qu'elle y allait. Elle était au volant — faut-il le préciser ? — de sa propre voiture.

Il saisit l'insinuation :

— Et avec qui est-elle allée... jouer ? Vous le savez ?

— Je crois vraisemblable qu'il s'agisse d'un certain Mr Vivian Dubois.

— Je vois, se contenta-t-il de déclarer.

— Je vous envoie Gladys. La pauvre va sans doute mourir de peur.

Mary Dove s'arrêta un instant sur le seuil, le temps d'articuler :

— Je vous conseille quand même de ne pas prendre

trop au pied de la lettre tout ce que j'ai pu vous raconter. J'ai l'esprit extrêmement mal tourné.

Sur quoi, elle s'éclipsa, abandonnant un Neele songeur. Qu'elle soit ou non dotée d'un esprit mal tourné, ce qu'elle lui avait confié ne laissait pas d'être éminemment évocateur. Et si Rex Fortescue avait été sciemment empoisonné, ce qui semblait a priori le cas, l'enquête à la Loge aux Ifs s'ouvrait sous les plus riants auspices : les mobiles promettaient de s'y ramasser à la pelle.

5

Le laideron dégingandé qui entra dans la pièce comme on marche à l'abattoir trouvait le moyen de conserver un côté souillon sous son pimpant uniforme bordeaux.

— C'est pas moi qui l'ai fait, pleurnicha-t-elle aussitôt en le regardant d'un œil implorant. J'y suis pour rien. Je vous assure. Et je ne sais rien du tout.

— Ne vous inquiétez pas, lui conseilla Neele de son ton le plus lénifiant, celui qu'on emploierait pour amadouer un animal apeuré. Asseyez-vous là... A la bonne heure ! Je veux juste en savoir davantage sur le petit déjeuner de ce matin.

— J'y suis pour rien du tout.

— Vous en avez quand même dressé le couvert, non ?

— Oui, ça, oui.

Même cet acquiescement avait été prononcé du bout des lèvres. Elle paraissait tout à la fois coupable et terrifiée, mais l'inspecteur Neele avait l'habitude de ce genre de témoins. Il poursuivit d'un ton cordial, faisant l'impossible pour la mettre à l'aise, sériant les questions : qui était descendu le premier ? Et le second ?

Elaine Fortescue avait été la première à se montrer. Elle était arrivée juste au moment où Crump apportait la verseuse à café. Mrs Fortescue l'avait suivie de peu.

Puis Mrs Val. Et enfin le patron. Ils s'étaient servis eux-mêmes. Le thé et le café, ainsi que les œufs brouillés et le bacon étaient sur les chauffe-plats de la desserte.

Elle ne lui en disait guère qu'il n'ait appris par ailleurs. Nourriture et boissons lui avaient déjà été énumérées par Mary Dove. Mr Fortescue, son épouse et sa fille avaient pris du café, et Mrs Val du thé. Tout s'était déroulé exactement comme d'habitude.

Aux questions que Neele lui posa sur elle-même, Gladys répondit beaucoup plus volontiers. Après avoir débuté comme bonne à tout faire, elle avait servi dans diverses gargotes. Ensuite de quoi l'envie lui avait pris de retravailler en maison et elle était entrée à la Loge aux Ifs en septembre. Elle était donc là depuis deux mois.

— Et vous vous y plaisez ?

— Oui, ce n'est pas trop mal... Et puis on fatigue moins des pieds... mais faut dire aussi qu'on n'a pas la même liberté...

— Parlez-moi des vêtements de Mr Fortescue — de ses complets. Qui s'en occupait ? Qui les brossait et tout ça ?

Gladys montra quelque ressentiment :

— C'est Mr Crump qui était censé le faire. Mais les trois quarts du temps c'est sur moi que ça retombe.

— Qui a brossé et repassé le complet que Mr Fortescue portait aujourd'hui ?

— Je ne me rappelle plus lequel il portait. Il en a tellement !

— Avez-vous jamais trouvé du grain dans les poches d'un de ses complets ?

— Du grain ? fit-elle, éberluée.

— Du seigle, pour être exact.

— Du seigle ? C'est du pain, ça, non ? Une espèce de pain noir... qui a un sale goût, j'ai toujours trouvé.

— Ce dont vous parlez, c'est du pain à base de seigle. Le seigle, c'est le grain lui-même. On en a trouvé une poignée dans la poche du veston de votre patron.

— Dans la poche de son veston ?

— Oui. Vous savez comment il a pu arriver là ?

— Alors, là, je ne saurais pas vous dire. Je n'en ai jamais vu.

Il ne put en tirer davantage. Pendant un moment, il se demanda si elle n'en savait pas plus qu'elle ne voulait bien l'admettre. Cet embarras, cette façon d'être sur la défensive... mais il finit pas mettre le tout sur le compte d'une banale frousse de la police.

Tandis qu'il la congédiait, elle s'enquit :

— C'est vrai, ce qu'on dit ? Il est mort ?

— Oui, il est mort.

— Tout d'un coup, hein ? Quand ils ont appelé du bureau, ils ont dit comme ça qu'il avait eu une crise.

— Oui... ç'a été une sorte de crise.

— Une fille que je connaissais en avait tout le temps, des crises, se remémora Gladys. Ça lui arrivait — crac ! — comme ça. Et ça me faisait à chaque coup une de ces peurs !

Cette seule évocation suffisait apparemment à lui faire oublier ses appréhensions.

L'inspecteur Neele se rendit à la cuisine.

L'accueil qu'il y reçut en eût fait reculer plus d'un.

Une plantureuse commère, trogne enluminée et rouleau à pâtisserie à la main, se précipita en effet sur lui en vociférant :

— La police ! Non mais des fois ! Venir jusque dans ma cuisine et déparler comme c'est qu'il l'a fait ! C'est rien que des menteries, je vous le dis tel que c'est ! Jamais j'ai rien envoyé à la salle à manger qui soye pas comme ça devait ! Venir me dire en face comme quoi j'aurais empoisonné Monsieur ! Même que je vais porter plainte, police ou pas police ! De la nourriture qui serait pas bonne, jamais qu'on en a servi dans cette maison !

Il fallut un bon bout de temps à l'inspecteur Neele pour parvenir à apaiser l'irascible cordon-bleu. Et, à en juger par le sourire moqueur décoché par le sergent Hay réfugié dans l'office, il était aisé de conclure que ce dernier avait déjà essuyé les foudres de cette furie.

La sonnerie du téléphone vint à point interrompre la scène.

Neele gagna le hall où Mary Dove avait déjà décroché. Il la vit qui prenait note d'un message sur un bloc. Tournant vers lui la tête, elle précisa à son intention :

— C'est un télégramme.

La communication terminée, elle raccrocha et lui tendit le bloc.

Le lieu d'émission était Paris, et le câble rédigé comme suit :

FORTESCUE — LOGE AUX IFS — BAYDON HEATH — SURREY — ENGLAND.

NAVRÉ RETARD VOTRE LETTRE — SERAI AUPRÈS DE VOUS DEMAIN HEURE DU THÉ — COMPTE BIEN SUR VEAU GRAS AU DÎNER — LANCE.

Les sourcils de l'inspecteur Neele lui escaladèrent le front :

— Ainsi l'Enfant Prodigue a été rappelé à la maison.

6

A l'heure où Rex Fortescue buvait sa dernière tasse de thé, Lance Fortescue et sa femme, assis sous les ombrages des Champs-Elysées, regardaient défiler les passants.

— C'est bien joli de me dire « décris-le moi », Pat. Je suis nul, pour ce qui est des descriptions. Qu'est-ce que tu veux savoir ? Le paternel est une vieille fripouille. Mais ce n'est pas ça qui va te gêner, non ? Tu as plus ou moins l'habitude, pas vrai ?

— Oh ! oui, acquiesça Pat. Dans ce domaine, je suis — comme tu dirais — vaccinée.

Elle s'était forcée à une certaine désinvolture de ton. Après tout, peut-être le monde entier était-il peuplé d'aigrefins... ou bien était-ce seulement elle qui avait joué de malchance ?

C'était une grande fille toute en jambes, pas vraiment belle mais dotée d'un charme fou qui devait tout à sa vitalité et à sa chaleur humaine. Elle possédait la grâce du geste, de merveilleux cheveux châtains et — le devait-elle à sa longue fréquentation des chevaux ? — des allures de pouliche près du sang.

Le filoutage dans l'univers des courses, elle avait connu ça — et maintenant elle allait faire connaissance avec le filoutage dans celui de la finance. Encore que son beau-père, qu'elle n'avait encore jamais rencontré, sache apparemment se faire passer pour parangon de vertu au regard de la loi. Ces gens qui se gargarisaient des « coups fumants » qu'ils avaient réussis étaient tous les mêmes — ils prenaient techniquement bien soin d'agir dans un cadre légal. Et pourtant il lui semblait que Lance, qu'elle adorait et qui confessait sans honte quelques péchés de jeunesse, possédait une honnêteté foncière qui manquerait toujours à ces as de l'entourloupe.

— Je ne voulais pas dire par là que c'est un truand, reprit Lance. Ça n'a rien à voir avec ça. Mais, pour ce qui est de faire un coup fourré, il s'y entend comme pas deux.

— J'en arrive parfois à détester les gens capables d'un coup fourré, murmura Pat. Toi, ajouta-t-elle, tu l'adores, ton père.

Ce n'était pas une question, mais bien une affirmation.

Lance réfléchit un moment, puis finit par admettre, avec une nuance de surprise dans la voix :

— Tu sais, chérie, je crois effectivement que c'est exact.

Pat rit de bon cœur. Et, plissant les paupières, il tourna la tête pour mieux la regarder. Quel ange c'était ! Il était fou d'elle. Tous les sacrifices, elle les valait bien.

— Dans un sens, tu sais, lui confia-t-il, ce retour ne va pas être pour moi du gâteau. Bureau à Londres. Retour à la maison par le 17 h 18. Ce n'est pas la vie telle que je l'entends. J'aime mieux rouler ma bosse. Mais il faut bien savoir un jour se ranger des voitures. Et avec toi pour me tenir par la main, ça peut même se révéler tout ce qu'il y a d'agréable. Et puisque le vieux a fait amende honorable, on serait bien bêtes de ne pas en profiter. J'avoue que sa lettre m'en a bouché un coin... Percival — qui l'eût cru ? — maquillant ses écritures. Percival, le bon petit garçon à son papa. Note bien que Percival a toujours fait ses coups en douce. Oui, il a toujours fait ses coups en douce...

— J'ai comme l'impression, maugréa Patricia Fortescue, que je ne vais pas beaucoup l'aimer, ton frère Percival.

— Ne me laisse pas non plus te monter contre lui. Ça n'a jamais collé, entre Percival et moi, un point c'est tout. J'étais un vrai panier percé, et lui il économisait sou par sou. J'avais des amis peu recommandables mais tordants, Percy ne cultivait que les « contacts utiles ». Nous étions aux antipodes, lui et moi. Je l'ai toujours pris pour un pauvre type, et lui... parfois, tu sais, il m'arrive de penser qu'il me haïssait presque. Je ne sais pas pourquoi au juste, mais...

— Moi, je crois que je le sais.

— Vraiment, ma chérie ? Tu en as tant, là-dedans ! Tu sais, je me suis toujours demandé... c'est incroyable à dire... et pourtant...

— Oui ? Eh bien, dis-le !

— Je me suis toujours demandé si ce n'était pas Percival qui était derrière cette histoire de chèque... tu sais, quand le vieux m'a botté à coups de pompes tout en se maudissant de m'avoir donné une part dans les affaires, ce qui l'empêchait de me déshériter ! Parce que ce qu'il y a de bizarre, c'est que ce n'est pas moi qui avais imité la signature, sur ce chèque — même si personne n'a bien évidemment voulu me croire après le coup que je venais de faire en épongeant le tiroir-caisse pour miser le tout sur un cheval. J'aurais mis ma tête à couper que j'arriverais à le remettre discrètement en place, cet argent — et puis c'était mon fric à moi, pour ainsi dire. Mais cette histoire de chèque... ça, non. Je ne sais pas pourquoi cette idée idiote selon laquelle ce serait Percival qui aurait fait le coup a pu me venir... mais c'est comme ça.

— Mais à quoi cela aurait-il bien pu l'avancer ? Il s'agissait d'une somme à virer sur ton compte !

— Je sais bien. Ça ne tient pas debout.

Pat se tourna brusquement vers lui :

— Tu veux dire... qu'il aurait fait ça pour que tu sois blackboulé de l'affaire ?

— C'est ce que je me suis demandé. Mais, bah !... ce ne sont pas des choses à dire. Oublie ça. N'empêche que je me demande ce que ce vieux Percy va dire en voyant revenir le fils prodigue. Ses yeux de merlan frit vont lui en sortir de la tête !

— Il n'est pas au courant de ton retour ?

— Je ne serais pas surpris qu'il n'en sache rien. Le vieux a un sens de l'humour assez particulier, tu sais.

— Mais qu'est-ce que ton frère a bien pu fabriquer au juste pour mettre ton père dans un état pareil ?

— C'est ce que je paierais cher pour savoir. Un truc qui a dû le rendre vert de rage... pour qu'il m'écrive ce qu'il m'a écrit.

— Quand as-tu reçu sa première lettre ?

— Il y a de ça quatre... non, cinq mois. Une lettre un peu coincée, mais où le rameau d'olivier n'en était pas moins tendu : « Ton frère aîné a mal agi à bien des égards... Tu sembles avoir jeté ta gourme et t'être enfin rangé... Je peux te garantir que tu n'auras pas à le regretter sur le plan financier... Ta femme et toi serez les bienvenus. » Tu sais, chérie, le fait que je t'ai épousée y est sûrement pour beaucoup. Le vieux a dû être impressionné que je me marie « au-dessus de ma condition ».

Pat s'esclaffa :

— Quoi ? Que tu accèdes à la canaille aristocratique ?

Il lui sourit :

— Exact. Mais dans son cas la canaille est passée à l'as, et il n'a enregistré que l'aristocratie. Tu devrais voir la femme de Percival. Elle est du genre à vous dire « Faites-moi passer la confiture » ou à vous faire tout un cirque pour des clopinettes.

Mais Pat ne parvint pas à partager son hilarité. Elle songeait à l'élément féminin de sa belle-famille. C'était un sujet sur lequel Lance n'avait pas encore cru bon de la renseigner.

— Et ta sœur, comment est-elle ?

— Elaine ? Oh ! elle est plutôt brave môme. Elle était encore très jeune quand j'ai quitté la maison. Un peu à cheval sur les grands principes... mais ça lui aura passé en grandissant. Et assez portée à prendre sur elle tous les malheurs du monde.

Ça n'avait rien de rassurant.

— Elle ne t'a jamais écrit... après ton départ ?

— Je n'avais pas laissé d'adresse. Et, quoi qu'il en soit, elle ne l'aurait jamais fait. Nous ne sommes pas le modèle de la famille où on s'adore.

— Ça, non.

Il lui lança un coup d'œil inquisiteur :

— Tu as la frousse à l'idée de les rencontrer ? Ne t'en fais pas. Nous n'allons pas vivre avec. Nous dénicherons bien notre petit chez nous quelque part. Avec des chevaux, des chiens et tout ce que tu voudras.

— Y compris le 17 h 18.

— Pour moi, oui. Moi et mes allers et retours à la City, de pied en cap déguisé en pingouin. Mais ne t'inquiète pas, mon amour : il y a encore des coins de campagne, même sans trop s'éloigner de Londres. Et je sens depuis peu monter en moi la fièvre des affaires. Après tout, j'ai ça dans le sang... et qui me vient des deux côtés de la famille.

— Tu as encore de vagues souvenirs de ta mère ?

— Elle m'a toujours paru vieille comme les rues. Elle l'était, d'ailleurs. Pas loin de la cinquantaine à la naissance d'Elaine. Elle passait les trois quarts de son temps allongée sur un divan. Et elle portait tout un tas de trucs et de machins qui cliquetaient dès qu'elle faisait un geste. Et puis elle me lisait des histoires de chevaliers et de princesses qui me faisaient tomber d'ennui. *Les Idylles du Roi*, de Tennyson. J'imagine que je l'aimais... Elle était très... inodore et sans saveur, vois-tu. Je m'en rends compte avec le recul.

— Tu n'as pas l'air d'avoir jamais vraiment aimé grand monde, lui reprocha Pat.

Lance lui prit la main et la serra très fort :

— Non, mais toi, je t'adore.

7

L'inspecteur Neele tenait toujours le message télégraphié à la main lorsqu'il entendit une voiture s'arrêter devant le perron dans un crissement de gravier désinvolte.

— Ça, ce doit être Mrs Fortescue, jugea miss Dove.

L'inspecteur Neele se dirigea vers la porte. Du coin de l'œil, il vit Mary Dove se fondre dans le décor et s'éclipser. Manifestement, elle souhaitait ne participer en rien à la scène qui allait suivre. Remarquable démonstration de tact et de discrétion — et absence de curiosité tout aussi remarquable. La plupart des femmes, estima Neele, seraient restées.

Parvenu sur le seuil, il ne tarda pas à y être rejoint par le majordome. Crump, lui aussi, avait entendu la voiture.

C'était un coupé sport Rolls Bentley. Deux personnes en descendirent et montèrent le perron. La porte s'ouvrit quand elles l'atteignirent. Stupéfaite, Adèle Fortescue demeura bouche bée devant l'inspecteur Neele.

Il mesura aussitôt à quel point c'était une femme superbe et se rendit en même temps compte de la justesse du commentaire de Mary Dove qui l'avait tant choqué sur le moment. Adèle Fortescue était un sexe ambulant. De par sa silhouette et son type, elle rappelait la blonde miss Grosvenor, mais tandis que miss Grosvenor était toute sensualité en surface et toute pudibonderie au fond, Adèle Fortescue représentait la sensualité incarnée. L'érotisme qui s'en dégageait ne s'embarrassait pas de détours. Il prévenait les mâles : « Me voici. Je suis une femme. » Sa façon de parler, de se mouvoir, de respirer même, tout en elle était un hymne au sexe — et pourtant, au milieu de tout cela, ses yeux savaient rester calculateurs. Adèle Fortescue, estima-t-il, aimait les hommes — mais elle aimerait toujours l'argent encore bien davantage.

Il examina le personnage qui la suivait, chargé de ses clubs de golf. Là, il était en terrain de connaissance :

c'était le type même de l'individu qui bâtit sa carrière sur le dos des jeunes veuves de vieillards fortunés. Mr Vivian Dubois, s'il s'agissait bien de lui, possédait cette sorte de masculinité un tantinet montée en épingle et qui ne recouvre en fait que du vent. Il était ce genre d'homme qui « comprend » les femmes.

— Mrs Fortescue ?

— Oui.

Le regard de ses immenses yeux bleus était censé le faire tomber à la renverse :

— Mais je ne crois pas que...

— Je suis l'inspecteur Neele. J'ai, hélas, de bien mauvaises nouvelles pour vous.

— Nous avons été cambriolés... quelque chose dans ce genre-là ?

— Non, pas du tout. Il s'agit de votre mari. Il a été pris d'un violent malaise ce matin.

— Rex ? Un malaise ?

— Nous n'avons cessé d'essayer de vous joindre depuis 11 heures et demie du matin.

— Où est-il ? Ici ? Ou... à l'hôpital ?

— Il a fallu le transporter à l'hôpital St Jude. Vous devez vous préparer à un choc.

— Vous ne voulez pas dire... il n'est pas... *mort* ?

Elle vacilla quelque peu et vint se cramponner à son bras. Il lui fallut cérémonieusement — et conscient d'être comme un acteur qui aurait joué son rôle sur un théâtre — la soutenir pour lui faire parcourir le hall. Crump leur tournait autour, jouant les indispensables :

— C'est du cognac qu'il lui faudrait.

De sa voix grave, Mr Dubois renchérit :

— C'est exact, Crump. Allez le chercher.

A l'inspecteur, il conseilla :

— Ici.

Il ouvrit une porte sur la droite. Et la procession s'y engouffra : l'inspecteur et Adèle Fortescue, Vivian Dubois, et Crump qui fermait la marche avec un carafon et deux verres.

Adèle Fortescue s'effondra dans un fauteuil, la main sur les yeux. Elle accepta le verre que l'inspecteur lui offrait et y trempa les lèvres avant de le repousser :

— Je n'en veux pas. Ça va aller. Mais dites-moi ce qu'il a eu. Une attaque, j'imagine ? Pauvre Rex !

— Ce n'était pas une attaque, madame.

— Ai-je bien entendu que vous étiez inspecteur ?

C'était Mr Dubois qui avait posé la question.

Neele se tourna vers lui, affable :

— Exact. Inspecteur Neele, du CID.

Il vit une lueur d'inquiétude s'allumer au fond de ses yeux noirs. Mr Dubois n'appréciait guère l'intrusion d'un inspecteur du CID. Il ne l'appréciait même pas du tout :

— Qu'est-ce qui se passe ? Il y a un problème ?

Instinctivement, il avait quelque peu reculé vers la porte. L'inspecteur Neele en prit bonne note.

— Je crains, dit-il à Mrs Fortescue, qu'une enquête ne soit indispensable.

— Une enquête ? Vous voulez dire que... qu'est-ce que vous voulez dire au juste ?

— Tout ceci doit être très pénible pour vous, Mrs Fortescue, je m'en rends bien compte, expliqua-t-il d'un ton uni. Il nous a cependant paru souhaitable de découvrir très exactement, et au plus vite, ce que Mr Fortescue avait pu manger et boire ce matin avant de quitter la maison pour se rendre à son bureau.

— Vous sous-entendez par là qu'il a pu être *empoisonné* ?

— Eh bien, oui, tout semble l'indiquer.

— Je n'arrive pas à y croire. Oh !... vous songez à un empoisonnement *alimentaire* ?

Sa voix avait chuté d'un demi-octave sur le dernier mot. Visage de marbre mais ton toujours aussi suave, l'inspecteur Neele s'enquit :

— Je vous demande pardon, madame, mais qu'aviez-vous compris ?

Elle ignora sa question et déclara, très vite :

— Mais nous nous sommes pourtant sentis très bien... tous.

— Seriez-vous en mesure de me l'affirmer pour tous les membres de la famille ?

— Eh bien... non... bien sûr... ça, je ne peux pas.

Dubois consulta ostensiblement sa montre :

— Il va falloir que je file, Adèle. Toutes mes condoléances. Vous vous sentez mieux, n'est-ce pas ? Et puis vous avez vos domestiques, et la petite Dove, et j'en passe...

— Oh, Vivian ! Non ! Ne partez pas, je vous en prie !

Ç'avait été un cri plaintif, qui opéra sur Mr Dubois l'inverse de l'effet escompté. Sa retraite se précipita :

— Navré, ma vieille. Un rendez-vous que je ne peux pas manquer. A propos, je crèche au *Dormy House*, inspecteur. Si jamais vous aviez... euh... besoin de moi pour quoi que ce soit.

L'inspecteur Neele acquiesça d'un hochement de tête. Il n'avait aucune envie de retenir Mr Dubois. Mais il prenait le départ du susdit pour ce qu'il était : Mr Dubois fuyait les complications.

Adèle tenta tout aussitôt de noyer le poisson :

— C'est un tel choc, de trouver la *police* en rentrant chez soi...

— Je l'imagine bien volontiers. Mais, voyez-vous, il fallait agir vite pour obtenir des prélèvements de nourriture, de thé, de café, etc.

— De thé et de café ? Mais le thé et le café ne sont pas toxiques ! Je parie que c'est ce jambon infect que l'on a parfois. Il arrive qu'il soit immangeable.

— Nous en aurons le cœur net, Mrs Fortescue. Ne vous inquiétez pas. Vous seriez surprise de tout ce qui peut arriver. Nous avons eu une fois à enquêter sur un cas d'empoisonnement à la digitaline. Tout ça pour découvrir au bout du compte que ces gens avaient cueilli des feuilles de doigts de la Vierge en les prenant pour du raifort.

— Vous pensez que ce genre d'erreur a pu se produire ici ?

— Nous en saurons plus après l'autopsie, madame.

— L'autop... oh ! bien sûr, frissonna-t-elle.

— Vous avez ici de nombreux ifs autour de la maison, madame, poursuivit l'inspecteur. Ne se pourrait-il pas, par hasard, que des baies ou des aiguilles ne se soient trouvées... mêlées à la nourriture ou à la boisson ?

Il la dévisageait attentivement. Elle écarquilla les yeux :

— Des baies d'ifs ? C'est toxique ?

La surprise, tout comme l'air d'ingénuité, lui parut un peu trop appuyée :

— On a vu des enfants mourir de s'être amusés à en consommer.

Adèle s'enfouit la tête dans les mains :

— Je n'en peux plus ! Est-il vraiment indispensable que nous continuions à évoquer toutes ces horreurs ? Je veux monter m'étendre. Je suis à bout. Mr Percival Fortescue va se charger de tout.... je ne peux... je ne peux... ce n'est pas bien de tant exiger de moi.

— Nous nous mettrons en rapport avec Mr Percival Fortescue dès que possible. Malheureusement il est en voyage d'affaires dans le nord du pays.

— Ah oui ! j'avais oublié.

— Encore un détail et ce sera tout, Mrs Fortescue. On a trouvé une poignée de grains dans la poche de votre époux. En connaîtriez-vous la destination ?

Elle secoua la tête, l'air totalement sidéré.

— Quelqu'un pourrait-il l'avoir glissée là en guise de plaisanterie ?

— Je ne vois pas en quoi ç'aurait pu être drôle.

L'inspecteur Neele ne le voyait pas non plus.

— Je ne vais pas vous importuner plus longtemps pour le moment, Mrs Fortescue, conclut-il. Voulez-vous que je vous envoie une de vos bonnes ? Ou miss Dove ?

— Quoi ?

Elle semblait tomber des nues. Il se demanda quelles pensées elle avait bien pu être en train de ruminer.

Elle fouilla dans son sac à main et en sortit un mouchoir. Sa voix trembla :

— C'est tellement horrible... Je commence seulement à réaliser. Jusqu'ici, j'étais comme *anesthésiée*. Pauvre Rex. Pauvre Rex chéri.

Elle éclata en sanglots presque convaincants.

L'inspecteur Neele afficha, pour son compte, une mine de circonstance :

— Ç'a été très soudain, je sais. Je vais vous envoyer quelqu'un.

Il se dirigea vers la porte, l'ouvrit, franchit le seuil et attendit un instant avant de regarder par-dessus son épaule.

Adèle avait toujours son mouchoir sur les yeux. L'un des coins pendait, mais sans dissimuler complètement la bouche. Et sur ses lèvres flottait l'ombre d'un sourire.

8

— J'ai glané ce que j'ai pu, patron, vint au rapport le sergent Hay. La marmelade, un morceau du jambon. Un échantillonnage du thé, du café et du sucre — pour ce que ça vaut. Le jus de chaussette et la pisse d'âne ont été bien évidemment jetés depuis belle lurette à l'heure qu'il est, mais on a de la veine sur un point. Il restait pas mal de café et les domestiques l'ont bu à l'office en guise de collation de 11 heures — c'est important, à mon avis.

— Ça l'est. Ça a au moins le mérite de prouver que, s'il l'a ingurgité dans son café, il a fallu que ça lui soit collé dans sa tasse.

— Par l'une des personnes présentes. Absolument. Pour ce qui est de cette saloperie à base d'if — baies ou aiguilles —, j'ai procédé, mine de rien, à ma petite enquête : on n'en a jamais vu traîner dans la maison. Personne n'est au courant de rien non plus en ce qui concerne les céréales dans sa poche... Ils ont tous l'air de trouver ça loufoque. Moi aussi, d'ailleurs. Il n'avait pas l'air de ces maniaques de régimes qui ingurgitent n'importe quelle cochonnerie à partir du moment où c'est cru. Le mari à ma sœur est comme ça. Carottes crues, pois crus, navets crus. Mais, même lui n'irait pas bouffer du grain nature. Bon sang ! ça doit vous faire de ces ballonnements, et de ces trucs et de ces machins dans les intérieurs que ce n'est rien de le dire !

Le téléphone sonna et, sur un signe de tête de l'inspecteur, le sergent Hay fonça décrocher. Il passa le combiné à son chef, qui arrivait sur ses talons. L'appel venait du QG. On avait fini par joindre Mr Percival Fortescue, qui regagnait immédiatement Londres.

Comme l'inspecteur raccrochait, une voiture s'arrêta devant le perron. Crump alla ouvrir. La femme qui montait les marches avait des paquets plein les bras, dont le majordome la débarrassa aussitôt :

— Merci, Crump. Vous payerez le taxi, n'est-ce pas ? Je prendrai mon thé tout de suite. Mrs Fortescue ou miss Elaine sont là ?

Crump, hésitant, jeta un coup d'œil par-dessus son épaule :

— Nous avons eu de mauvaises nouvelles, madame. Au sujet de Monsieur.

— De Mr Fortescue ?

Neele s'avança.

— C'est Mrs Percival, monsieur, le prévint Crump.

— De quoi s'agit-il ? Qu'est-ce qui lui est arrivé ? Un accident ?

L'inspecteur la détailla. Mrs Percival Fortescue était une petite femme replète, à la lippe maussade et qui devait avoir la trentaine. Ses questions, elle les lançait avec une sorte d'avidité : elle devait, songea Neele, s'ennuyer ferme dans l'existence.

— Je déplore d'avoir à vous dire que Mr Fortescue a dû être transporté ce matin dans un état grave à l'hôpital St Jude et qu'il y est mort peu après son arrivée.

— Qu'il y est mort ? Vous voulez dire qu'il est mort ?

La nouvelle était encore plus sensationnelle que ce à quoi elle s'était attendue :

— Çà, par exemple... pour une surprise ! Et mon mari qui n'est pas là ! Il va falloir que vous le contactiez. Il est Dieu sait où dans le Nord. J'imagine qu'au bureau, ils doivent être au courant. C'est encore lui qui va devoir s'occuper de tout. Ces choses-là vous tombent toujours dessus au plus mauvais moment, non ?

Elle s'interrompit un moment, remuant visiblement des pensées dans sa tête :

— Tout dépend, j'imagine, de l'endroit où vont avoir lieu les obsèques. Ici, sans doute. A moins qu'ils ne décident de faire ça à Londres...

— Ce sera à la famille d'en décider.

— Bien sûr. Je me posais juste la question.

Pour la première fois, elle parut remarquer la personne à qui elle parlait :

— Vous êtes quelqu'un du bureau ? Vous n'êtes pas médecin, non ?

— Je suis officier de police. La mort de Mr Fortescue a été très soudaine et...

Elle l'interrompit :

— Vous voulez dire qu'il a été *assassiné* ?

C'était la première fois que le mot était prononcé. Neele étudia de plus près ce visage en forme de point d'interrogation :

— Qu'est-ce qui a pu vous mettre cette idée en tête, madame ?

— Eh bien... ce sont des choses qui arrivent. Vous avez dit soudaine. Et vous êtes de la police. Est-ce que vous l'avez vue, elle, dans les parages ? Qu'est-ce qu'elle a dit ?

— Je ne saisis pas très bien à qui vous faites allusion.

— A Adèle, cette idée ! J'ai toujours dit à Val que son père était cinglé d'aller épouser une femme qui avait des années et des années de moins que lui. Mais il n'y a pas plus fou qu'un vieux fou, comme dit l'autre. Il était complètement toqué de cette créature abominable. Et vous voyez le résultat... Ah ! nous voilà dans de beaux draps ! Photos dans les journaux, reporters rôdant dans tous les coins...

Elle marqua un temps, visualisant manifestement son proche avenir en une série de clichés plus hauts en couleur les uns que les autres. La perspective, estima Neele, n'avait pas l'air entièrement de nature à lui déplaire. Elle se tourna vers lui :

— Qu'est-ce que c'était ? De l'arsenic ?

L'inspecteur Neele opta pour un ton de réprimande :

— La cause du décès n'a pas encore été établie. Il va y avoir autopsie et enquête.

— Mais vous savez déjà, non ? Sans ça vous ne seriez pas là.

Une soudaine lueur de perspicacité au fond de ses yeux contrastait avec le côté bêta de son visage joufflu :

— Vous avez déjà demandé ce qu'il avait bu et mangé, non ? Au dîner d'hier soir. Au petit déjeuner de ce matin. Sans compter tous les verres, bien entendu.

Il avait l'impression de voir les rouages de son cerveau passer voluptueusement en revue les diverses possibilités.

— Selon toute vraisemblance, déclara-t-il prudemment, le malaise fatal de Mr Fortescue découle de ce qu'il aurait absorbé au petit déjeuner.

— Au petit déjeuner ?

Elle semblait pour le moins étonnée :

— Ça me paraît compliqué. Je ne vois pas comment...

Elle secoua la tête :

— Je ne vois pas comment elle aurait pu s'y prendre à ce moment-là... à moins qu'elle n'ait glissé ça dans son café... quand Elaine et moi ne regardions pas...

Une voix douce et placide souffla dans leur dos :

— Votre thé vous attend dans la bibliothèque, Mrs Val.

Mrs Val sursauta :

— Oh ! merci, miss Dove. Oui, une tasse de thé ne sera pas de refus. Cette histoire m'a toute tourneboulée. Et vous, est-ce que ça vous tente, monsieur... euh... inspecteur ?

— Merci, pas pour le moment.

La silhouette rebondie se dandina d'un pied sur l'autre, puis se décida à s'éloigner lentement.

— Je n'ai pas l'impression qu'elle ait jamais saisi le sens du mot diffamation, susurra miss Dove comme elle disparaissait derrière une porte.

L'inspecteur Neele ne releva pas.

— Y a-t-il quelque chose que je puisse faire pour vous ? ajouta Mary Dove.

— Où puis-je trouver la femme de chambre, Ellen ?

— Elle vient de monter. Je vais vous montrer le chemin.

*

Ellen se montra aussi peu impressionnée que violemment remontée. Son vieux visage revêche était éclairé par une lueur de triomphe :

— C'est horreur et compagnie, monsieur. Et si on m'avait dit que je vivrais un jour dans une maison où il se passerait ce genre de cochonneries, je ne l'aurais jamais cru. Et pourtant je dois bien vous avouer que je n'en ai pas été autrement surprise. Mon tablier, ça fait longtemps que j'aurais dû le rendre, allez, ce n'est pas pour dire. Je n'aime pas la façon dont on parle, dans cette maison, et je n'aime pas la quantité d'alcool qu'on y boit, et je ne supporte pas les cochonneries qu'on y a fait et qu'on y fait encore. Je n'ai rien contre Mrs Crump, mais Crump et cette Gladys ne savent même pas ce que c'est que le service. Mais c'est encore les cochonneries qui me ressortent le plus en travers.

— A quelles cochonneries faites-vous au juste référence ?

— Vous l'apprendrez bien assez tôt si vous ne le savez pas déjà. On ne parle que de ça, ici. On les a repérés ci, on les a surpris là, on les a remarqués partout. Et ça prétend que ça joue au golf... ou au tennis... Et j'en ai vu des vertes et des pas mûres — de mes propres yeux — ici même dans la maison. La porte de la bibliothèque était ouverte et ils étaient là, à se lécher le museau et à se faire des papouilles.

La vieille fille s'y entendait à cracher son venin. Neele jugeait inutile de lui demander « Vous parlez de qui, là ? » mais il le fit quand même.

— A votre avis ? La patronne... et ce type. Et sans vergogne, c'est moi qui vous le dis. Seulement, si vous voulez tout savoir, le patron il avait découvert le pot aux roses. Même qu'il avait mis quelqu'un pour les avoir à l'œil. Un divorce, c'est vers ça qu'on allait tout droit. Et au lieu de ça, *voilà* ce qui arrive.

— Quand vous dites ça, vous pensez que...

— Vous avez posé des questions, monsieur, sur ce que Monsieur a mangé, a bu et sur qui le lui a donné. Ils sont tous les deux dans le coup, monsieur, voilà ce que je vous dis moi. Lui, il s'est procuré la marchandise quelque part, et elle, elle l'a fait prendre à Monsieur, voilà comment ça s'est passé, j'en mettrais ma tête à couper.

— Avez-vous jamais vu des baies d'ifs dans la maison... ou traîner quelque part ?

Les petits yeux pétillèrent de curiosité :

— D'ifs ? C'est poison comme tout, cette saleté. « Touche jamais ces machins-là », que me disait, ma mère, quand j'étais gamine. C'est de *ça* qu'ils se sont servi ?

— Nous ne savons pas encore ce qui a été utilisé.

— Elle, je ne l'ai jamais vue tripoter les ifs, dut admettre Ellen à regret. Non, je ne peux pas dire que je l'ai vue faire ça.

Neele l'interrogea sur le grain trouvé dans la poche de Fortescue, mais là encore il fit chou blanc :

— Non, monsieur, ça ne me dit rien de rien.

D'autres questions suivirent, qui ne remportèrent pas plus de succès. En désespoir de cause, il lui demanda s'il pouvait voir miss Ramsbottom.

Ellen parut en douter :

— Je peux bien me renseigner, mais ce n'est pas tout le monde qu'elle accepte de voir. Elle est très âgée, vous savez, et elle a ses têtes.

Neele insista et, bon gré mal gré, Ellen lui fit emprunter un corridor et gravir une volée de marches en direction de ce qui avait dû être prévu par l'architecte comme le quartier des enfants.

En parcourant le corridor dans le sillage d'Ellen il avait jeté un œil par une lucarne et aperçu le sergent Hay, au pied du vieil if et en grande conversation avec un individu qui avait indubitablement une dégaine de jardinier.

Ellen toqua au battant et, dès qu'elle en reçut l'autorisation, ouvrit et dit :

— Un monsieur de la police souhaiterait vous parler, miss.

La réponse fut apparemment favorable car elle s'effaça pour céder le passage à Neele.

La pièce dans laquelle il pénétra était invraisemblablement bourrée de meubles et d'objets en tous genres.

L'inspecteur s'en crut transporté non pas, comme il eût pu s'y attendre, à l'ère édouardienne, mais bien au temps de cette bonne vieille reine Victoria. Assise à guéridon tiré devant un radiateur à gaz, une vieille dame faisait une patience. Elle portait une robe marron et ce qui lui restait de cheveux gris était séparé en deux bandeaux sévères qui lui encadraient le visage.

— Eh bien, entrez, entrez ! lança-t-elle d'un ton agacé sans interrompre son jeu ni même lever les yeux. Et asseyez-vous si ça vous chante.

Répondre à cette invite n'était pas chose aisée, tous les sièges semblant disparaître sous des amas de prospectus et autres publications religieuses.

Comme il en repoussait une pile pour dégager l'angle du canapé, miss Ramsbottom l'apostropha :

— Vous vous intéressez aux missions ?

— Euh... pas vraiment, madame.

— Dommage. Vous devriez. C'est là qu'il faut aller chercher la foi chrétienne, de nos jours. En Afrique noire. J'ai eu la visite d'un jeune ecclésiastique, la semaine dernière. Noir comme du cirage. Mais un vrai chrétien.

L'inspecteur Neele se creusa la tête sans trouver quoi dire.

La vieillarde le désarçonna encore bien davantage en aboyant :

— Je n'ai pas la TSF !

— Je vous demande pardon ?

— Oh ! je croyais que vous veniez pour la redevance. Ou pour je ne sais quel formulaire ou déclaration stupide. Au bout du compte, que me voulez-vous, mon brave ?

— Vous me voyez navré d'avoir à vous apprendre, miss Ramsbottom, que votre beau-frère, Mr Fortescue, a été pris ce matin d'un violent malaise et qu'il est décédé.

Miss Ramsbottom continua d'abattre ses cartes comme si de rien n'était et commenta la nouvelle sans émotion aucune :

— « Car elle est venue l'heure de son jugement. » Ça devait arriver.

— J'espère ne pas vous avoir causé un choc.

Ce n'était manifestement pas le cas, mais l'inspecteur tenait à entendre ce qu'elle trouverait à lui dire.

Miss Ramsbottom lui décocha un regard acéré pardessus ses lunettes :

— Si vous estimez que je ne suis pas au désespoir, vous êtes dans le vrai. Rex Fortescue a toujours été un homme sans foi ni loi, et je n'ai jamais pu le souffrir.

— Sa mort a été très soudaine...

— « Comme il sied à l'impie », décréta la vieille dame avec satisfaction.

— Il ne semble pas à exclure qu'il ait été empoisonné...

L'inspecteur laissa sa phrase en suspens afin de mieux observer l'effet produit.

Il en fut pour ses frais.

— Sept rouge sur huit noir, se borna à marmonner miss Ramsbottom. Je peux enfin déplacer mon roi.

Apparemment frappée néanmoins par le silence de l'inspecteur, elle s'interrompit, une carte en main, pour s'exclamer :

— Qu'attendiez-vous donc que je vous dise, à la fin ? Ce n'est pas moi qui l'ai empoisonné, si c'est cela que vous voulez savoir !

— Et vous auriez des lueurs sur qui aurait pu le faire ?

— Que voilà une question malséante ! s'offusqua la vieille personne. Sous ce toit vivent deux des enfants de ma défunte sœur. Je me refuse à imaginer un instant que quiconque a du sang Ramsbottom dans les veines puisse être jamais taxé de meurtre. Car c'est bien de meurtre qu'il est ici question, n'est-ce pas ?

— Je n'ai rien dit de tel, madame.

— Mais bien sûr, que c'est un meurtre. Des tas de gens ont eu, un jour ou l'autre, envie de supprimer Rex. C'était un individu sans scrupules. Rien n'égale en longueur l'ombre portée des vieux péchés que l'on traîne après soi.

— Avez-vous en tête quelqu'un en particulier ?

Miss Ramsbottom balaya son jeu et se leva. Elle était très grande :

— Vous feriez maintenant mieux de vous retirer.

C'était dit sans acrimonie aucune, mais d'un ton sans réplique :

— Si vous tenez vraiment à savoir ce que je pense, ce doit être un des domestiques. Le majordome a tout de la parfaite canaille ; et la seconde femme de chambre, de la débile mentale. Je vous donne le bonsoir, monsieur.

L'inspecteur Neele se retrouva en train de sortir comme un gamin à qui on a passé un savon. Sacrée bonne femme ! Et il n'y avait rien eu à en tirer...

Il redescendit l'escalier pour regagner le hall d'entrée où il se trouva nez à nez avec une grande fille brune. Affublée d'un imperméable dégoulinant, elle le dévisagea d'un œil étrangement vide :

— Je viens de rentrer. Et on m'a dit... pour papa... qu'il est mort...

— C'est hélas exact.

Elle tâtonna dans son dos à la recherche d'un point d'appui. Sentant le bois d'un coffre de chêne, elle s'y assit lentement, avec raideur.

— Oh ! non, murmura-t-elle. Non...

Deux grosses larmes lui roulèrent sur les joues :

— C'est affreux. Je ne pensais même pas que je pouvais le souffrir... Je croyais que je le haïssais... Mais ça ne devait pas être le cas, sans quoi ça me serait égal. Mais ça ne m'est *pas* égal.

Elle resta un long moment immobile, le regard perdu dans le vide, et puis ses larmes redoublèrent.

Bientôt elle se remit à parler, d'une voix hachée par les sanglots :

— Le pire, c'est que ça arrange tout. Je veux dire que, Gérald et moi, nous pouvons maintenant nous marier. Je peux maintenant faire tout ce dont j'ai envie. Mais c'est affreux que ça m'arrive comme ça. Je ne veux pas que papa soit mort... Non, je ne veux pas. Oh ! papa... papa...

L'inspecteur Neele en fut frappé. Depuis qu'il avait mis les pieds à la Loge aux Ifs, c'était la première fois qu'il voyait quelqu'un regretter sincèrement le disparu.

9

— Ça m'a tout l'air d'être la femme, conclut le commissaire adjoint.

Il venait de prêter toute son attention au rapport de l'inspecteur Neele, véritable condensé de l'affaire, d'une brièveté exemplaire mais où pas un détail ne manquait.

— Oui, répéta le commissaire adjoint. Ça m'a tout l'air d'être la femme. Qu'est-ce que vous en pensez vous-même, Neele, hein ?

L'inspecteur Neele confia qu'à lui aussi, ç'avait tout l'air d'être la femme. Il se disait, non sans cynisme, que c'était habituellement la femme — ou le mari, selon le cas.

— La possibilité, il est clair qu'elle l'a eue. Mais le motif ?

Le commissaire adjoint marqua un temps, puis :

— Le motif... Est-ce qu'il y en a un ?

— Oh ! je crois bien, monsieur. Ce Mr Dubois.

— Vous l'estimez dans le coup, lui aussi ?

— Non, je n'irai pas jusque-là, monsieur, fit l'inspecteur en pesant ses mots. Il tient un peu trop à sa peau pour ça. Il est possible qu'il ait deviné ce qu'elle avait en tête, mais je doute qu'il le lui ait suggéré.

— Non, trop prudent.

— Beaucoup trop prudent.

— Bon, n'allons pas plus vite que la musique, mais ça me paraît une bonne hypothèse de travail. *Quid* des deux autres qui avaient la même possibilité ?

— C'est-à-dire la fille et la belle-fille. La fille a eu un coquin avec qui son père ne voulait pas qu'elle convole. Et pas question pour cet intéressant jeune homme de l'épouser sans dot. Ça lui donne à elle un motif. Quant à la belle-fille, je ne voudrais pas trop m'avancer. Je n'en sais pas encore assez sur son compte. Reste que n'importe laquelle des trois aurait bel et bien pu l'empoisonner, tandis que je ne vois pas qui d'autre aurait pu le faire. La petite bonne, le majordome, la cuisinière se sont tous occupés du petit déjeuner, qu'ils l'aient préparé ou servi, mais je ne vois pas comment n'importe lequel d'entre eux aurait pu être sûr que ce serait Fortescue lui-même, et personne d'autre, qui avalerait la taxine. Si taxine il y avait, ce qui reste encore à prouver.

— C'était bel et bien de la taxine, confirma le commissaire adjoint. Je viens de recevoir le rapport préliminaire.

— Voilà toujours un point de réglé, se réjouit l'inspecteur Neele. Ça va nous permettre d'avancer.

— Les domestiques vous ont l'air garanti bon teint ?

— Le majordome et la petite bonne semblent tous les deux sur les charbons ardents. Mais je connais ça, ce n'est pas inhabituel. La cuisinière monte sur ses grands chevaux et la femme de chambre jubile de joie mauvaise. Toutes réactions naturelles et ordinaires.

— Personne d'autre que vous puissiez considérer comme suspect potentiel ?

— Non, je n'en vois pas, monsieur.

Sans qu'il l'eût cherché, l'image de Mary Dove et de son sourire énigmatique lui revint à l'esprit. De ce côté-là aussi il avait perçu un antagonisme, sinon violent, à tout le moins très net. Durcissant le ton, il reprit :

— Maintenant que nous savons qu'il s'agissait bien de taxine, il nous faut découvrir comment l'assassin a pu se la procurer ou la préparer.

— Je ne vous le fais pas dire. Eh bien, mettez ça en chantier, Neele. Au fait, Mr Percival Fortescue est ici. J'ai échangé trois mots avec lui, il attend de vous rencontrer. Nous avons aussi localisé l'autre rejeton. Il est à Paris, au *Bristol,* et s'envole aujourd'hui. Vous lui enverrez quelqu'un à l'aéroport, j'imagine ?

— C'était bien dans mes intentions, monsieur.

— Parfait. En attendant, allez donc voir Mr Percival Fortescue.

Le commissaire adjoint gloussa :

— Il est très petit doigt en l'air, Mr Percy Prout-machère.

*

La trentaine tirée à quatre épingles, cils et cheveux d'un blond très pâle, Mr Percival Fortescue s'exprimait en effet avec un rien d'affectation :

— Cela m'a été un choc épouvantable, inspecteur Neele, comme bien vous pouvez l'imaginer.

— Je le conçois aisément, Mr Fortescue.

— Tout ce que je puis dire, c'est que mon père se portait à merveille quand j'ai quitté la maison avant-hier. Cet empoisonnement alimentaire, quel qu'il puisse être, a dû être fort soudain ?

— Fort soudain, en effet. A ceci près que ce n'était pas un empoisonnement alimentaire, Mr Fortescue.

Percival écarquilla les yeux et fronça les sourcils :

— Non ? Alors c'est pour cela que...

Mais il n'alla pas plus loin.

— Votre père a été empoisonné à la taxine.

— La taxine ? Je n'ai jamais entendu parler de ça.

— Vous n'êtes pas seul dans ce cas, croyez-moi. Mais il s'agit d'un poison mortel et dont l'effet est relativement rapide.

Le froncement de sourcils réprobateur s'accentua :

— Seriez-vous en train de me déclarer, inspecteur, que quelqu'un a délibérément empoisonné mon père ?

— Oui, monsieur, selon toute vraisemblance.

— Mais c'est effroyable !

— En effet, Mr Fortescue.

— Je comprends maintenant leur attitude à l'hôpital, murmura Percival, et leur insistance à m'envoyer ici...

Sa voix se brisa. Après un temps, il reprit :

— Les funérailles ?...

— L'enquête du coroner est fixée à après-demain, une fois obtenus les résultats de l'autopsie. Mais elle sera de pure forme, et l'audience ajournée.

— Je comprends. Il s'agit là de la procédure habituelle ?

— De nos jours, oui, monsieur.

— Puis-je vous demander si vous vous êtes déjà forgé une opinion, si vous avez des soupçons quant à la personne qui a pu... Vraiment, je...

De nouveau, sa voix s'éteignit.

— Il est encore un peu tôt pour ça, Mr Fortescue, ronronna Neele.

— Oui, je m'en doute.

— En revanche, vous nous aideriez beaucoup, Mr Fortescue, en nous donnant quelques lueurs sur les dispositions testamentaires de votre père. A moins que vous ne puissiez nous mettre directement en contact avec ses avoués.

— Il s'agit du cabinet Billingsley, Horsethorpe & Walters, de Bedford Square. Et pour ce qui est de son testament, je crois être à même de vous en fournir les dispositions majeures.

— Voilà qui serait très aimable à vous. C'est là une routine par laquelle, que nous le souhaitions ou non, il nous faudra bien passer.

— Mon père a rédigé un nouveau testament à l'occasion de son remariage, il y a de cela deux ans, précisa Percival d'un ton gourmé. Il laisse à sa femme la somme de cent mille livres en toute propriété, ainsi que cinquante mille livres à ma sœur Elaine. Outre cela, je suis son légataire universel et, bien entendu, son associé dans l'entreprise.

— Il n'existe aucun legs à l'intention de votre frère, Lancelot Fortescue ?

— Aucun. Mon père et mon frère étaient, à l'époque, brouillés depuis un certain temps déjà.

Neele lui décocha un coup d'œil aigu — mais Percival semblait très sûr de ce qu'il avançait.

— Ainsi, selon ce que stipule le testament, tint à se faire confirmer l'inspecteur Neele, les trois seuls bénéficiaires sont bien Mrs Fortescue, miss Elaine Fortescue et vous-même ?

— Bénéficiaire me paraît un fort grand mot en ce qui me concerne, soupira Percival. Il convient de tenir compte des droits de succession, inspecteur. Et du fait que mon père s'est montré ces temps derniers... comment dire ?... d'une extrême absence de discernement dans ses opérations financières.

— Votre père et vous ne voyiez dernièrement plus la conduite des affaires du même œil ?

L'inspecteur Neele avait lancé sa question d'un air candide.

— J'avais beau lui exprimer mon point de vue..., déplora Percival en haussant les épaules.

— Le lui exprimer avec une certaine véhémence, n'est-il pas vrai ? souligna l'inspecteur. En fait, et histoire de nous éviter de tourner autour du pot, vous vous êtes même violemment empoignés à ce sujet, non ?

— Je n'irais certes pas jusque-là, inspecteur, protesta Percival, virant à l'écarlate.

— A moins, alors, que l'altercation qui vous a opposés n'ait porté sur un autre sujet, Mr Fortescue ?

— Il n'y a eu entre nous aucune altercation, inspecteur.

— Vous en êtes bien sûr, Mr Fortescue ? Bon, peu importe. Ai-je eu raison de comprendre il y a peu que votre père et votre frère étaient toujours brouillés ?

— Oui, c'est exact.

— En ce cas, pouvez-vous m'expliquer la signification de ceci ?

Neele lui tendit le texte du télégramme tel que l'avait noté Mary Dove.

Percival le lut et ne put retenir une exclamation d'incrédulité à laquelle se mêlait la fureur :

— Je n'y comprends rien ! Rigoureusement rien ! Ça ne tient pas debout !

— Cela semble pourtant coller à la réalité : votre frère arrive de Paris aujourd'hui même.

— Mais c'est extravagant ! Ahurissant ! Je me refuse à croire une énormité pareille !

— Votre père ne vous en avait pas soufflé mot ?

— Je vous garantis bien que non ! Mais c'est monstrueux ! S'en aller derrière mon dos se... se rabibocher avec Lance !

— Et vous n'avez aucune idée, j'imagine, de ce qui a pu motiver une démarche pareille ?

— Bien sûr que non, voyons ! Mais ça va bien de pair avec son comportement récent... Il est devenu fou à lier ! Irresponsable ! Il faut que cela cesse... Je...

Il s'interrompit net. Et toute couleur reflua de son visage soudain livide :

— J'avais oublié... Depuis un moment, j'avais oublié que mon père était mort...

L'inspecteur Neele hocha la tête, compatissant.

Percival se disposa à prendre congé et saisit son chapeau :

— Je reste à votre disposition pour tout ce dont vous pourriez avoir besoin. Mais j'imagine... j'imagine que vous allez débarquer à la Loge aux Ifs ?

— Bien entendu, Mr Fortescue. J'ai d'ailleurs déjà un homme sur les lieux.

Percival frémit de dégoût.

— Tout cela va être d'un déplaisant ! Et dire qu'une chose pareille a pu nous arriver, à nous...

Il soupira et se dirigea vers la porte :

— Je serai à mon bureau toute la journée. Il y a énormément à faire. Mais je regagnerai la maison en fin d'après-midi.

— Très bien, monsieur.

Percival Fortescue s'en fut.

— Percy Prout-ma-chère..., murmura Neele.

Le sergent Hay, discrètement assis dans un coin, leva le nez :

— Vous dites, patron ?

Puis, comme Neele gardait le silence, il s'enquit :

— Qu'est-ce que vous pensez de tout ça ?

— Je ne sais pas trop. « Tous ces gens-là sont bien antipathiques », cita-t-il à mi-voix.

Et, le sergent Hay ouvrant de grands yeux, il expliqua :

— *Alice au Pays des Merveilles.* Vous ne connaissez pas Alice, mon vieux ?

— C'est pas un classique, ça, patron ? Alors c'est sur la radio éducative. Et moi, la radio éducative, je l'écoute pas.

10

Cinq minutes après le décollage du Bourget, Lance Fortescue ouvrit son exemplaire du *Daily Mail,* édition continentale. Très vite, il poussa une exclamation de stupeur. Pat, assise sur le siège voisin, tourna vers lui un visage interrogateur.

— C'est le vieux, lui dit Lance. Il est mort.

— Mort ! Ton père ?

— Oui, il a apparemment été pris d'un malaise à son bureau et transporté à l'hôpital où il est mort peu après son arrivée.

— Oh ! mon chéri, je suis navrée. Qu'est-ce que c'était, une attaque ?

— J'imagine. Ça en a tout l'air.

— Il en avait déjà eu ?

— Non. Pas que je sache.

— Et moi qui pensais qu'on ne mourait jamais à la première !

— Le pauvre vieux débris, murmura Lance. J'avais toujours cru que je ne pouvais pas le voir en peinture, mais je ne sais pas pourquoi, maintenant qu'il est mort...

— Mais au contraire, voyons, tu l'adorais !

— Tout le monde n'a pas ta belle âme, Pat. Oh ! bon sang, on dirait bien que ma chance a encore tourné, non ?

— Si. C'est tout de même bizarre que ça soit arrivé précisément maintenant. Juste quand tu t'apprêtais à regagner le bercail.

Il pivota brutalement dans sa direction :

— Bizarre ? Qu'est-ce que tu veux dire avec ton « bizarre », Pat ?

Elle le dévisagea, un peu étonnée :

— Eh bien, avoue que c'est une drôle de coïncidence.

— Ce qui revient à souligner qu'il suffit que j'essaie de prendre un nouveau départ pour que ça foire ?

— Non, mon chéri, absolument pas. Mais il faut bien reconnaître que c'est un regain de poisse.

— Oui, tu as, bien entendu, raison.

— Je suis navrée, pour ton père, répéta-t-elle.

Après l'atterrisage à Heathrow, alors qu'ils attendaient l'autorisation de débarquer, un employé de la compagnie lança d'une voix claire :

— Mr Lancelot Fortescue est-il à bord ?

— Oui, ici, répondit Lance.

— Voudriez-vous me suivre, je vous prie ?

Lance et Pat lui emboîtèrent le pas, précédant le gros des passagers. Comme ils passaient à hauteur d'un couple assis dans les derniers rangs, ils entendirent l'homme chuchoter à sa femme :

— Des passeurs de produits de contrebande, je parie. Pris sur le fait.

*

— Mais c'est insensé ! s'exclama Lance en regardant avec ahurissement l'inspecteur Neele qui trônait de l'autre côté du bureau. Absolument insensé !

L'inspecteur se fendit d'un hochement de tête compatissant.

— De la taxine... des baies d'ifs... nous nageons en plein mélodrame. Je veux bien que ce genre de situation soit pour vous monnaie courante, inspecteur. Le train-train quotidien. Mais un meurtre par empoisonnement, au sein de ma famille, vous me pardonnerez mais voilà qui me paraît outrageusement tiré par les cheveux.

— Vous n'avez donc aucune idée, interrogea l'inspecteur Neele, sur qui a bien pu empoisonner votre père ?

— Grand Dieu, non ! J'admets que le vieux ait pu se faire une kyrielle d'ennemis dans le monde des affaires, que des tas de gens aient pu avoir envie de l'écorcher vif, de l'acculer à la ruine... et j'en passe. Mais l'empoisonner ? De toute façon, je serais le dernier renseigné. Je vis à l'étranger depuis pas mal de temps et je n'en sais pas lourd sur ce qui pouvait bien se passer à la maison.

— C'est précisément là le sujet que je souhaitais aborder avec vous, Mr Fortescue. Votre frère a évoqué une brouille, entre votre père et vous, que rien ne serait venu dissiper depuis bon nombre d'années. Verriez-vous un inconvénient à me détailler les circonstances qui vous ont incité à réintégrer aujourd'hui le cercle familial ?

— Jamais de la vie, inspecteur. Mon père a fait les premiers pas il y a de ça... que je réfléchisse... oui, il y a de ça six mois : je venais de me marier. Il m'a écrit en me laissant entendre qu'il souhaitait oublier le passé morose. Il suggérait que je rejoigne le bercail et la firme. Il demeurait cependant assez vague dans ses termes pour que je n'aie pas très envie d'en passer par où il le voulait. Je n'en ai pas moins effectué un saut en Angleterre au mois de... oui, au mois d'août dernier — il y a de ça trois mois — pour lui rendre visite à la Loge aux Ifs où il m'a fait, je le confesse, une proposition cette fois très alléchante. Je lui ai répondu que j'avais besoin d'y réfléchir et de consulter ma femme. Ce qu'il a parfaitement compris. J'ai donc repris l'avion pour le Kenya et j'en ai discuté avec Pat. Résultat, j'ai décidé d'accepter l'offre du vieux singe. Il me fallait du temps pour liquider mes affaires là-bas, mais je me suis engagé à boucler le tout avant la fin du mois dernier. Et je lui ai dit que je lui télégraphierai la date exacte de mon retour en Angleterre.

L'inspecteur Neele toussota :

— Retour qui semble avoir causé quelque surprise à votre frère.

Lance eut un sourire espiègle :

— Je suis convaincu que ce brave Percy n'était pas dans la confidence. Il était en vacances en Norvège, à l'époque. De vous à moi, le vieux avait choisi son moment. Il voulait lui faire un enfant dans le dos. En fait, je soupçonne fortement que l'offre de mon père découlait de la bagarre à tout casser qu'il avait eue avec ce cher Percy — ou plutôt Val, comme il préfère qu'on l'appelle. Val, à ce que je crois, avait plus ou moins essayé de tenir la dragée haute au vieux. Comme si le paternel aurait pu admettre ça ! Ce qu'a été le sujet exact de l'empoignade, je n'en ai pas la moindre idée, mais ce qu'il y a de sûr c'est qu'il était fou furieux ; et qu'il a dû se dire que me reprendre sous son aile serait le genre de coup fumant bien propre à damer le pion à son fiston. Par-dessus le marché, il n'a jamais encaissé la femme de Percy, alors que mon mariage a délicieusement titillé son snobisme. Et puis me ramener au bercail et mettre brusquement Percy devant le fait accompli devait lui paraître le summum de la bonne grosse plaisanterie des familles.

— Combien de temps êtes-vous resté à la Loge aux Ifs à cette occasion ?

— Oh ! pas plus qu'une heure ou deux. Il ne m'a pas invité à passer la nuit. Je vous le répète, c'était une sorte de coup de poignard en traître dans le dos de Percy. Et il ne tenait surtout pas à ce que les domestiques puissent aller moucharder. Comme je vous l'ai dit, on en était resté à ce que j'allais réfléchir, en parler à Pat et lui faire connaître ma décision, ce que j'ai fait. Je lui ai écrit pour lui communiquer la date approximative de mon arrivée et lui ai finalement envoyé hier un télégramme de Paris.

L'inspecteur Neele hocha la tête :

— Télégramme qui a beaucoup surpris votre frère.

— Je m'en doute. N'empêche que, comme d'habitude, c'est Percy qui a gagné. Je suis arrivé trop tard.

— Oui, fit pensivement l'inspecteur, vous êtes arrivé trop tard...

Il enchaîna, très vite :

— Au cours de votre visite du mois d'août, vous avez rencontré d'autres membres de la famille ?

— Ma belle-mère était là pour le thé.

— Vous l'aviez déjà rencontrée ?

— Non.

Il eut un grand sourire :

— Le vieux avait eu la main heureuse. Elle avait trente ans de moins que lui au bas mot.

— Vous me pardonnerez ma question, mais avez-vous mal pris le remariage de votre père, ou votre frère l'a-t-il fait ?

Lance parut surpris :

— Moi, en tout cas pas, et ça m'étonnerait qu'il en ait été autrement pour Percy. Après tout, notre mère était morte quand nous avions... oh ! dix, douze ans. Ce qui me laisse pantois, c'est que le vieux ne se soit pas remarié plus tôt.

L'inspecteur Neele se fit insidieux :

— On peut considérer que c'est prendre un grand risque que d'épouser une femme beaucoup plus jeune que soi...

— C'est mon cher frère qui vous a susurré ça ? Ça lui ressemble. Percy est de première dans l'art de l'insinuation. C'est ça le topo, inspecteur ? Ma belle-mère est soupçonnée d'avoir administré le bouillon d'onze heures à mon père ?

Le visage de l'inspecteur Neele se vida de toute expression.

— Il est trop tôt pour avoir une idée arrêtée, fit-il avec infiniment de courtoisie. Puis-je à présent vous demander quels sont vos projets ?

— Mes projets ? Il va falloir que je les révise, j'imagine. Où est la famille ? Réunie à la Loge aux Ifs ?

— Oui.

— Je serais donc bien avisé d'y courir tout droit.

Il se tourna vers sa femme :

— Toi, il vaut mieux que tu restes dans un hôtel quelconque, Pat.

— Non, Lance, non ! protesta-t-elle aussitôt. Je t'accompagne !

— Pas question.

— Mais j'y tiens !

— Je t'assure, ça ne me dit rien qui vaille. Prends tes quartiers au... — oh ! ça fait si longtemps que je ne suis pas descendu à Londres ! —... au *Barne's*. Le *Barne's* était un bon petit hôtel pépère. Il fonctionne toujours, j'imagine ?

— Bien sûr, Mr Fortescue.

— C'est décidé, Pat. Je t'y installe s'ils ont une chambre, et puis je file à la Loge aux Ifs.

— Mais pourquoi refuses-tu que j'y aille avec toi ?

Le visage de Lance s'était soudain rembruni :

— Je t'avoue que je ne suis pas sûr d'y être accueilli à bras ouverts. C'est Père qui m'avait rappelé, mais il est mort, à présent. Et je ne sais pas qui gouverne à sa place. Percy, j'imagine, à moins que ce ne soit Adèle. Qui que ce soit, je préfère voir à quel genre de réception je vais avoir droit avant de t'amener là-bas. Et puis, d'un autre côté...

— D'un autre côté quoi ?

— Je ne tiens pas à t'introduire dans une maison où un empoisonneur circule en liberté.

— Mais c'est idiot !

— Quand il s'agit de toi, Pat, il n'est pas question de courir le moindre risque.

11

Mr Dubois était très embêté. Il déchira la lettre d'Adèle Fortescue en petits morceaux qu'il jeta dans la corbeille à papier. Puis, se ravisant brusquement, il les repêcha avec méticulosité, les mit dans un cendrier, craqua une allumette et les regarda se réduire en cendres.

« Pourquoi faut-il que les femmes se conduisent toujours comme des imbéciles patentées ? marmonna-t-il entre ses dents. La prudence la plus élémentaire... » Seulement voilà, constatait-il avec accablement, les femmes n'avaient jamais été capables de la moindre prudence. Et bien qu'il ait, à maintes occasions, tiré quelque profit de ce travers, il le condamnait sans rémission dans le cas présent.

En ce qui le concerne, les précautions, il les avait toutes prises. Si Mrs Fortescue téléphonait, on avait pour instruction formelle de répondre qu'il était sorti. Or, elle avait déjà téléphoné trois fois, et voilà maintenant qu'elle avait écrit ! Et ça, c'était encore plus dangereux. Il réfléchit un moment, puis décrocha le téléphone :

— Pourrais-je parler à Mrs Fortescue, je vous prie ? Oui, Mr Dubois.

Trente secondes plus tard, il entendit sa voix :

— Vivian, enfin !

— Oui, oui, Adèle, mais sois prudente. D'où me parles-tu ?

— De la bibliothèque.

— Tu es sûre que personne ne nous écoute depuis le poste du hall ?

— Pourquoi quelqu'un le ferait-il ?

— On ne sait jamais. La police est toujours dans la maison ?

— Non, ils sont partis. Pour le moment, en tout cas. Oh ! Vivian, mon chéri, ç'a été *atroce* !

— Oui, oui, je m'en doute. Mais écoute-moi, Adèle, il faut que nous soyons prudents.

— Bien sûr, mon amour.

— Ne m'appelle pas comme ça au téléphone. Ça peut être dangereux.

— Tu ne crois pas que tu paniques un peu trop, Vivian ? Tout le monde s'appelle « mon amour », de nos jours.

— Oui, oui, c'est vrai. Mais écoute-moi bien : *Ne me téléphone plus et, surtout, ne m'écris plus.*

— Mais enfin, Vivian...

— C'est juste pour les quelques jours à venir, comprends-tu ? *Il faut que nous soyons prudents.*

— Oh ! bon... Très bien...

On la sentait offensée.

— Adèle, écoute-moi. Mes lettres... Tu les a brûlées, oui ?

Il nota une seconde d'hésitation entre sa demande et la réponse d'Adèle Fortescue :

— Bien sûr. Je t'avais dit que je le ferais.

— Alors, très bien. Je vais raccrocher, maintenant. Ne m'appelle pas et ne m'écris pas. Tu auras de mes nouvelles, dès que ce sera possible.

Il reposa le combiné sur sa fourche et se gratta la joue, perplexe. Il n'avait pas apprécié ce moment d'hésitation. Est-ce qu'Adèle avait brûlé ses lettres, oui ou non ? Ces bonnes femmes étaient toutes les mêmes. Elles vous faisaient des promesses et elles ne les tenaient pas.

Les lettres..., ruminait Mr Dubois. Les femmes vous supplient toujours de leur écrire. Lui, il avait beau se donner un mal de chien pour se montrer prudent, il fallait quand même bien parfois qu'il y passe. Qu'est-ce qu'il avait dit au juste dans les lettres qu'il avait écrites à Adèle Fortescue ? « C'était le genre d'âneries classiques », se remémora-t-il avec ennui. Mais est-ce qu'il n'y avait pas des mots, des phrases, que la police pourrait tortiller pour leur faire dire ce qu'elle voulait qu'ils disent ? Il n'y avait qu'à voir l'affaire Edith Thompson. Ses lettres à lui, tenta-t-il de se réconforter, étaient du genre passe-partout — mais allez donc savoir ! Son malaise grandit. Au cas où Adèle ne les avait pas encore brûlées, aurait-elle le bon sens de le faire maintenant ? Ou bien les flics avaient-ils déjà fait main basse dessus ? Où les cachait-elle ? Probablement dans son boudoir, au premier. Ce petit secrétaire godiche en simili-Louis XVI, dont elle lui avait confié qu'il était doté d'un tiroir secret. Un tiroir secret ! Ça n'abuserait pas longtemps les enquêteurs ! Mais pour le moment, ils avaient quitté les lieux. C'est du moins ce qu'elle venait de lui dire. Ils avaient été là toute la matinée, mais, en cette fin d'après-midi, ils avaient levé le siège.

Jusqu'à maintenant, ils avaient probablement consacré leur temps à chercher d'éventuelles traces de poison dans la nourriture. Ils n'avaient pas encore dû, espérait-il, procéder à une fouille pièce par pièce de la maison. Peut-être cela exigerait-il qu'ils en demandent l'autorisation, ou qu'ils obtiennent un mandat de perquisition. Il n'était pas exclu que s'il agissait maintenant, tout de suite...

Il visualisait très bien la maison dans sa tête. Le crépuscule n'allait pas tarder à tomber. On allait servir le thé, dans la bibliothèque ou dans le grand salon. Tout le monde serait au rez-de-chaussée, et les domestiques claquemurés à l'office histoire de prendre eux aussi leur thé sans être dérangés. Il n'y aurait pas un chat au premier. Facile de traverser le jardin, surtout en longeant la haie d'ifs qui représentait un écran idéal. Après ça, il y avait la petite porte latérale qui donnait sur la terrasse. Jamais fermée à clé avant l'heure du couchen. Pas sorcier de se glisser par là, puis, en choisissant son moment, de se faufiler jusqu'au premier.

Vivian Dubois réfléchit soigneusement à ce qu'il lui reviendrait de faire ensuite. Si la mort de Fortescue avait été attribuée à une crise cardiaque ou à une congestion cérébrale comme ça devait sûrement avoir été le cas, il en serait allé autrement. Mais la situation étant ce qu'elle était, songea-t-il, mieux valait risquer le tout pour le tout.

*

Mary Dove descendait lentement le grand escalier. Elle s'arrêta un moment sur le palier, devant la fenêtre par laquelle elle avait assisté la veille à l'arrivée de l'inspecteur Neele. Dans la lumière déclinante, elle remarqua une silhouette masculine qui disparaissait au coin de la haie d'ifs. Elle se demanda s'il ne s'agissait pas de Lancelot Fortescue, le fameux fils prodigue. Sans doute avait-il abandonné sa voiture à la barrière pour errer un moment à sa guise dans le jardin en se remémorant le bon vieux temps avant d'affronter l'hostilité possible de la famille. Mary Dove nourrissait à son égard un a priori favorable. Elle descendit les dernières marches, un petit sourire aux lèvres. Dans le hall, elle tomba sur Gladys, qui sursauta à sa vue.

— C'est le téléphone, que je viens d'entendre ? demanda Mary. Qui était-ce ?

— Oh ! un faux numéro. Ils se croyaient à la blanchisserie..., haleta quelque peu Gladys qui semblait pressée. Et avant ça, c'était Mr Dubois. Il voulait parler à madame.

— Je vois.

Mary Dove fit quelques pas, puis, tournant la tête, s'enquit :

— C'est l'heure du thé, non ? Vous ne l'avez pas encore servi ?

— Vous croyez qu'il serait déjà 4 heures et demie, miss ? Moi, m'est avis que non.

— Il est 5 heures moins 20. Apportez-le tout de suite, voulez-vous ?

Ayant dit, Mary Dove gagna la bibliothèque où Adèle

Fortescue, les yeux rivés sur les flammes de la cheminée, effilochait entre ses doigts un mouchoir de dentelle.

— Où est le thé ? geignit Adèle.

— Il arrive tout de suite.

Et comme une bûche incandescente venait de s'écrouler dans l'âtre, Mary Dove alla s'agenouiller devant la grille pour la remettre d'aplomb à l'aide des pincettes et regarnir le feu.

Gladys, de son côté, s'en était allée faire irruption dans la cuisine où Mrs Crump, fort occupée à pétrir de la pâte, avait levé vers elle un visage revêche autant qu'apoplectique :

— La bibliothèque fait rien que de sonner ! Ça fait un moment que vous auriez dû leur porter leur thé, ma fille !

— J'y vais, j'y vais, Mrs Crump.

— Il va m'entendre, mon Crump, ce soir ! fulmina Mrs Crump. Ça va être sa fête !

Gladys s'éclipsa à l'office. Elle n'avait pas préparé de canapés. Tant pis, ce n'était pas maintenant qu'elle allait s'y mettre. Ils auraient bien assez à manger sans. Deux gâteaux, des petits fours, des biscuits, des scones et du miel. Du beurre de ferme du marché noir, tout frais. Bien assez sans qu'elle se complique la vie à préparer des canapés au foie gras ou à la tomate. Comme si elle n'avait pas autre chose à penser ! Avec ça que Mrs Crump était en rogne parce que le père Crump avait pris son après-midi ! Après tout, c'était son jour, oui ou non ? Il avait bien le droit !

— La bouilloire, elle bout tout ce qu'elle sait ! cria Mrs Crump depuis la cuisine. C'est pour aujourd'hui ou pour demain ?

— Ça vient !

Elle balança au jugé une pincée de thé dans la grosse théière d'argent, passa par la cuisine pour y verser l'eau bouillante, la posa sur le plateau d'argent et transporta le tout jusqu'à la bibliothèque où elle le disposa sur la table basse, à portée de main du canapé. Puis elle retourna en courant à la cuisine chercher le plateau de victuailles. Quand elle réapparut avec dans le hall, la trépidation sourde de l'antique horloge de parquet se préparant à sonner la fit sursauter.

Dans la bibliothèque, Adèle Fortescue continuait à extérioriser sa mauvaise humeur :

— Mais où tout le monde est-il donc passé, ce soir ?

— Je ne sais pas au juste, Mrs Fortescue, répondit Mary Dove. Miss Fortescue est rentrée depuis un moment. Quant à Mrs Percival, je crois qu'elle est dans sa chambre, à écrire des lettres.

— Ecrire des lettres, écrire des lettres, grinça Adèle. Cette femme n'arrête plus d'écrire des lettres. Elle est bien de son milieu, celle-là ! Rien ne la fait se délecter autant que l'infortune et le deuil. Ça lui donne un côté vampire femelle. On dirait une goule.

— Je vais aller lui dire que le thé est prêt, murmura Mary avec tact.

Sur le seuil, elle s'effaça pour céder le passage à Elaine Fortescue qui courut s'agenouiller devant la cheminée en se frottant les mains et en les tendant à la flamme :

— Je suis frigorifiée !

Mary s'immobilisa un instant dans le hall. Un grand plateau de victuailles était posé sur un des coffres de chêne. Comme il commençait à faire sombre, Mary alluma l'électricité. Ce faisant, elle entendit Jennifer Fortescue marcher dans le corridor, à l'étage. Personne ne descendant cependant l'escalier, Mary monta au premier et emprunta ledit corridor.

Percival Fortescue et sa femme occupaient un appartement indépendant dans une aile de la maison. Mary toqua doucement à la porte du petit salon. Mrs Percival exigeait que l'on toquât ainsi aux portes, ce qui montait d'ailleurs régulièrement Crump contre elle.

— Entrez ! répondit-elle vivement.

Mary poussa le battant :

— Le thé est servi, Mrs Percival, annonça-t-elle de sa voix la plus suave.

Elle n'en revint pas de voir Jennifer Fortescue en tenue de promenade et tout juste en train d'ôter son gros manteau en poil de chameau :

— Pardonnez-moi, Mrs Fortescue, j'ignorais que vous étiez sortie.

Mrs Percival semblait un peu hors d'haleine :

— Oh ! j'étais juste descendue au jardin, c'est tout. Histoire de prendre un peu l'air. Mais il faisait vraiment trop froid. Je serai heureuse de descendre au coin du feu. Le chauffage central n'a pas l'air de fonctionner très bien dans cette partie de la maison. Il faudra que quelqu'un en touche un mot au chef jardinier, miss Dove.

— Je vais le faire, promit Mary.

Jennifer Fortescue jeta son manteau sur un fauteuil et suivit Mary hors de la pièce. Elle descendit cependant en tête, Mary s'étant effacée pour lui céder le pas.

Dans le hall, Mary eut la surprise de s'apercevoir que le plateau de victuailles était toujours là. Elle se dirigeait vers l'office pour appeler Gladys quand Adèle Fortescue apparut sur le seuil de la bibliothèque, hors d'elle :

— On ne va donc rien avoir à manger avec le thé, aujourd'hui ?

Mary s'empressa de saisir le plateau, de l'emporter dans la bibliothèque et de disposer les assiettes garnies sur les tables basses devant le feu.

Elle remportait le plateau vide quand on sonna à la porte d'entrée. Abandonnant le plateau, Mary alla à la porte elle-même. S'il s'agissait du fils prodigue, elle était curieuse de voir sa tête.

« Comme il ressemble peu au reste de la tribu Fortescue », se dit-elle en ouvrant et en détaillant son visage brun et mince et son sourire à l'expression un tantinet railleuse.

— Mr Lancelot Fortescue ?

— Lui-même.

Elle regarda derrière lui :

— Vos bagages ?

Il souleva un petit sac de voyage posé à ses pieds :

— J'ai renvoyé mon taxi. Et je n'ai que ceci.

— Oh ! vous aviez pris un taxi ? commenta Mary qui éprouvait un sentiment de surprise indéfinissable. Je me disais que vous aviez dû venir à pied... Et Mrs Lancelot ?

Lance eut un sourire ambigu :

— Ma femme ne viendra pas. Pas pour l'instant, en tout cas.

— Très bien. Si vous voulez bien me suivre, Mr Fortescue. Tout le monde est à la bibliothèque, en train de prendre le thé.

Elle le mena jusqu'à la porte et la lui ouvrit. Tout en accomplissant ce rite, elle se dit que Lancelot Fortescue était un garçon bien séduisant. Une seconde pensée lui vint sitôt après celle-là : elle ne devait pas être — et de loin — la seule à en juger ainsi.

*

— Lance !

Elaine s'était précipitée vers lui. Elle se suspendit à son cou et l'embrassa avec un abandon de collégienne qui le laissa pantois.

— Coucou ! C'est moi ! fit-il en se dégageant doucement.

Jennifer Fortescue le dévisageait avec une curiosité non dissimulée.

— Et vous, vous êtes Jennifer ? s'enquit-il.

— Val a été retenu en ville, se borna-t-elle à lui répondre. Il y a tant à faire, comprenez-vous ? Toutes les dispositions à prendre, tout à superviser. C'est bien évidemment Val qui doit s'en charger. Il est obligé de s'occuper de rigoureusement *tout*. Vous n'avez pas idée de ce par quoi nous sommes en train de passer...

— Ce doit être effroyablement éprouvant pour vous, déclara Lance avec le plus grand sérieux.

Il se tourna vers la femme assise dans l'angle du canapé, un scone tartiné de miel à la main et qui le jaugeait du regard.

— Oh ! mais c'est vrai que vous ne connaissez pas non plus Adèle ! s'émut Jennifer.

— Bien sûr que si, ronronna Lance en se penchant pour prendre la main d'Adèle Fortescue dans la sienne.

Sous son regard, elle battit joliment des cils. Puis elle posa le scone entamé qu'elle avait dans la main gauche afin de pouvoir ainsi se tapoter les cheveux — geste bien féminin qui témoignait de son émoi à voir un bel homme d'aussi près.

— Asseyez-vous ici à côté de moi, Lance, fit-elle d'une voix chaude en lui versant une tasse de thé. Je suis si contente que vous soyez revenu. Nous avons tellement besoin d'un autre homme dans la maison.

— Comptez sur moi pour tout ce que vous voudrez.

— Vous savez... ou bien, non, peut-être ne le savez-vous pas... que nous avons eu ici la police. Ils s'imaginent que... ils s'imaginent que... Oh ! acheva-t-elle dans un transport, c'est affreux ! Affreux !

— Je suis au courant, compatit Lance avec gravité. Pour tout dire, ils sont venus me cueillir à l'aéroport.

— La police ? Ils sont venus vous y attendre ?

— Hé, oui !

— Qu'est-ce qu'ils vous ont dit ?

— Bah ! fit Lance pour minimiser la chose. Ils m'ont raconté ce qui s'était passé.

— Il a été empoisonné, reprit Adèle, voilà ce qu'ils croient, ce qu'ils répètent. Et il ne s'agirait pas d'un empoisonnement alimentaire. Mais d'un empoisonnement provoqué, criminel. Et je suis persuadée, je suis intimement persuadée, qu'ils soupçonnent l'un d'entre *nous*.

Lance lui décocha un des petits sourires dont il avait le secret.

— Laissons-les pousser leur brouette, fit-il, consolant. Et évitons de nous faire du mauvais sang. Quelle merveille, ce thé ! Ça fait si longtemps que je n'avais pas goûté à notre bon vieux thé à l'anglaise !

Les autres ne tardèrent pas à partager sa bonne humeur. Mais soudain Adèle s'inquiéta :

— Mais votre femme... Vous êtes bien marié, Lance, non ?

— Tout ce qu'il y a de plus marié, si. Elle est à Londres.

— Mais est-ce que vous n'avez pas l'intention de... est-ce que vous n'auriez pas mieux fait de l'amener avec vous ?

— Nous avons tout le temps de faire des plans. Pat... oh ! Pat est très bien là où elle est.

— Tu ne veux pas dire par là que..., lança Elaine d'une voix rauque, que tu crains que...

— Il m'a tout l'air somptueux, ce gâteau au chocolat ! s'empressa de faire diversion Lance. J'en veux tout de suite !

S'en coupant une part, il s'enquit :

— Et tante Effie ? Toujours vivante ?

— Oh ! ça, oui. Rien à faire pour qu'elle descende prendre ses repas avec nous ni quoi que ce soit, mais elle a toujours bon pied, bon œil. Ce qu'il y a, c'est qu'elle devient passablement excentrique.

— Excentrique, elle l'a toujours été, sourit Lance. Je grimperai la voir après le thé.

— Etant donné son âge, maugréa Jennifer Fortescue, on est tout de même tenté de se dire qu'elle serait mieux dans une maison de retraite quelconque. Quelque part où les gens pourraient s'occuper convenablement d'elle, bien entendu.

— Dieu ait en Sa sainte garde l'asile pour vieilles biques qui compterait tante Effie dans le lot ! s'exclama Lance. En fait de divin, enchaîna-t-il, qui est l'exquise sainte-nitouche qui m'a ouvert ?

Adèle s'étonna :

— Ce n'est pas Crump qui est allé à la porte ? Le majordome ? Ah ! non, j'oubliais. C'est son jour de sortie. Mais Gladys n'a pourtant rien d'une...

Lance fournit un signalement :

— Yeux bleus, raie au milieu, voix angélique et sourire de rosière. Ce que ça peut cacher, je ne me risquerai pas à l'évoquer.

— Ça, décréta Jennifer, ça ressemblerait assez à Mary Dove.

— C'est elle qui gère tout ici pour nous, confia Elaine.

— Vraiment... tout ?

— Elle a su se rendre indispensable, renchérit Adèle.

— Ça, fit pensivement Lance, je le crois sans peine.

— Et ce qu'il y a surtout de bien avec elle, résuma

Jennifer, c'est qu'elle sait rester à sa place. Elle ne se hausse pas du col, si vous voyez ce que je veux dire.

— Sacrée Mary Dove, conclut Lance en se coupant une seconde part de gâteau au chocolat.

12

— Tu es comme les fausses pièces de cent sous, tu reviens toujours à l'envoyeur, ronchonna miss Ramsbottom.

— Tu l'as dit, tante Effie, sourit Lance.

— Humph ! renifla tante Effie, la mine réprobatrice. Et tu as bien choisi ton moment. Ton père s'est fait assassiner hier, et la maison regorge de policiers qui fourrent leur nez partout et qui vont même jusqu'à farfouiller dans les poubelles. Je les ai vus de ma fenêtre.

Elle s'interrompit, renifla derechef et s'enquit :

— Tu as amené ta femme avec toi ?

— Non. J'ai laissé Pat à Londres.

— Tu n'es donc pas stupide. J'en aurais fait autant à ta place. On ne sait jamais ce qui peut arriver.

— A elle ? A Pat ?

— A n'importe qui, trancha miss Ramsbottom.

Lance Fortescue la considéra, pensif :

— Tu as une opinion sur tout ça, tante Effie ?

Miss Ramsbottom biaisa :

— Un inspecteur est venu hier me poser des questions. Il n'a pas réussi à me tirer les vers du nez. Mais il n'est pas aussi bête qu'il en a l'air, loin de là.

Elle frémit d'indignation :

— Si ton grand-père voyait ça ! La police à la maison ! De quoi le faire se retourner dans sa tombe. Lui qui a toujours vécu cramponné à sa bible et à son calvinisme. Si tu avais entendu les clameurs qu'il a poussées le jour où il a découvert que je m'étais mise à assister aux services du culte *anglican* — et à ceux du *soir*, pour ne rien arranger ! Je suis pourtant sûre et certaine que c'était *véniel* comparé à un meurtre.

En d'autres temps, Lance eût souri, mais son visage mince resta de marbre :

— Tu sais, tante Effie, après toutes ces années au loin, je nage en plein brouillard. Qu'est-ce qui s'est passé ici ces derniers temps ?

Miss Ramsbottom leva les yeux au ciel :

— Toutes les turpitudes de l'enfer !

— D'accord, d'accord, tante Effie, je n'en attendais pas moins de toi. Mais qu'est-ce qui a bien pu donner à la police l'idée que le meurtre de papa avait été perpétré ici, à la maison ?

— L'adultère est une chose, le meurtre en est une autre ! proféra miss Ramsbottom. Je répugnerais à penser cela d'elle, oui, j'y répugnerais beaucoup.

Lance fut aussitôt sur le qui-vive :

— Adèle ?

— Mes lèvres sont scellées, décréta miss Ramsbottom.

— Allons, tantine. C'est une très jolie phrase, mais qui ne signifie rien. Adèle avait un coquin ? Adèle et son joli-cœur lui ont refilé de la mort-aux-rats dans son thé du petit lever ? C'est ça, le topo ?

— Je te prierai de ne pas plaisanter sur un sujet pareil.

— Je ne plaisantais pas vraiment, tu sais.

— Je vais te dire une bonne chose, décida tout soudain miss Ramsbottom. Je te fiche mon billet que cette fille en sait long.

— Quelle fille ?

— La renifleuse. Celle qui devait m'apporter mon thé cet après-midi et qui ne l'a pas fait. Partie sans crier gare, à ce qu'il paraît. Ne m'étonnerait pas qu'elle ait filé tout droit à la police. Qui t'a ouvert ?

— Une certaine Mary Dove, d'après ce que j'ai compris. Tout sucre et tout miel — du moins à première vue. C'est elle qui aurait filé tout droit à la police ?

— Celle-là, elle ne ferait jamais ça. Non, je te parle de cette gourde de petite bonne à tout faire. Depuis ce matin, elle n'avait pas arrêté de tressaillir et de sauter comme une puce. « Qu'est-ce qui vous arrive ? je lui ai demandé. Vous n'avez pas la conscience tranquille ? »

« Moi, je n'ai rien fait, s'est-elle mise à braire, ce n'est jamais moi qui serais allée faire une chose pareille. » « J'espère bien, ai-je enchaîné, mais je vois bien qu'il y a un problème qui vous turlupine. » Là-dessus elle s'est mise à renifler et à dire qu'elle ne voulait causer d'ennuis à personne et qu'elle était sûre qu'elle avait dû se tromper. J'ai alors pris mon ton le plus solennel : « Maintenant, ma fille, renoncez à satan et à ses œuvres et dites la vérité. » Tel quel. « Allez trouver la police, lui ai-je conseillé, et racontez-lui tout ce que vous savez, parce que taire la vérité, fût-elle pénible à dire, n'a jamais rien donné de bon. » Sur quoi, elle s'est lancée dans un embrouillamini sans nom dont il ressortait qu'elle ne pouvait pas aller à la police parce qu'on ne l'y croirait jamais et qu'est-ce qu'elle pourrait bien faire à ça ? Au bout du compte, elle a fini par dire que, de toute façon, elle ne savait rien du tout.

— Tu ne crois pas, hasarda Lance, qu'elle avait tout bonnement envie de se rendre intéressante ?

— Alors là, non. Je suis persuadée qu'elle mourait de peur. Persuadée qu'elle a vu ou entendu quelque chose qui lui aura donné des idées sur ce qui s'est passé. Ça peut être important comme ça peut être un détail sans conséquence.

— Tu ne penses pas qu'elle-même aurait pu avoir une dent contre père et...

Miss Ramsbottom secoua la tête avec énergie :

— Ce n'est pas le genre de fille que ton père risquait le moins du monde de remarquer. Ni sans doute qu'aucun autre homme ne remarquera jamais, la pauvre. Et ça, tant mieux pour le salut de son âme, soit dit en passant.

Mais Lance n'attachait pas grande importance à l'âme de Gladys. Il insista :

— Alors tu crois qu'elle est allée à la police ?

Miss Ramsbottom hocha la tête avec la même énergie qu'elle avait mise plus tôt à la secouer :

— Oui. Je crois qu'elle ne devait pas avoir envie de leur dire quoi que ce soit ici, de peur que quelqu'un l'entende.

— Tu crois qu'elle peut avoir vu quelqu'un trafiquer la nourriture ?

Tante Effie lui décocha un coup d'œil acéré :

— A ton avis ?

— Pas impossible, en effet. Seulement, je suis désolé, tout cela me paraît tellement invraisemblable ! On se croirait en plein roman policier.

— La femme de Percival est infirmière, déclara tout à trac miss Ramsbottom.

La remarque avait si peu à voir avec ce qui précédait que Lance la regarda d'un air ahuri.

— Les infirmières ont l'habitude de manier des produits pharmaceutiques, souligna la vieille demoiselle.

Lance ne parut pas convaincu :

— Ce truc... la taxine... est-ce qu'on l'utilise jamais en médecine ?

— On l'extrait des baies d'ifs, à ce qu'il semble. Ces baies, il arrive que des enfants en mangent, rêvassa tout haut miss Ramsbottom. Et ça les rend atrocement malades. Je me souviens d'un cas d'empoisonnement quand j'étais petite fille. Ça m'a beaucoup marquée. Je ne l'oublierai jamais. Comme quoi les vieux souvenirs peuvent parfois se révéler utiles.

Lance redressa la tête pour mieux la dévisager.

— Eprouver de l'inclination pour autrui est une chose, décréta miss Ramsbottom, et j'en sais, ma foi, autant sur le sujet que n'importe qui. Mais je ne tolérerai jamais la débauche. Tout comme la dépravation, elle doit être étouffée dans l'œuf.

*

— Sans me dire ni quoi ni qu'est-ce, qu'elle a fichu le camp ! tempêta Mrs Crump, abandonnant un instant la pâte qu'elle était en train de rouler et relevant son visage revêche rougi par l'effort. Filer sans crier gare, voilà ce qu'elle a fait ! Une sournoise, si vous voulez que je vous dise. Une sournoise ! Elle a eu la frousse que je l'en empêche, et c'est sûr que je l'aurais fait si j'avais pu la coincer ! Non, mais des fois ! Avec ça que Monsieur il est mort, que Mr Lance s'en revient à la maison qu'il y avait pas mis les pieds depuis des années, et je lui avais dit à Crump, je lui avais dit comme ça : « Jour de sortie ou pas jour de sortie, c'est du pareil au même et je connais mon devoir. Il ne va pas y avoir dîner froid ce soir comme les autres jeudis, mais un repas comme il faut. Notre jeune monsieur qui s'en revient de l'étranger, et même que sa femme elle a été précédemment mariée dans l'aristocratie, faut mettre les petits plats dans les grands. » Vous me connaissez, miss, vous savez que j'ai ma fierté.

Mary Dove, réceptacle de ces confidences, hocha benoîtement la tête.

— Et qu'est-ce que mon Crump il me répond pas à ça ? reprit Mrs Crump, enflant la voix. « C'est mon jour de sortie et j'm'en vais sortir », voilà ce qu'il me répond. « Et merde pour l'aristocratie », qu'il ajoute. Aucun respect de son travail, qu'il a, Crump, aucun. Ce qui fait qu'il sort et que je dis à Gladys qu'elle va devoir se débrouiller ce soir toute seule. « D'accord, Mrs Crump », qu'elle me fait comme ça, et puis j'ai pas plus tôt le dos tourné que la voilà elle aussi qui fiche le camp en douce. Même que c'était pas son jour, à elle. Elle, c'est le vendredi. Alors comment c'est qu'on va s'en tirer dans ces conditions, ma foi, j'en sais trop rien ! Encore heureux que Mr Lance il a pas amené sa femme avec lui.

— On arrivera à se débrouiller, Mrs Crump, à condition de simplifier un petit peu le menu.

Mary avait adopté un ton tout à la fois catégorique et lénifiant. Elle émit quelques suggestions, auxquelles Mrs Crump adhéra de mauvaise grâce.

— Et comme ça, je pourrai servir sans trop de problèmes, conclut Mary.

— Vous voulez dire que vous allez faire le service de table vous-même, miss ? se renfrogna Mrs Crump, avec cependant l'air de n'en croire pas un mot.

— Si Gladys ne rentre pas à temps, oui, bien sûr.

— Pour ce qui est de ne pas rentrer, elle ne va pas rentrer, garantit Mrs Crump. Bien trop occupée qu'elle est à courir la prétentaine. A gaspiller tous ses sous dans les magasins. Faut vous dire qu'elle a un béguin, miss, même si c'est difficile à croire quand c'est qu'on la regarde. Albert, qu'il s'appelle. Vont se marier au printemps, à ce qu'elle m'a dit. Le mariage, elles savent seulement pas ce que c'est, ces gamines, ça non ! Passer par où que j'ai passé avec Crump...

Elle soupira, puis reprit d'un ton terre à terre :

— Et pour ce qui est du thé, miss ? Qui c'est qui va débarrasser et faire la vaisselle ?

— Je m'en charge, dit Mary. Je vais m'y atteler tout de suite.

Bien qu'Adèle Fortescue y soit toujours assise dans l'angle du canapé, derrière la table à thé, l'électricité n'avait pas encore été allumée dans la bibliothèque.

— Voulez-vous que je donne de la lumière, Mrs Fortescue ? s'enquit Mary.

Adèle ne répondit pas.

Mary tourna le commutateur et gagna la porte-fenêtre dont elle tira les rideaux. Ce n'est qu'à ce moment-là qu'elle tourna la tête et découvrit la femme affalée au creux des coussins. Un scone tartiné de miel dont elle n'avait mangé qu'une bouchée était posé à côté de sa tasse à thé encore à moitié pleine. La mort était venue prendre Adèle Fortescue par surprise, et l'avait foudroyée.

*

— Et alors ? s'énerva l'inspecteur Neele.

Sa hâte s'était communiquée au médecin, qui balbutia :

— Du cyanure... du cyanure de potassium, probablement... dans son thé.

— Du cyanure, marmonna Neele.

Le médecin le dévisagea avec curiosité :

— On dirait que ça vous fiche un coup... Est-ce qu'il y a une raison pour laquelle...

— C'était la meurtrière présumée, avoua Neele.

— Et la voilà devenue victime. Hum ! Il ne vous reste plus qu'à repartir de zéro, pas vrai ?

Neele hocha la tête. Sa mine était sombre, et il avait la mâchoire crispée.

Empoisonnée ! Juste sous son nez. De la taxine dans le café que Rex Fortescue avait bu à son petit déjeuner, du cyanure dans le thé d'Adèle Fortescue. Ça ne sortait pas de la famille. Du moins, à ce qu'il semblait.

Adèle Fortescue, Jennifer Fortescue, Elaine Fortescue et Lance Fortescue, tout juste arrivé, avaient pris le thé ensemble dans la bibliothèque. Lance était monté voir miss Ramsbottom, Jennifer avait regagné son petit salon pour se remettre à son courrier, Elaine avait été la dernière à quitter la bibliothèque. D'après elle, Adèle était à ce moment-là en parfaite santé et venait de se verser une ultime tasse de thé.

Une *ultime* tasse de thé ! Oui, c'était vraiment le cas de le dire.

Et, après ça, un blanc d'une vingtaine de minutes en attendant que Mary Dove revienne dans la pièce et y découvre le cadavre.

Une vingtaine de minutes pendant lesquelles...

L'inspecteur Neele jura entre ses dents et gagna la cuisine.

Ecroulée sur une chaise et apparemment purgée de toute ardeur belliqueuse, la plantureuse Mrs Crump leva à peine la tête à son entrée.

— Où est cette fille ? lança Neele. Toujours pas rentrée ?

— Gladys ? Non, elle est toujours pas rentrée... Et m'est avis qu'on la reverra pas avant 11 heures du soir.

— C'est elle qui a fait le thé, m'avez-vous dit, et qui l'a porté là-bas ?

— Moi, je n'y ai pas touché, mon bon monsieur, Dieu m'en est témoin. Qui plus est, je ne crois pas que Gladys aurait jamais fait ce qu'elle n'aurait pas dû. Elle ne serait pas allée faire une chose pareille — pas Gladys. Elle est bien un peu tête folle, mais c'est pas la mauvaise fille... elle a pas pour deux sous de méchanceté.

Non, Neele ne soupçonnait pas Gladys d'avoir pour deux sous de méchanceté. Il ne la soupçonnait pas non plus d'être une empoisonneuse. Et, de toute façon, ce n'était pas dans la théière qu'on avait trouvé du cyanure.

— Mais qu'est-ce qui lui a fait prendre le large

comme ça... tout d'un coup ? Ce n'était pas son jour de sortie, m'avez-vous dit.

— Non, mon bon monsieur, c'est demain son jour de sortie.

— Est-ce que Crump ne...

Il n'en fallut pas plus pour réveiller la combativité de l'irascible cordon-bleu :

— Z'allez tout de même pas coller n'importe quoi sur le dos à mon Crump, non mais ! Crump a rien à voir à ça. A 3 heures de l'après-midi, qu'il est parti, mon bonhomme — même que je suis maintenant bien aise qu'il l'ait fait. Il est pas plus mêlé à ça que Mr Percival lui-même.

Percival Fortescue n'était en effet rentré de Londres qu'assez tard — juste à temps pour être accueilli par l'effarante nouvelle de cette seconde tragédie.

— Je n'accusais pas Crump, fit Neele d'un ton apaisant. Je me demandais tout bonnement s'il n'aurait pas été au courant des projets de Gladys.

— Elle avait enfilé ses meilleurs bas nylon, grinça Mrs Crump. Ça veut dire qu'elle avait un projet en tête. On ne me la fait pas, à moi ! Et elle n'avait pas non plus préparé de canapés pour le thé. Oh ! ouiche, elle avait un projet en tête. Et je ne vais pas me priver de lui dire le fond de ma pensée quand c'est qu'elle va rentrer.

Quand elle allait rentrer...

Une sensation de malaise s'était soudain emparée de Neele. Pour la dissiper, il retourna voir la chambre à coucher d'Adèle Fortescue. Une suite luxueuse — tentures de brocart rose et immense lit de bois doré. Une porte, à main droite, ouvrait sur une salle de bains toute en miroirs, avec baignoire de porcelaine rose et, au fond, une porte de communication qui permettait de gagner le dressing-room de Rex Fortescue.

Mais Neele retourna dans la chambre d'Adèle, la retraversa et poussa la porte à main gauche, celle qui donnait dans son boudoir.

Il était meublé en Empire, et moquetté d'un revêtement de sol rose à poil long. Neele n'éprouvait pas de curiosité particulière pour cette pièce, qu'il avait déjà passée au peigne fin la veille — ainsi et surtout que l'élégant petit secrétaire.

Un détail éveilla cependant aussitôt son attention. Au centre de la moquette rose il venait d'apercevoir une petite plaque de boue coagulée.

Il alla la ramasser. Elle était encore humide.

Il regarda autour de lui : aucune trace de pas visible à l'œil nu... rien que cet unique fragment de terre détrempée.

*

L'inspecteur Neele visitait maintenant la chambre de Gladys Martin. Il était 11 heures du soir passées, Crump était rentré depuis une bonne demi-heure, mais Gladys n'avait toujours pas donné signe de vie. Il jeta un coup d'œil circulaire. Quels qu'aient pu être l'apprentissage et la formation de Gladys, la petite bonne semblait dotée d'une propension fâcheuse au laisser-aller. Le lit paraissait rarement fait, tout comme la fenêtre rarement ouverte. Le manque d'hygiène de Gladys n'était cependant pas, pour l'heure, la préoccupation première de l'inspecteur, qui se contenta de fouiller méticuleusement ses affaires personnelles.

Elles se résumaient, pour l'essentiel, à des fanfreluches de bazar assez pathétiques. Peu de pièces vestimentaires solides et de bonne qualité. La vieille Ellen, qu'il avait priée de l'assister dans cette tâche, ne lui avait pas été d'un grand secours. Elle ne savait pas ce que Gladys possédait ou non en fait de garde-robe. Elle était incapable de dire ce qui manquait — si tant est qu'il ait manqué quoi que ce soit. Du rayon vêtements et sous-vêtements, il passa aux tiroirs de la commode. C'était là que Gladys entreposait ses trésors : cartes postales, coupures de journaux, patrons de tricot, conseils de beauté, de couture et de mode.

Il classa le tout par catégories. Les cartes postales consistaient, pour la majeure partie d'entre elles, en panoramas des endroits variés où Gladys avait selon lui dû passer ses vacances. Dans le lot, trois d'entre elles étaient cependant signées « Bert ». Bert, subodora-t-il, devait être le « béguin » auquel Mrs Crump avait fait allusion. La première, tracée de la main d'un primaire, disait : « Ça va au petit poil. Mais pas croyable ce que tu me manques. Ton Bert à toi toute seule. » La seconde précisait : « Tout plein de jolies poupées dans le secteur, mais pas une qui t'arrive à la cheville. On se voit bientôt. N'oublie pas notre jour. Et rappelle-toi qu'après ça... ce sera la java et on sera heureux jusqu'à la fin de nos jours. » La troisième se résumait à un bref : « N'oublie pas. J'ai confiance en toi. Je t'aime, B. »

Ensuite, Neele plongea dans les coupures de journaux et en fit trois piles : conseils de mode et de beauté ; potins sur les vedettes de cinéma auquel Gladys semblait vouer un culte aussi débordant que l'était apparemment son intérêt pour les derniers prodiges de la science. Dans cette dernière catégorie, il y avait en effet pléthore : soucoupes volantes, armes secrètes, sérums de vérité expérimentés par les Russes et autres drogues miraculeuses sorties des laboratoires américains — toute la gamme de ce que l'inspecteur tenait pour l'arsenal de la sorcellerie de notre XXe siècle était représentée là. Mais rien, dans tout ce que renfermait la chambre, ne venait éclaircir le mystère de sa disparition. Elle n'avait pas tenu de journal intime, non qu'il s'y fût réellement attendu — ce n'avait été qu'une bien improbable éventualité. Elle n'avait pas non plus laissé de lettre inachevée, pas le moindre bout de papier où elle aurait noté ce qu'elle avait pu surprendre dans la maison qui ait trait à la mort de Rex Fortescue. Quoi que Gladys ait pu voir, quoi qu'elle ait pu apprendre, elle n'en avait pas gardé trace par-devers elle. Pourquoi enfin le second plateau était-il resté dans le hall ? Et pourquoi Gladys elle-même avait-elle si soudainement disparu ? Encore deux autres interrogations auxquelles on ne pourrait répondre qu'en se livrant au petit jeu des devinettes.

Neele soupira et sortit en refermant la porte derrière lui.

Comme il se préparait à descendre l'escalier en colimaçon réservé au service, il entendit un bruit de course à l'étage en dessous.

Le sergent Hay, au bas des marches, leva bientôt vers lui son visage hagard.

— Patron ! haleta-t-il. Patron... on l'a trouvée...

— Trouvée ?

— C'est la femme de chambre, patron... Ellen... qui s'est souvenue qu'elle avait pas rentré le linge qui était à sécher sur la corde... au coin, pas bien loin de la porte de derrière. Alors elle y est allée avec une lampe électrique et elle a failli se casser la figure sur le cadavre... le cadavre de la fille... Etranglée, qu'elle avait été, avec un bas passé autour du cou... même qu'elle devait être morte depuis des heures, d'après moi. Et, patron, s'il faut pas être malade pour faire des saloperies pareilles... *elle avait une pince à linge épinglée sur le nez...*

13

Une personne âgée empruntant les lignes du chemin de fer avait acheté trois quotidiens du matin qui, une fois lus de bout en bout, dûment repliés et posés sur la banquette à côté d'elle, affichaient tous la même manchette. Il ne s'agissait plus désormais d'entrefilets relégués dans un coin. C'étaient aux gros titres en caractères gras étalés à la une qu'avait droit la *Triple Tragédie à la Loge aux Ifs.*

Assise bien droite, lèvres serrées, une expression de douleur et de réprobation durcissant quelque peu les traits ridés de son visage rose et blanc habituellement plus amène, elle regardait le paysage défiler par la vitre. Miss Marple avait quitté St Mary Mead par le premier train, changé à l'embranchement, pris la direction de Londres où il lui avait fallu grimper dans un circulaire afin de gagner un autre terminus de la capitale où elle était montée dans l'omnibus à destination de Baydon Heath.

Parvenue à la station, elle héla un taxi et demanda à se faire conduire à la Loge aux Ifs. Et c'était une si charmante, si inoffensive, si délicieuse vieille demoiselle, toute de rose, de blanc et de froufrous, que son véhicule put franchir avec une facilité déconcertante les barrages interdisant l'accès de ce qui était pratiquement devenu une forteresse en état de siège. Alors qu'une armée de reporters et de photographes était refoulée par la police, miss Marple se vit autoriser à poursuivre son chemin tant il paraissait évident qu'il ne pouvait s'agir que de quelque parente âgée de la famille.

Miss Marple régla sa course dans un laborieux remuement de petite monnaie et sonna à la porte d'entrée. Crump étant venu lui ouvrir, elle le jaugea aussitôt d'un œil d'expert. « Un faux jeton, se dit-elle. Et qui, par-dessus le marché, meurt de frousse. »

Crump, pour sa part, vit une vieille demoiselle vêtue d'un ensemble de tweed passé de mode, enveloppée dans ses châles et coiffée d'un petit feutre ornée d'une aile d'oiseau. Elle était armée d'un volumineux sac à main, et une valise de cuir fatigué mais de belle facture était posée à ses pieds. Sachant reconnaître une dame quand par hasard il en voyait une, il y alla de son ton le plus respectueux :

— Que puis-je pour Madame ?

— Pourrais-je rencontrer la maîtresse de maison, je vous prie ? questionna en retour miss Marple.

Crump s'effaça pour la laisser entrer et empoigna la valise qu'il déposa précautionneusement dans le hall.

— C'est que, voyez-vous, madame, fit-il d'un ton embarrassé, je ne sais pas au juste qui...

Miss Marple vola à son secours :

— Je viens au sujet de cette pauvre fille qui a été assassinée. Gladys Martin.

— Oh ! je comprends, madame. Eh bien en ce cas...

Il s'interrompit et regarda en direction de la bibliothèque dont une grande jeune femme venait tout juste d'émerger :

— Voici Mrs Lance Fortescue, madame.

Pat s'approcha et miss Marple et elle se dévisagèrent. La vieille demoiselle éprouvait un léger sentiment de surprise. Elle ne s'était pas attendue à voir quelqu'un comme Patricia Fortescue dans une maison pareille. L'intérieur était bien tel que le lui avait laissé présager son impression d'ensemble à sa descente de taxi — mais dans cet intérieur, allez savoir pourquoi, Pat détonnait.

— C'est au sujet de Gladys, madame, expliqua Crump.

— Voulez-vous entrer ici ? proposa Pat après une hésitation notable. Nous y serons tranquilles.

Elle avait désigné la bibliothèque et miss Marple l'y suivit.

— Est-il quelqu'un ici que vous souhaitiez voir en particulier ? s'enquit Pat. Parce que je crains fort de ne pas pouvoir vous être très utile. Mon mari et moi, voyez-vous, ne sommes rentrés d'Afrique que depuis quelque jours. Et nous n'en savons pas lourd sur la marche de la maison. Cela dit, je peux vous dépêcher ma belle-sœur, ou encore la femme de mon beau-frère.

Miss Marple regarda la jeune femme et elle lui plut. Elle lui plut par sa gravité, et par sa simplicité. Dieu sait pourquoi, elle lui faisait de la peine. Du vieux chintz râpé, et des chevaux, et des chiens, voilà qui lui aurait mieux convenu que ce décor trop riche et tape-à-l'œil. Des Pat, miss Marple en avait rencontré des tas, lors des concours hippiques et des gymkhanas organisés à St Mary Mead, et elle les connaissait bien. Elle se sentait de plain-pied avec cette grande fille à l'air un peu triste.

— C'est en réalité tout simple, répondit-elle, ôtant soigneusement ses gants et en défripant un à un les doigts. J'ai lu dans le journal, voyez-vous, que Gladys Martin avait été assassinée. Or, il se trouve que je la connaissais par cœur. Elle est originaire de mon coin de campagne. C'est moi qui l'ai formée, en fait, au travail de maison. Aussi, dès que j'ai appris ce qui lui était arrivé, je me suis dit... oui, je me suis dit qu'il fallait que je vienne voir si je pouvais être d'une quelconque utilité.

— Oui, acquiesça Pat. Bien sûr. Je comprends.

Et c'était vrai. La démarche de miss Marple lui paraissait naturelle, inévitable.

— Je crois que c'est une bonne chose que vous soyez venue, ajouta-t-elle. Personne ne semble rien savoir sur son compte. Sur sa famille et ses amis.

— Et pour cause, s'épancha miss Marple. De famille, elle n'en avait pas. Elle sortait de l'Orphelinat de St Faith. Excellent établissement, qui manque, hélas, par trop de moyens financiers. Nous faisons de notre mieux pour ces petites, nous essayons de leur donner une bonne formation, tout ce que nous pouvons. Gladys est entrée chez moi à dix-sept ans et je lui ai appris à servir à table, à entretenir l'argenterie, etc. Bien sûr, elle n'est pas restée longtemps. Elles ne le font jamais. Dès qu'elle a eu un peu d'expérience, elle s'en est allée se faire engager dans un café restaurant. Elles en meurent presque toutes d'envie. Elles s'imaginent qu'elles y auront plus de liberté, voyez-vous, une vie plus gaie, aussi. C'est après tout possible. Je ne sais pas vraiment.

— Je ne l'ai même jamais vue, avoua Pat. C'était une jolie fille ?

— Mon Dieu, non, loin de là ! Une mollassonne, avec des points noirs partout. D'une stupidité assez pathétique, pour ne rien arranger. Je ne crois pas qu'elle se soit jamais fait d'amis nulle part. Très portée sur le sexe fort, la pauvre petite. Mais les hommes ne s'intéressaient guère à elle. Quant à ses camarades, elles avaient tendance à l'exploiter.

— Quelle cruelle existence, murmura Pat.

— Cruelle, l'existence l'est, je le crains en effet, pour les Gladys auxquelles on ne sait réellement comment venir en aide. Elles raffolent du cinéma qui les fait rêver d'amours impossibles qu'elles ne connaîtront bien évidemment jamais. Peut-être est-ce là un succédané de joie de vivre. Mais c'est aussi courir à la déception. Je pense que Gladys a été déçue par son métier de serveuse dans la limonade. Rien ne lui est arrivé de reluisant ou de palpitant, elle y a juste souffert des pieds. C'est sans doute pour ça qu'elle est revenue au service de maison. Vous savez depuis combien elle était ici ?

Pat secoua la tête :

— Pas très longtemps, je crois bien. Guère plus d'un mois ou deux... Ce qui rend encore plus atroce et dérisoire qu'elle se soit trouvée mêlée à cette affaire. J'imagine qu'elle sera tombée sur le détail qu'il ne fallait pas voir.

— C'est la pince à linge qui me tourmente le plus, confia miss Marple.

— La pince à linge ?

— Oui. C'était dans les journaux. Je suppose que c'est exact ? Que quand on l'a retrouvée, elle avait une pince à linge au bout du nez ?

Pat hocha la tête. Et les joues roses de miss Marple rosirent encore davantage :

— C'est ce qui m'a mise à ce point hors de moi, si vous me comprenez, ma chère. Un geste d'un tel dédain, d'un tel mépris... Cela m'a donné une sorte de portrait de l'assassin. Faire une chose pareille ! C'est très mal, voyez-vous, d'attenter à la dignité humaine. Qui plus est d'attenter à la dignité de quelqu'un qu'on a tué.

— Je comprends ce que vous voulez dire, acquiesça Pat en se levant. Vous devriez parler à l'inspecteur Neele. C'est lui qui est chargé de l'affaire, et il est ici pour le moment. Il vous plaira, je crois. Il est très humain.

Elle réprima un frisson :

— C'est un tel cauchemar. Dément. Absurde. Sans rime ni raison.

— Là, je cesse de partager votre avis, ma chère. Oui, je cesse d'être d'accord avec vous.

*

L'inspecteur Neele était hagard, accablé. Trois assassinats coup sur coup. Et la presse du pays tout entier qui le vouait aux gémonies. Une affaire qui, de prime abord, avait paru simple et tracée au cordeau, et qui soudain prenait des allures cauchemardesques. Adèle Fortescue, cette coupable taillée sur mesure, était maintenant la seconde victime d'une incompréhensible affaire de meurtres en série. A l'issue de cette fatale journée, le commissaire adjoint avait convoqué Neele et les deux hommes avaient discuté fort avant dans la nuit.

En dépit de sa consternation, ou plutôt en parallèle avec elle, l'inspecteur Neele éprouvait une sorte de satisfaction intime. Ce classique mélo du trio mari-femme-amant... Ça collait trop bien, c'était trop facile. Il ne l'avait jamais vraiment gobé. Et la preuve lui était désormais fournie que sa méfiance était justifiée.

— Tout ça prend une tournure entièrement différente, avait bougonné le commissaire adjoint en arpentant son bureau. Nous avons tout l'air d'avoir affaire à un individu qui travaille du chapeau. D'abord le mari, et puis la femme. En outre les circonstances mêmes semblent indiquer qu'il s'agit d'un règlement de comptes interne. Ça s'est passé là, au cœur du cercle familial. Quelqu'un qui prenait son petit déjeuner avec Fortescue a versé de la taxine dans son café ou dans ce qu'il a mangé. Quelqu'un qui prenait le thé en famille a versé du cyanure de potassium dans la tasse de thé d'Adèle Fortescue. Quelqu'un qui jouit de la confiance générale, que rien ne permet de soupçonner, un proche. Lequel d'entre eux, Neele ?

— Percival n'était pas là, ce qui le met une fois encore hors de cause, avait grincé Neele. Une fois encore hors de cause, avait-il répété entre ses dents.

Le commissaire adjoint lui avait coulé un regard oblique. L'amertume que trahissait la répétition avait retenu son attention :

— Vous avez une idée derrière la tête ? Crachez le morceau, mon vieux.

— Non, pas l'ombre d'une idée, monsieur, avait répondu Neele sans se démonter. Tout ce que je dis, c'est que ça arrange bien ses affaires.

— Que ça les arrange un peu trop, c'est ça ?

Le commissaire adjoint avait réfléchi et secoué la tête :

— Vous pensez qu'il aurait pu se débrouiller pour manigancer le coup ? Je ne vois pas comment, Neele. Non, je ne vois pas comment... D'autant qu'il est du genre prudent.

— Mais qu'il en a dans la tête, monsieur.

— Vous ne songez pas aux femmes. Je me trompe ? Elles m'ont pourtant l'air tout indiquées. Elaine Fortescue et la femme de Percival. Elles étaient au petit déjeuner, et elles étaient également là au thé. N'importe laquelle des deux aurait pu faire le coup. Rien noté d'anormal dans leur comportement ? Bah ! ça ne saute pas toujours aux yeux. Il pourrait y avoir quelque chose dans leurs antécédents médicaux.

L'inspecteur Neele n'avait pas répondu. Il songeait à Mary Dove. Non qu'il eût une raison précise de la soupçonner, c'était tout bonnement la pente qu'avaient suivi ses pensées. Il y avait néanmoins eu dans son cas un élément peu clair, quelque chose qui ne collait pas tout à fait. Cette espèce d'hostilité à la fois sourde et amusée. C'est ce qui avait caractérisé son attitude sitôt après la mort de Rex Fortescue. Et c'était quoi, son attitude récente ? Ses manières et son comportement étaient, comme toujours, exemplaires. La note d'amusement, réfléchissait-il, avait disparu. Peut-être aussi la touche d'hostilité, mais il en venait à se demander si, à une ou deux reprises, il n'avait pas détecté chez elle un signe de peur. Il méritait un blâme, un blâme sévère, dans le cas de Gladys Martin. Sa frousse et ses mines coupables, il les avait mises sur le compte de la panique bien naturelle qu'on éprouve en présence de la police. Il en avait une telle habitude ! Cette fois-ci, pourtant, il y avait eu bien davantage. Gladys avait vu ou entendu quelque chose qui avait éveillé ses soupçons. Un détail infime, sans doute, si vague et imprécis qu'elle n'avait pas éprouvé le besoin d'en parler. Et maintenant, la pauvre petite, elle ne parlerait plus jamais.

L'inspecteur releva le nez pour contempler le visage grave et doux de la vieille demoiselle qui lui faisait maintenant face à la Loge aux Ifs. Il n'avait pas au juste su à première vue sur quel pied danser en ce qui la concernait mais son siège était maintenant fait. Miss Marple n'avait pas froid aux yeux, semblait la rectitude en personne et avait, comme la plupart des vieilles filles, tout son temps devant elle ainsi qu'un flair infaillible dès lors qu'il s'agissait de détecter d'éventuels relents de scandale. Elle serait suffisamment ficelle pour tirer des domestiques — voire des membres de la famille eux-mêmes — des renseignements que ses hommes à lui n'obtiendraient jamais. Déclarations, conjectures, souvenirs, répétition de paroles ou de faits, elle saurait, de tout cela, retenir les éléments saillants. Aussi Neele se montra-t-il sous son meilleur jour :

— Votre présence ici dénote une gentillesse et une disponibilité d'esprit peu communes, miss Marple.

— Je n'accomplis que mon devoir, inspecteur. Cette petite avait vécu sous mon toit. Je me sentais en quelque sorte charge d'âme. C'était une incurable gourde, voyez-vous.

L'inspecteur apprécia le vocable :

— Oui, c'est très juste.

La vieille chouette, jugea-t-il, avait su aller immédiatement droit au cœur du problème.

— Elle ne savait jamais, poursuivit miss Marple, ce qu'elle devait faire. Quand elle se trouvait, veux-je dire, face à une alternative. Oh ! mon Dieu, je m'exprime bien mal !

L'inspecteur lui signala qu'il avait compris :

— Elle avait du mal à juger de l'importance relative des choses, c'est bien ce que vous entendiez par là, n'est-ce pas ?

— Oh ! oui, exactement, inspecteur.

— Et quand vous dites que c'était une gourde..., fit-il en prenant soin de laisser sa phrase en suspens.

Miss Marple s'engouffra par la brèche ouverte :

— Elle était la crédulité même. Le genre à confier ses économies au premier écornifleur venu, à condition qu'elle en ait eu. Ce qui n'a jamais été le cas, parce qu'elle dépensait tout ce qu'elle gagnait en fanfreluches qui lui allaient comme des bretelles à un lapin.

— Et sur le chapitre des garçons ?

— Elle aurait donné n'importe quoi pour se dénicher un soupirant. C'est d'ailleurs pour ça, je crois, qu'elle avait quitté St Mary Mead. La compétition y est rude. Si peu d'hommes ! Elle avait fondé de grands espoirs sur le commis du poissonnier. Le beau Fred a toujours susurré des mots doux à tout ce qui porte jupons sans s'estimer engagé pour autant. La pauvre en est tombée de son haut. Quoi qu'il en soit, j'ai cru comprendre qu'elle avait en fin de compte trouvé chaussure à son pied ?

L'inspecteur Neele acquiesça :

— C'est ce qu'on dirait. Un certain Albert Evans. Qu'elle semble avoir rencontré en vacances. Il ne lui a pas donné de bague ni quoi que ce soit, ce qui fait qu'elle a peut-être tout inventé. Il se serait agi d'un ingénieur des mines, d'après ce qu'elle avait raconté à la cuisinière.

— Cela me paraît éminemment douteux, décréta miss Marple, mais il n'est pas exclu que ce soit ce qu'il lui aura raconté. Comme je vous l'ai dit, elle aurait gobé n'importe quoi. Vous ne le soupçonnez pas, *lui*, d'être le moins du monde mêlé à l'affaire ?

L'inspecteur Neele secoua la tête :

— Non, je ne crois pas que nous ayons droit à des complications de ce genre. Rien n'indique d'ailleurs qu'il soit venu la voir ici. Il lui envoyait une carte postale de temps en temps, habituellement d'un port de mer — le joli cœur est probablement mécano sur un caboteur de la Baltique.

— Je suis contente qu'elle ait au moins eu cette amourette, murmura miss Marple. A partir du moment où sa vie devait lui être enlevée ainsi...

Elle pinça les lèvres, puis, se reprenant :

— Voyez-vous, inspecteur, cette histoire me met très en colère, vraiment très en colère. Mais ce qui me révulse le plus, ajouta-t-elle comme elle l'avait fait avec Pat Fortescue, c'est cette pince à linge. Cela, inspecteur, c'est réellement ignoble.

Le policier la regarda avec sympathie :

— Je comprends très bien ce que vous ressentez, miss Marple.

Miss Marple toussota :

— Je me demande... tout en mesurant à quel point cela peut paraître folle présomption de ma part... si je ne pourrais pas vous assister en toute humilité et, je le crains, à ma manière très *féminine*. En bref, nous sommes face à un meurtre infâme, inspecteur, et l'infamie ne devrait pas rester impunie.

— Vous professez là un sentiment bien démodé de nos jours, miss Marple, maugréa l'inspecteur Neele. Ce qui ne signifie nullement que je ne partage pas votre façon de voir.

— J'ai remarqué un hôtel à deux pas de la gare, et il y a en outre l'*Hôtel du Golf*, hasarda miss Marple, mais je crois surtout que réside ici même une miss Ramsbottom qui s'intéresse aux missions évangéliques...

L'inspecteur Neele la considéra avec un respect nouveau :

— Ma foi, miss Marple, vous marquez là un point. Et, tout en vous avouant n'avoir guère eu de succès auprès d'elle, je vous donne ma bénédiction.

— C'est très gentil à vous, inspecteur, le remercia miss Marple. Et je vous sais gré de ne m'avoir pas tout bonnement prise pour une vieillarde avide de sensations.

L'inspecteur ne put dissimuler un sourire inattendu. Il était en train de se dire que miss Marple ne ressemblait guère à l'image qu'on se fait d'ordinaire d'une furie vengeresse. Et pourtant, se disait-il, c'était à coup sûr très exactement ce qu'elle était.

— Les comptes rendus des journaux, enchaîna miss Marple, privilégient volontiers le sensationnel et se montrent moins soucieux d'exactitude qu'on ne pourrait le souhaiter.

Elle regarda l'inspecteur d'un air interrogateur :

— Ce qu'on aimerait parfois, c'est disposer des faits dans leur absolue nudité.

— Ils ne sont pas, par essence, outrageusement enrobés dans la dentelle, sourit malgré lui l'inspecteur. Dépouillés de toutes fioritures, voilà ce que cela donne. Mr Fortescue est mort à son bureau, victime d'un empoisonnement à la taxine. La taxine s'obtient à partir des baies ou des aiguilles d'ifs.

— Ce qui est bien pratique ici, commenta miss Marple.

— Certes, rétorqua l'inspecteur, mais nous n'avons pas la preuve qu'elle ait été obtenue sur place. Ou, du moins, pas encore.

Il avait insisté sur ce dernier point parce qu'il s'agissait précisément là d'un domaine où miss Marple pourrait se révéler précieuse. C'était bien le genre de vieille chouette à concocter elle-même tisanes, purges, remontants et autres liqueurs maison. Si donc une quelconque mixture ou décoction de baies d'ifs avait mijoté dans les chaudrons de la Loge aux Ifs, c'était elle qui avait le plus de chance de le subodorer.

— Et Mrs Fortescue ?

— Mrs Fortescue a pris le thé en famille dans la bibliothèque. La dernière personne à quitter la pièce a été miss Elaine Fortescue, sa belle-fille. Laquelle déclare que quand elle est sortie Mrs Fortescue se versait une seconde tasse de thé. Quelque vingt minutes ou une demi-heure après, miss Dove, qui exerce les fonctions de gouvernante, est entrée pour desservir. Mrs Fortescue était toujours assise sur le canapé, à ceci près qu'elle était morte. Sa tasse à thé aux trois quarts vide se trouvait à côté d'elle et l'analyse du fond a révélé la présence de cyanure de potassium.

— Poison à effet quasi immédiat, si je ne m'abuse, murmura miss Marple.

— Exact.

— C'est un produit tellement dangereux, marmotta miss Marple. On est forcé d'en avoir chez soi pour se débarrasser des nids de guêpes, mais je le manie toujours avec la plus extrême, extrême prudence.

— Et vous faites bien, renchérit l'inspecteur. On en a trouvé ici un paquet dans la cabane du jardinier.

— Bien pratique encore une fois, soupira miss Marple. Mrs Fortescue avait-elle mangé quelque chose ?

— Oh ! oui. C'était un thé du genre somptueux.

— Des gâteaux, j'imagine ? Du pain et du beurre ? Des scones, peut-être ? De la confiture ? Du *miel* ?

— Oui, il y avait du miel et des scones, du gâteau au chocolat, du gâteau roulé et des petits fours. Mais je vous rappelle, miss Marple, précisa-t-il avec un regard insistant, que le cyanure était dans le thé.

— Oui, oui, bien sûr. J'ai parfaitement saisi. Je me représentais tout juste la scène, comme on dit. Tout cela est très significatif, vous ne trouvez pas ?

Neele la regarda, un peu interloqué. Les joues roses de miss Marple s'étaient empourprées, ses yeux brillaient :

— Et le troisième meurtre, inspecteur ?

— Eh bien, les faits semblent assez simples là aussi. Gladys a servi le thé, puis est retournée à l'office chercher le plateau de victuailles, avec lequel elle n'a jamais dépassé le hall et qu'elle a abandonné là. Elle avait eu, semble-t-il, la tête ailleurs toute la journée. Après ça, personne ne l'a plus revue. La cuisinière, Mrs Crump, en a tout de suite conclu qu'elle avait pris sa soirée sans rien dire à personne. Elle fondait, je crois bien, ses soupçons sur le fait que la petite bonne avait enfilé ses meilleurs bas nylon et chaussé ses souliers du dimanche. La suite devait lui donner tort. La fille s'est apparemment rappelé in extremis qu'elle avait laissé du linge à sécher dehors. Elle a couru le chercher et en avait décroché la moitié quand quelqu'un lui a passé par surprise un bas autour du cou... et puis voilà.

— Quelqu'un de l'extérieur ?

— Peut-être. Mais peut-être aussi quelqu'un de l'intérieur. Quelqu'un qui aurait attendu le moment propice où elle serait seule. Elle était très nerveuse, la première fois que je l'ai interrogée, et je regrette de n'y avoir pas accordé assez d'importance.

— Oh ! mais comment l'auriez-vous pu ? se récria miss Marple. Les gens ont si souvent l'air coupable et dans leurs petits souliers quand la police les interroge !

— C'est ce que je me suis dit. Mais, dans le cas présent, il y avait davantage. Je crois que cette fille avait vu quelqu'un se livrer à un acte qui méritait explication. Il n'a pas pu s'agir de quoi que ce soit de bien extraordinaire. Sinon, elle se serait cru obligée de vendre la mèche. Mais elle a dû se trahir devant la personne en question. Et ladite personne en aura conclu que Gladys représentait pour elle un danger.

— Raison pour laquelle elle l'aura étranglée avant de lui planter une pince à linge sur le nez, murmura miss Marple, songeuse.

— Oui, ça c'est le côté ignoble. La touche de dérision et de mépris. Le détail bravache et superfétatoire.

Miss Marple secoua la tête :

— Pas *superfétatoire* pour deux sous. Ne voyez-vous donc pas que tout ce que nous venons d'évoquer forme un ensemble cohérent ?

L'inspecteur Neele avait l'impression de perdre pied :

— Je ne vous suis pas très bien, miss Marple. Qu'entendez-vous par ensemble cohérent ?

Miss Marple se troubla :

— Eh bien, je veux dire par là qu'il me semble... je veux dire que, considéré en tant que suite logique... enfin, quoi, il faut bien admettre les faits...

— Je crains de ne toujours pas vous comprendre.

— Voilà, je veux dire... d'abord, nous avons Mr Fortescue. *Rex* Fortescue. Tué dans son bureau de la *City.* Et puis Mrs Fortescue, ici, dans la bibliothèque, en train de prendre son thé. Avec des scones et du *miel.* Enfin la pauvre Gladys, avec la pince à linge fichée sur le nez. Comme pour mettre le tout *en évidence.* Cette charmante Mrs Lance Fortescue m'a dit qu'il semblait n'y avoir à tout ça ni rime ni raison, mais je n'ai pas pu partager ce sentiment parce que la rime est précisément ce qui frappe, vous n'êtes pas de mon avis ?

L'inspecteur était au supplice :

— J'ai bien peur de ne pas...

Miss Marple s'empressa de lui trouver des excuses :

— Corrigez-moi si je me trompe, inspecteur, mais je vous donne trente-cinq ou trente-six ans. Or, c'est précisément l'époque où on a pu noter une levée de boucliers — quand vous n'étiez encore qu'un garçonnet, veux-je dire — à l'encontre des comptines pour enfants et autres nursery rhymes. Mais pour qui a été bercé par les *Contes de ma Mère l'Oie,* c'est d'une clarté aveuglante, je vous le garantis. Ce que je suis en train de me demander, c'est si...

La digne demoiselle s'interrompit, le temps, manifestement, de prendre son courage à deux mains avant de poursuivre :

— Il va de soi, j'en suis consciente, que vous tenir à vous ce genre de discours est bien outrecuidant.

— Je vous en prie, miss Marple, vous pouvez me dire tout ce qui vous passe par la tête.

— Vous êtes trop aimable. Je vais m'exécuter. Encore que, comme je l'ai déjà souligné, je le fasse avec la plus extrême réticence car je sais à quel point je suis vieille et j'ai le cerveau embrumé... sans compter qu'il n'est pas exclu que mon idée ne vaille pas tripette. Voici ce qui me turlupinait : avez-vous abordé la question des merles ?

14

La première hypothèse de l'inspecteur Neele, hébété, fut que la vieille demoiselle n'avait plus toute sa tête.

— La question des merles ? répéta-t-il en écho.

Miss Marple opina vigoureusement du bonnet.

— Comme il se doit, décréta-t-elle.

Et adonques se mit à psalmodier :

Une chanson de quat'sous, une poignée de seigle
Quatre merles plus vingt dans un pâté en croûte
Qui se mettent à chanter à l'heure du raout
Est-ce point-là mets de choix à offrir à son roi ?

Le grand roi dans sa tour recomptait ses deniers
La reine en son salon de miel se gobergeait
Et la bonne au jardin son linge étendait
Quand vint un oisillon lui béqueter le nez.

— Bon sang de bois ! s'écria l'inspecteur.

— Ainsi que je le disais, cela coïncide on ne peut mieux. C'était du seigle qu'il avait dans sa poche, n'est-ce pas ? Un des journaux l'a précisé. Les autres se sont contentés de mentionner des céréales, ce qui peut signifier tout ce qu'on voudra. Du *Farmer's Glory* ou des *Cornflakes* — voire du maïs — mais il s'agissait bien de seigle ?

L'inspecteur Neele acquiesça de la tête.

— Que vous disais-je ! triompha miss Marple. *Rex* Fortescue. Rex signifie *Roi*. Dans sa *tour*, à Londres. Et Mrs Fortescue, la Reine en son salon, à se goberger de scones et de *miel*... Ce qui fait que l'assassin a bien évidemment été amené à ficher une pince à linge sur le nez de la pauvre Gladys pour le lui béqueter.

— Vous voulez dire que toute cette affaire est une histoire de fou ?

— Ne nous hâtons jamais de sauter aux conclusions... tenons-la tout au plus pour *étrange*. Mais il faut vraiment que vous creusiez la question des merles. Parce qu'il *ne peut pas* ne pas y avoir de merles dans cette affaire !

Ce fut le moment que choisit le sergent Hay pour faire irruption dans la pièce, haletant :

— Patron, je...

Il s'interrompit en voyant miss Marple. L'inspecteur en profita pour se ressaisir :

— Merci, miss Marple. Je vous promets de creuser, comme vous dites, la question. Et puisque vous vous intéressiez à cette fille, peut-être pourriez-vous aller jeter un coup d'œil à ses affaires. Le sergent Hay se fera un plaisir de vous mener sous peu à sa chambre.

Acceptant de bon cœur son congé, miss Marple s'enfuit tout en émoi.

— Des merles ! fulmina alors l'inspecteur Neele.

Puis, comme son subordonné le dévisageait d'un œil rond, il aboya :

— Eh bien, quoi ? Que me voulez-vous encore ?

— Regardez ça, patron.

Le sergent montra un objet enveloppé dans un mouchoir douteux :

— Je l'ai trouvé dans les buissons, derrière la maison. Ç'aurait pu être balancé là depuis une des fenêtres.

Il fit glisser sa découverte sur le bureau, devant le nez de l'inspecteur Neele qui l'examina dans un état d'excitation croissante. Il s'agissait d'un pot de marmelade d'oranges à peine entamé.

L'inspecteur s'abîma dans sa contemplation sans prononcer un mot. Son visage figé avait revêtu l'expression butée et l'air obtus qui signifiait que l'imagination de l'inspecteur Neele avait une fois de plus saisi le mors aux dents. Un film était en cours de projection dans sa tête. Gros plan sur un pot de marmelade d'oranges tout neuf, des mains en dévissaient précautionneusement le couvercle, ces mêmes mains prélevaient une cuillerée de marmelade, y mêlaient intimement une décoction de taxine, remettaient le mélange dans le pot, lissaient la surface avec le dos de la cuillère et revissaient soigneusement le couvercle. Il opéra un rapide arrêt sur image, histoire de demander au sergent Hay :

— Ils ne transvasent pas la marmelade dans un confiturier ?

— Non, patron. Ils ont pris l'habitude de la servir dans le pot d'origine pendant la guerre, quand les denrées étaient rares, et ils s'y tiennent depuis.

— Ce qui a rendu la chose encore plus facile, murmura Neele.

— Sans compter, renchérit le sergent, que Mr Fortescue était le seul à prendre de la marmelade au petit déjeuner — ainsi que Mr Percival quand il était à la maison. Les autres préfèrent la confiture ou le miel.

Neele dodelina de la tête :

— Oui... Voilà qui s'appelle jouer sur du velours.

Après ce bref entracte, la séance reprit. On en était maintenant au petit déjeuner. Rex Fortescue saisissait le pot de marmelade, en prenait une cuillerée qu'il étalait sur un toast beurré. Facile comme bonjour ! Beaucoup plus facile, et beaucoup moins risqué, que de verser la taxine dans sa tasse de café ! Pour qui voulait empoisonner quelqu'un, c'était la méthode sans bavure ! Et après ça ? La séquence suivante était d'une netteté moins évidente. Substitution du pot trafiqué grâce à un nouveau pot — que l'on entamait, comme il se doit, de la quantité exacte de marmelade consommée dans le premier. Puis une fenêtre ouverte. Un bras qui passait, une main qui expédiait dans les buissons ce premier pot qu'on avait intérêt à voir disparaître. Oui, mais la main de qui ?

— Ne nous hâtons jamais de sauter aux conclusions, se remémora l'inspecteur Neele en reprenant pied sur terre. Commençons par envoyer ce pot au labo. Qu'on sache au moins si on y relève des traces de taxine.

— Bien sûr, patron. Ils y relèveront peut-être aussi des empreintes.

— Probablement pas celles qui nous intéressent, maugréa Neele. Il y aura celles de Gladys, bien sûr, de Crump, et de Fortescue lui-même. Et puis sans doute celles de Mrs Crump, du commis de l'épicerie et de quelques autres. Mais celui qui y aura mis de la taxine ne se sera pas amusé à multiplier ses empreintes sur la surface du pot. De toute façon, on verra bien. Ils l'achètent où, cette marmelade ? Et où la gardent-ils ?

L'inégalable sergent Hay avait prévu ces deux questions :

— Les pots de marmelade et de confiture sont commandés par cartons de six. Sitôt qu'un pot entamé tire à sa fin, on en sort un nouveau à l'office.

— Ce qui signifie, réfléchit Neele, que cette adjonction de taxine a pu être effectuée pas mal de temps avant que le pot n'arrive sur la table du petit déjeuner. Et que quiconque était de la maison ou y avait accès a pu faire le coup.

L'emploi de l'expression « y avait accès » intrigua le sergent Hay. Il ne voyait pas dans quelle direction l'imagination de son supérieur allait les emmener.

Et Neele échafaudait en effet une hypothèse hardie :

Si la marmelade avait été assaisonnée à la taxine quelque temps *à l'avance,* alors on pouvait exclure de la liste des suspects *tous ceux qui se trouvaient effectivement à la table du petit déjeuner fatal.*

Ce qui élargissait considérablement le champ des investigations.

Il planifia dans sa tête l'interrogatoire de personnages variés... qu'il aborderait cette fois sous un angle bien différent.

Il écarterait tout a priori...

Il ne traiterait même plus par le mépris la théorie de cette vieille bique de miss Machinchouette avec sa nursery rhyme. Parce qu'il ne faisait pas de doute que toute l'histoire collait de manière stupéfiante avec cette chanson à la noix. Elle collait même avec un point de détail qui n'avait cessé de l'intriguer depuis le début : la poignée de seigle.

— Et les merles ? marmonna-t-il entre ses dents.

Le sergent Hay le couva d'un œil inquiet :

— Il n'a jamais été question de merlans, patron. Ils n'avaient pas servi de poisson pour le petit déjeuner.

Pour le brave sergent, son patron bien-aimé, manifestement, fatiguait.

*

L'inspecteur Neele se mit aussitôt en quête de Mary Dove.

Il la trouva dans une des chambres du premier, occupée à surveiller Ellen, laquelle ôtait du lit des draps pourtant impeccables. Une pile de serviettes propres trônait sur une chaise.

— Quelqu'un vient s'installer ? s'étonna-t-il.

Mary Dove lui sourit. Contrairement à Ellen, qui affichait une mine revêche, elle se montra aussi imperturbable qu'à son ordinaire :

— Ce serait plutôt l'inverse.

Neele lui jeta un regard perplexe.

— Nous avions préparé cette chambre pour Mr Gerald Wright.

— Gerald Wright ? Qui est-ce ?

— Un ami de miss Elaine Fortescue, expliqua Mary d'une voix soigneusement dépourvue de la moindre inflexion.

— Il était censé venir ici... quand ça ?

— Je crois qu'il est descendu à l'*Hôtel du Golf* le lendemain de la mort de Mr Fortescue.

— Le *lendemain* ?

— C'est ce que m'a précisé miss Fortescue.

Le ton de Mary était toujours aussi impersonnel :

— Elle m'avait dit qu'elle souhaitait qu'il descende à

la maison — aussi avais-je fait préparer la chambre. Maintenant, après ces deux autres... tragédies... il semble préférable qu'il reste à l'hôtel.

— A l'*Hôtel du Golf*, m'avez-vous dit ?

— Oui.

— Très bien.

Ellen rassembla draps et serviettes et sortit de la chambre.

Mary Dove prit un air interrogateur :

— Vous désiriez me parler ?

Neele opta pour le charme et la bonhomie :

— Il devient impératif que l'emploi du temps de chacun soit établi en éliminant le maximum de points d'ombre. Les membres de la famille se montrent tous un peu vagues sur ces questions d'horaires — ce qui est sans doute compréhensible. Vous, en revanche, miss Dove, je vous ai toujours trouvée d'une précision extrême dans vos déclarations.

— Ce qui est sans doute également compréhensible !

— Euh... oui, peut-être bien... Il me faut en outre vous féliciter pour la façon dont vous avez su continuer à mener cette maison en dépit de... oui, de l'affolement... que ces derniers décès ont causé.

Il afficha une curiosité candide :

— Comment diable avez-vous pu vous en tirer ?

Son astuce lui avait fait deviner que la faille dans la carapace de miss Dove résidait dans la fierté qu'elle éprouvait de sa propre efficacité. Elle se détendit quelque peu à l'énumération de ses mérites :

— Les Crump, comme de bien entendu, ont voulu partir tout de suite.

— Nous ne les y aurions pas autorisés.

— Je sais. Mais je leur ai également signalé que Mr Percival Fortescue saurait se montrer... généreux... à l'égard de ceux qui lui épargneraient tout désagrément.

— Et Ellen ?

— Ellen n'a pas la moindre envie de partir.

— Pas la moindre envie de partir ? répéta Neele. Elle a du cran, dites-moi.

— Mettons plutôt qu'elle n'aime rien tant que les

cataclysmes, tint à préciser Mary Dove. Tout comme Mrs Percival, elle a l'air de trouver que catastrophes et calamités sont le sel de l'existence.

— Intéressant. Iriez-vous jusqu'à dire que Mrs Percival s'est... réjouie de ces drames ?

— Non... bien sûr que non. Ce serait aller trop loin. Mettons simplement qu'elle a su les accueillir avec... eh bien... une louable équanimité.

— Et vous-même, comment vous ont-ils affectée, miss Dove ?

Mary Dove haussa les épaules.

— Il m'est arrivé de vivre des expériences plus agréables, fit-elle, mi-figue mi-raisin.

Une fois de plus, l'inspecteur Neele éprouva le désir de briser les défenses de cette jeune femme trop sur son quant-à-soi... de découvrir ce qui se cachait derrière cette carapace d'indifférence affichée.

Il se contenta cependant d'enchaîner, non sans une certaine brusquerie :

— Et maintenant, revenons à nos emplois du temps : la dernière fois que vous avez vu Gladys Martin, c'était dans le hall, avant le thé, et ça se passait à 5 heures moins 20 ?

— Oui... et je lui ai dit d'apporter le thé.

— Vous-même, vous veniez d'où ?

— Du premier... Il me semblait avoir entendu le téléphone quelques instants plus tôt.

— Et Gladys, vraisemblablement, avait décroché ?

— Oui. C'était un faux numéro. Quelqu'un qui voulait la blanchisserie de Baydon Heath.

— Et c'est la dernière fois que vous l'avez vue ?

— Elle a encore apporté le plateau du thé dans la bibliothèque une dizaine de minutes plus tard.

— Après quoi miss Elaine Fortescue est arrivée.

— Oui, trois ou quatre minutes plus tard. Au moment où j'allais monter annoncer à Mrs Percival que le thé était servi.

— Vous aviez l'habitude de le faire ?

— Oh ! non... les gens sont toujours venus le prendre quand ils en avaient envie... mais Mrs Fortescue venait de demander où tout le monde était passé. En y allant, j'ai d'ailleurs cru entendre Mrs Percival arriver... mais je m'étais trompée...

L'inspecteur l'interrompit. Il y avait là du nouveau :

— Vous voulez dire que vous avez entendu marcher quelqu'un à l'étage ?

— Oui... en haut des marches, avais-je eu l'impression. Mais personne ne descendant, je suis montée. Mrs Percival était dans sa chambre. Elle venait de rentrer. Elle était allée faire un tour...

— Faire un tour... je vois. Et il était quelle heure ?

— Oh ! presque 17 heures, à vue de nez.

— Et Mr Lancelot Fortescue est arrivé... quand ça ?

— Quelques instants après que je suis redescendue... Je croyais qu'il serait arrivé plus tôt, mais...

— Arrivé plus tôt ? Pourquoi ça ?

— Parce que je croyais l'avoir entrevu par la fenêtre du palier.

— Entrevu dans le jardin, vous voulez dire ?

— Oui... J'avais aperçu quelqu'un à travers la haie d'ifs... et je m'étais dit qu'il ne pouvait s'agir que de lui.

— Ça, ça s'est passé quand vous êtes redescendue après avoir dit à Mrs Percival Fortescue que son thé l'attendait ?

Mary rectifia :

— Non... pas à ce moment-là... ç'avait été plus tôt... quand je suis descendue la première fois.

L'inspecteur la fixa avec intensité :

— Vous êtes sûre de ce que vous avancez, miss Dove ?

— Oui, sûre et certaine. C'est pour ça que j'ai été surprise de le trouver sur le seuil quand il s'est décidé à sonner et que je suis allée ouvrir.

L'inspecteur Neele secoua la tête. Et il prit bien garde de ne pas laisser passer dans sa voix l'excitation qui s'était emparée de lui :

— Ce ne pouvait pas être Lancelot Fortescue que vous avez vu dans le jardin. Son train, dont l'arrivée était prévue à 16 h 28, a eu neuf minutes de retard et n'est entré en gare de Baydon Heath qu'à 16 h 37. Etant donné la cohue qu'il y a toujours à cette heure-là, il lui a fallu faire le pied de grue avant d'obtenir un taxi. Et il n'était pas loin de 5 heures moins le quart (soit cinq minutes *après* que vous avez vu cet homme dans le jardin) quand il a enfin pu quitter la station pour un trajet de dix bonnes minutes. Il a réglé sa course au chauffeur, ici, à la barrière, à 5 heures moins 5 au plus tôt. Non... ce n'était pas Lancelot Fortescue que vous aviez aperçu.

— Je suis pourtant bien sûre d'avoir vu quelqu'un.

— Oui, je vous crois. Mais il commençait à faire sombre. Cet homme, vous n'aviez pas pu distinguer ses traits ?

— Non... c'est exact. Je n'arrivais pas à voir son visage, ni aucun détail précis... rien que sa silhouette... il était grand et mince. Et comme nous attendions Lancelot Fortescue... j'en ai déduit que c'était lui.

— Il allait... de quel côté ?

— Il contournait la haie d'ifs en direction de la maison, sur la droite.

— Là où il y a la petite porte latérale. Elle est fermée à clé ?

— Pas avant la nuit, comme le reste de la maison.

— N'importe qui aurait donc pu entrer par là sans se faire remarquer ?

— J'imagine. Oui.

Elle réfléchit un instant, puis :

— Vous voulez dire que... que la personne que j'ai entendue marcher à l'étage au-dessus aurait pu entrer par là ? Et aurait pu se cacher au premier ?

— Oui, c'est assez ça.

— Mais enfin qui... ?

— Ça, ça reste à déterminer. Je vous remercie, miss Dove.

Comme elle se retirait, il la rappela pour lui demander, mine de rien :

— Au fait, il n'est sans doute pas grand-chose que vous puissiez me confier qui ait trait à des *merles*, j'imagine ?

Mary Dove pivota sur ses talons. Et, pour la première fois, il lui sembla la voir tomber de son haut :

— Je... qu'est-ce que vous dites ?

— Je vous demandais tout bonnement si vous pourriez me parler de merles.

— Vous voulez dire...

— Je veux dire des merles.

Il arborait son plus bel air de débile mental.

— Vous faites sans doute allusion à cette histoire idiote de l'été dernier ? Mais ça n'a rien à...

Elle s'arrêta net.

— On m'en rebat les oreilles, expliqua l'inspecteur Neele, tout sourire. Et je me suis brusquement dit que, pour en avoir le cœur net, je ne ferais pas mal de m'en remettre à vous.

Mary Dove, qui s'était reprise, n'était de nouveau plus que calme et efficacité :

— Il ne s'est agi, à mon sens, que d'une plaisanterie macabre du plus mauvais goût. Quatre cadavres de merles, ici même, sur son bureau. Il faisait chaud, les portes-fenêtres étaient ouvertes et, bien qu'il l'ait farouchement nié, tout le monde a plus ou moins soupçonné le gamin du chef jardinier. Ce qu'il y a de sûr, c'est que c'était le chef jardinier qui les avait tirés pour les suspendre aux branches des cerisiers.

— Et quelqu'un était allé les décrocher pour les déposer sur le bureau de Mr Fortescue ?

— Oui.

— Il y avait une raison quelconque ? Une association d'idées qui m'échappe ?

Mary Dove secoua la tête :

— Je ne crois même pas.

— Et comment Mr Fortescue avait-il pris ça ? Mal ?

— Il aurait difficilement pu le prendre bien.

— Il s'agissait en l'occurrence de colère ou d'inquiétude ?

— J'avoue que je ne m'en souviens plus bien.

— *Je* vois, décréta l'inspecteur Neele.

Il n'en dit pas davantage. Et Mary tourna de nouveau les talons. Mais cette fois, estima-t-il, elle s'éloignait à regret, comme si elle eût souhaité en savoir plus long sur ce qu'il avait en tête. Cet ingrat d'inspecteur ne songeait cependant qu'à pester contre miss Marple. Elle lui avait garanti qu'il y aurait des merles dans l'affaire, et ne voilà-t-il pas que les merles avaient effectivement débarqué ! Pas quatre plus vingt, d'accord, mais quatre tout court — ce qui pouvait déjà passer pour un bel acompte.

Ça s'était produit au cours de l'été, et ce à quoi ça pouvait bien se raccrocher, l'inspecteur Neele n'en avait pas la moindre lueur. Ce qu'il y avait de sûr, c'est qu'il n'allait pas laisser ces épouvantails à moineaux le détourner de l'investigation logique et raisonnée d'une série de meurtres commis par un assassin logique et raisonnable... mais qu'il n'en serait hélas pas moins tenu, à partir de dorénavant, de cultiver les hypothèses les plus folles dans un recoin de son cerveau.

15

— Vous m'excuserez, miss Fortescue, mais je tiens à être très, très précisément fixé. Jusqu'à preuve du contraire, vous avez été la dernière personne — ou mettons plutôt l'avant-dernière — à voir Mrs Fortescue vivante. Il était environ 17 h 20 quand vous avez quitté la bibliothèque ?

— Ou 25, environ, oui, acquiesça Elaine. Je ne peux pas dire au juste. On ne vit pas le nez sur les pendules, conclut-elle avec un rien d'agressivité.

— Non, bien sûr que non. Pendant le temps que vous êtes restée seule avec Mrs Fortescue après le départ des autres, de quoi avez-vous parlé ?

— Cela présente un intérêt pour la suite de l'affaire ?

— Probablement pas, admit bien volontiers l'inspecteur Neele, mais ça pourrait en revanche me fournir un aperçu de ce que Mrs Fortescue avait à l'esprit.

— Vous voulez dire... vous pensez qu'il pourrait s'agir d'un suicide ?

L'inspecteur remarqua l'expression de soulagement qui lui illuminait les traits. Pas de doute, pour la famille, voilà qui aurait été la solution idéale. Mais, en ce qui le concernait, il n'y croyait pas un instant. A son avis, Adèle Fortescue n'avait pas été du genre à se suicider. Même si elle avait empoisonné son mari, même si elle était intimement convaincue de se voir sous peu accusée de cet assassinat, elle n'aurait jamais, estimait-il, songé un seul instant à se donner la mort. Elle aurait bien au contraire continué de croire à l'insolence de sa chance et serait restée persuadée, contre toute vraisemblance, qu'eût-elle été traînée devant les assises, le jury l'aurait acquittée. Il n'était cependant pas hostile à ce qu'Elaine Fortescue continue à caresser ses illusions. Aussi s'empressa-t-il de préciser avec toutes les apparences de la plus parfaite sincérité :

— Ce n'est, à tout le moins, pas à exclure pour le moment, miss Fortescue. Maintenant, peut-être me direz-vous au juste autour de quoi avait tourné votre conversation ?

Elaine hésita :

— Eh bien, il s'agissait en réalité d'un problème qui m'est personnel et...

— Mais encore ? fit-il avec bienveillance.

— Je... un de mes amis venait d'arriver dans les environs et j'avais demandé à Adèle si elle verrait une objection quelconque à... à ce que je lui propose de s'installer ici, à la maison.

— Ah ! Et qui est cet ami ?

— Mr Gerald Wright. Il est enseignant. Il... il est descendu à l'*Hôtel du Golf*.

— Un ami très intime, peut-être ?

L'inspecteur Neele y alla de son meilleur sourire-du-vieil-oncle-complice qui eut pour effet de lui donner aussitôt quinze ans de plus :

— Peut-on s'attendre à une merveilleuse nouvelle d'ici peu ?

Au vu de la rougeur subite montée au visage de la jeune fille et de son geste embarrassé, il éprouva presque des remords. Elle était amoureuse folle de ce garçon.

— Nous... nous ne sommes pas officiellement fiancés, et de toute façon nous ne pourrions pas en faire l'annonce étant donné les circonstances, mais... oui, je crois que c'est vrai... je veux dire... je crois que nous allons nous marier.

— Toutes mes félicitations, la congratula l'inspecteur. Mr Wright est descendu à l'*Hôtel du Golf*, m'avez-vous dit ? Depuis combien de temps est-il dans les parages ?

— Je lui avais télégraphié quand papa est mort.

— Et il avait aussitôt accouru. *Je* vois.

Il avait formulé son expression favorite sur un ton amical autant que rassurant.

— Qu'avait répondu Mrs Fortescue quand vous l'aviez interrogée sur son hébergement ici ?

— Oh ! elle m'avait donné son accord, elle m'avait dit que j'étais libre d'inviter qui bon me semblait.

— Elle avait donc fait preuve de beaucoup de gentillesse en la circonstance ?

— De gentillesse, n'exagérons pas. Après tout, elle m'avait quand même dit...

— Oui, que vous avait-elle dit d'autre ?

De nouveau, Elaine s'empourpra :

— Oh ! un truc idiot et qui lui ressemblait bien. Dans le genre « tu pourrais maintenant prétendre à beaucoup mieux ».

— Bah ! minimisa gentiment l'inspecteur, tous les parents disent des choses comme ça.

— Oui. Oui, c'est vrai. Et puis ce qu'il y a, c'est que les gens ont souvent du mal à... à apprécier Gerald à sa juste valeur. C'est un intellectuel, comprenez-vous, et il professe tout un tas d'opinions anticonformistes et progressistes qui ne plaisent pas à tout le monde.

— D'où sa mésentente avec votre père ?

Cette fois, Elaine vira à l'écarlate :

— Papa a toujours été injuste et bourré de préjugés. Il avait froissé Gerald, l'avait blessé au plus profond de sa sensibilité. En fait, Gerald avait été tellement mortifié par l'attitude de mon père qu'il est parti un beau matin et que je n'ai plus eu de ses nouvelles pendant des semaines.

« Et que tu aurais probablement continué à ne pas en avoir si ton père n'était pas mort en te laissant un joli magot », songea l'inspecteur Neele.

— D'autres sujets avaient-ils été abordés entre Mrs Fortescue et vous ?

— Non, non, pas que je m'en souvienne.

— Et ça se passait à 17 h 25 et Mrs Fortescue a été retrouvée morte à 17 h 55. Vous n'êtes pas retournée dans la bibliothèque pendant cette demi-heure ?

— Non.

— Qu'étiez-vous en train de faire ?

— Je... j'étais sortie faire un tour.

— Jusqu'à l'*Hôtel du Golf* ?

— Je... eh bien, oui, mais Gerald n'y était pas.

L'inspecteur prononça de nouveau son sempiternel « Je vois », mais avec cette fois une nuance de congédiement courtois.

Elaine se leva :

— Ce sera tout ?

— Oui, je vous remercie, miss Fortescue.

Puis, comme elle allait sortir, il lui lança, l'air de ne pas y toucher :

— Il n'est rien que vous puissiez me dire à propos de *merles*, par hasard ?

Elle le considéra avec stupeur :

— De merles ? Vous parlez de ceux du pâté en croûte ?

Il *fallait* qu'ils soient dans ce fichu pâté en croûte ! fulmina intérieurement l'inspecteur Neele. Mais il se borna à demander :

— Ça s'est passé quand ?

— Il y a trois ou quatre mois... et il en est aussi apparu sur le bureau de papa. Il s'est mis dans une colère noire.

— Une colère noire, c'est tout ? Il n'a pas posé de questions ?

— Si... bien sûr... mais on n'a jamais pu savoir qui les avait mis là.

— Avez-vous une idée de la raison pour laquelle il s'est mis tellement en colère ?

— Eh bien... c'était assez infect, non ?

Neele l'avait dévisagée, guettant sa réaction... mais rien n'était venu dénoter une quelconque tentative de dissimulation.

— Oh ! plus qu'un rien, qu'un dernier point, miss Fortescue, ajouta-t-il encore. Savez-vous si votre belle-mère a fait un testament à un moment quelconque ?

— Je n'en ai aucune idée... Je... j'imagine qu'elle a dû. Tout le monde en fait, non ?

— Tout le monde le devrait... mais il y a souvent de la marge entre l'intention et le passage à l'acte. Vous-même, vous en avez fait un, miss Fortescue ?

— Non... non... Je n'avais... Jusqu'ici, je n'avais rien à léguer... mais, maintenant, bien sûr...

Il vit à son regard qu'elle venait de mesurer son changement de statut.

— Oui, souligna-t-il. Cinquante mille livres, ça ne se trouve pas sous le pied d'un cheval... et ça modifie énormément la face des choses, miss Fortescue.

*

Après le départ d'Elaine, l'inspecteur Neele resta quelques minutes les yeux dans le vague, à ressasser ses pensées. A coup sûr, la matière à réflexion était ce qui lui manquait le moins. La déclaration de Mary Dove selon laquelle elle aurait aperçu un homme dans le jardin aux environs de 16 h 35 ouvrait un nouvel éventail de possibilités. A condition, toutefois, qu'elle n'ait pas menti. Il n'avait en effet jamais été dans les habitudes de l'inspecteur d'ajouter foi à ce que *quiconque* voulait bien lui raconter. Cela dit, et par quelque bout qu'il prenne la chose, il ne voyait aucune raison sérieuse qui aurait pu inciter Mary Dove à lui débiter des craques. Il inclinait à penser qu'elle était sincère quand elle lui avait confié avoir aperçu un homme dans le jardin. Or, il était évident qu'il ne pouvait s'agir de Lancelot Fortescue — même si la jeune femme avait tout naturellement songé à lui. Ce n'était pas Lancelot Fortescue, mais c'était un individu qui avait approximativement la taille et la prestance de Lancelot Fortescue. Et s'il y avait bien eu un homme dans le jardin à cette heure-là, qui plus est un homme qui se déplaçait furtivement, comme il le semblait en effet, à en juger par la façon dont il s'était coulé derrière les ifs, alors il y avait lieu de se poser des questions.

Ajouté à cette première déclaration de Mary Dove, il y avait eu la seconde : à savoir qu'elle avait entendu quelqu'un marcher à l'étage. Ce qui était à rapprocher d'un autre élément. A rapprocher de la parcelle de boue qu'il avait relevée sur le tapis du boudoir d'Adèle Fortescue. Le cerveau de l'inspecteur embraya sur le coquet petit secrétaire qui se dressait dans la pièce. Sur cette mignarde copie d'ancien qui dissimulait si mal son tiroir secret. Il avait trouvé trois lettres dans ce tiroir, trois lettres écrites par Vivian Dubois à Adèle Fortescue. Dieu sait combien il lui en était passé entre les mains, des lettres d'amour en tous genres, depuis ses débuts dans la police ! Messages d'amour passion, épîtres délirantes, fadaises sentimentales, relances proches du harcèlement. Sans oublier les missives prudentes et circonspectes. Comme ces trois-là, précisément. Même lues devant le juge des divorces, elles auraient pu passer pour le témoignage d'une amitié platonique, sans plus. Encore qu'en l'occurrence « Amitié platonique, mes fesses ! » avait fort inélégamment songé l'inspecteur. Neele, dès qu'il les avait découvertes, s'était empressé de les expédier au Yard, la grande question étant alors de savoir si le bureau du procureur estimait qu'il s'agissait là de preuves suffisantes pour la mise en accusation d'Adèle Fortescue, voire d'Adèle Fortescue et Vivian Dubois conjointement. Tout indiquait alors que Rex Fortescue avait été empoisonné par sa femme, avec ou sans la complicité de l'amant de cette dernière. Ces lettres, pour précautionneuses qu'elles soient, n'en établissaient pas moins la preuve d'une liaison entre eux, mais rien dans leur formulation, pour autant que l'inspecteur Neele pût en juger, ne trahissait cependant l'incitation au meurtre. Il avait certes pu y avoir incitation orale, mais Vivian Dubois était bien trop soucieux de sa sécurité pour coucher quoi que ce soit de ce genre par écrit.

L'inspecteur Neele subodorait avec raison que Vivian Dubois avait demandé à Adèle Fortescue de détruire ses lettres et qu'Adèle Fortescue lui avait dit qu'elle l'avait fait.

Quoi qu'il en soit, ce n'était plus un meurtre mais bel et bien trois qu'ils avaient désormais sur les bras. Ce qui signifiait — ou tout au moins était censé le faire — qu'Adèle Fortescue n'avait pas tué son mari.

Car après tout subsistait encore une hypothèse...

Le cerveau de l'inspecteur Neele obliqua vers une nouvelle piste :

Adèle Fortescue aurait voulu épouser Vivian Dubois, c'était là un fait patent. Mais Vivian Dubois de son côté n'aurait-il pas pu guigner, non pas la main d'Adèle Fortescue, mais plus précisément les cent mille livres qui seraient tombées dans l'escarcelle de ladite Adèle Fortescue une fois qu'elle aurait occis son mari ? Sans doute escomptait-il que le décès de Rex Fortescue se verrait attribué à une cause naturelle. Rupture d'anévrisme, crise cardiaque ou autre. Après tout, la famille dans son ensemble n'avait-elle pas nourri des inquiétudes à ce sujet tout au long de l'année passée ? (Entre parenthèses, l'inspecteur Neele se dit que c'était d'ailleurs là un point à creuser. Il avait dans l'idée que ça pourrait se révéler plus important qu'il n'y paraissait.) Seulement voilà, patatras ! La mort du mari ne s'était pas du tout passée comme prévu. L'empoisonnement avait été immédiatement diagnostiqué, et le poison identifié.

A supposer que ce soit bien Adèle Fortescue et Vivian Dubois qui aient fait le coup, dans quel état d'esprit s'étaient-il alors trouvés ? Vivian Dubois avait dû paniquer, et Adèle Fortescue perdre la tête. Elle avait pu lâcher des mots malheureux, commettre des imprudences. Elle était peut-être même allée jusqu'à téléphoner à Dubois, à lui faire au bout du fil des déclarations compromettantes dont il avait pu se dire qu'elles avaient été surprises par un membre du personnel de la Loge aux Ifs. Qu'aurait été le premier mouvement de Vivian Dubois en pareil cas ?

Il était encore trop tôt pour essayer de répondre à cette question, mais l'inspecteur Neele se proposait d'enquêter dans les plus brefs délais à l'*Hôtel du Golf* afin de déterminer si Dubois y était ou non présent entre 4 heures et quart et 6 heures de l'après-midi. Vivian Dubois était grand et brun comme Lance Fortescue. Il avait pu se glisser par le jardin jusqu'à la petite porte latérale, se faufiler jusqu'au premier étage... et puis quoi ? Chercher les lettres et découvrir qu'elles avaient disparu ? Attendre là, peut-être, que la voie soit libre... et puis descendre à la bibliothèque dès que les autres seraient partis et qu'il aurait été sûr qu'Adèle Fortescue était bien seule ?

Mais c'était aller trop vite en besogne.

Neele avait interrogé Mary Dove et Elaine Fortescue. Il lui fallait maintenant savoir ce que l'épouse de Percival Fortescue avait à dire.

16

L'inspecteur Neele trouva Mrs Percival dans son salon particulier du premier, occupée à son courrier. Elle sursauta craintivement à son entrée :

— Est-il quelque chose... qu'est-ce que... y a-t-il...

— Restez assise, je vous en conjure, Mrs Fortescue. J'ai juste quelques petites questions complémentaires à vous poser.

— Oh ! mais oui. Oui, bien sûr, inspecteur. Tout ceci est tellement effroyable, n'est-ce pas ? Tellement effroyable.

Elle se laissa tomber assez nerveusement dans un fauteuil. L'inspecteur Neele s'assit pour sa part sur la petite chaise droite qu'elle venait de quitter et qu'il tira tout près d'elle. Il l'étudia alors de manière beaucoup plus approfondie qu'il ne l'avait fait jusqu'à présent. C'était, sous bien des aspects, une créature éminemment quelconque... mais une pensée le frappa : elle semblait tout sauf heureuse. Agitée, insatisfaite, étroite d'esprit, elle avait pourtant dû être une infirmière compétente et dévouée au cours de sa carrière hospitalière. Et bien que son mariage avec un homme jouissant d'une large aisance l'ait délivrée de l'obligation de travailler pour vivre, son oisiveté était loin de la satisfaire. Elle collectionnait les vêtements, lisait des romans à l'eau de rose, s'empiffrait de sucreries, mais, se remémorant sa curiosité dévorante le soir de la mort de Rex Fortescue, il n'y voyait plus tant la manifestation d'une jouissance morbide que la révélation de l'océan d'ennui dans lequel se noyait son existence.

Ses paupières cillèrent et s'abaissèrent soudain sous le regard inquisiteur de l'inspecteur. Ça lui donna un air coupable et apeuré, mais il n'aurait pu jurer qu'il convenait de s'y fier.

— Je regrette infiniment, murmura-t-il d'un ton apaisant, que nous ayons à reposer sans cesse aux gens les mêmes questions. Ce doit être très éprouvant pour vous tous. Croyez bien que j'en suis conscient, mais tant et tant dépend, voyez-vous, de la *chronologie* rigoureuse des événements. Vous êtes descendue pour le thé assez tard, si j'ai bien compris ? Miss Dove est même montée vous prévenir.

— Oui. Oui, c'est exact. Elle est montée me dire qu'il était servi. Je n'avais pas vu le temps passer. J'étais plongée dans mon courrier et...

L'inspecteur Neele jeta un œil à la petite table à écrire :

— Je vois. Dieu sait pourquoi, j'imaginais que vous étiez sortie faire un tour.

— Elle vous a dit ça ? Oui... je crois que vous avez raison, ça me revient maintenant. J'avais écrit des lettres, et puis il faisait tellement étouffant et j'avais tellement mal à la tête que je suis sortie pour... euh... pour effectivement faire un tour. Oh ! rien que le tour du jardin.

— Je vois. Vous n'avez rencontré personne ?

— Rencontré personne ? répéta-t-elle, un peu interloquée. Que voulez-vous dire ?

— Je me demandais tout bonnement si vous aviez vu quelqu'un ou si quelqu'un vous avait vu au cours de votre promenade.

— J'ai aperçu le chef jardinier au loin, c'est tout, fit-elle, sur la défensive.

— Ensuite vous êtes rentrée, vous êtes montée chez vous et vous étiez en train d'ôter votre manteau quand miss Dove est venue vous dire que le thé était servi ?

— Oui. Oui, et je suis donc redescendue.

— Et qui était en bas ?

— Adèle et Elaine, et, une ou deux minutes après, Lance est arrivé. Mon beau-frère. Celui qui vient de rentrer du Kenya.

— Et vous avez tous pris le thé ?

— Oui, c'est bien ça. Et ensuite Lance est monté voir tante Effie, et moi je suis revenue finir mon courrier. J'ai laissé Elaine en bas avec Adèle.

Il hocha la tête d'un air rassurant :

— Effectivement. Miss Fortescue semble être restée auprès de Mrs Fortescue cinq ou dix minutes après votre départ. Votre mari n'était pas encore de retour ?

— Oh ! non. Percy... Val... n'est pas rentré avant 6 heures et demie, 7 heures. Il avait été retenu en ville.

— Il est rentré par le train ?

— Oui. Et il a pris un taxi de la gare jusqu'ici.

— C'était inhabituel, ce retour par le train ?

— Il fait ça parfois. Pas très souvent. Je crois qu'il avait eu des rendez-vous à la *City,* dans des endroits où il n'est pas commode de se garer. Il lui était plus facile de revenir en prenant le train à la station de Cannon Street.

— Je vois, décréta l'inspecteur.

Il poursuivit :

— J'ai demandé à votre mari si Mrs Fortescue avait fait un testament avant de mourir. Il m'a répondu qu'il ne pensait pas. J'imagine que vous ne devez guère être plus renseignée sur le sujet ?

A sa surprise, Jennifer hocha vigoureusement la tête :

— Mais si ! Adèle en avait fait un. Elle me l'avait même dit.

— Vraiment ! Quand ça ?

— Il n'y a pas bien longtemps. Un mois environ.

— Ça, c'est très intéressant, commenta l'inspecteur Neele.

Mrs Percival se pencha en avant. Son visage s'était

illuminé. Elle se délectait de l'occasion qui lui était offerte de faire étalage de ses connaissances :

— Val n'en a rien su. Personne n'en a rien su. Et moi, je ne l'ai appris que par le plus grand des hasards. Je faisais des courses. Je venais de sortir de la papeterie quand j'ai aperçu Adèle qui sortait, elle, de chez le notaire. L'étude Ansell & Worrall. Dans la Grand'Rue.

— Ah ! les notaires locaux ?

— C'est ça. Alors j'ai demandé à Adèle : « Que diable avez-vous bien pu aller faire là-dedans ? », tel que. Et elle, elle a éclaté de rire et m'a lancé : « Vous aimeriez bien le savoir, hein ? » Et puis, comme nous faisions quelques pas ensemble, la voilà qui me confie : « Eh bien, je vais vous le dire, Jennifer. Je viens de faire mon testament. » « Ah bon ? ai-je repris. Mais en voilà, une idée, Adèle ? Vous n'êtes pas malade ni rien, non ? » Sur quoi elle m'a répondu que non, pas du tout. Qu'elle ne s'était jamais sentie aussi bien. Mais que tout le monde devrait faire son testament. Elle a ajouté qu'elle n'était pas allée chez ce prétentiard d'avoué des Fortescue, à Londres, Mr Billingsley : ce vieux faux-jeton n'aurait rien eu de plus pressé que d'aller vendre la mèche à la famille. « Non, m'a-t-elle dit encore, mon testament ne regarde que moi, Jennifer, je l'ai rédigé comme je l'entends, et personne n'a à savoir ce qu'il y a dedans. » « Je peux vous donner ma parole, Adèle, lui ai-je juré, que ce n'est pas moi qui irai crier ça sur les toits. » Ce à quoi elle a rétorqué : « Vous pouvez quand même le faire si ça vous chante.. De toute façon, vous ne saurez jamais ce qu'il y a dedans. » Mais je n'en ai parlé à personne. Non, pas même à Percy. J'estime que les femmes doivent savoir se tenir les coudes. Ce n'est pas votre avis, inspecteur ?

— C'est là, j'en conviens, un sentiment qui vous honore, Mrs Fortescue, déclara l'inspecteur Neele, diplomate.

— Que voulez-vous, je suis comme ça, je n'ai jamais été mauvaise, reprit Jennifer. Ce n'est pourtant pas que j'aie jamais beaucoup aimé Adèle, loin de là. Je l'ai toujours prise pour le genre de créature qui ne reculerait devant rien pour parvenir à ses fins. Mais maintenant qu'elle est morte, je me dis que je l'ai peut-être mal jugée, la pauvre.

— Eh bien, je vous remercie infiniment, Mrs Fortescue, de vous être montrée si coopérative...

— Il n'y a pas de quoi. Je suis trop heureuse d'avoir pu me rendre utile. Tout ceci est tellement atroce, n'est-ce pas ? Mais, dites-moi, qui est la vieille dame qui est arrivée ce matin ?

— Une certaine miss Marple. Elle est très aimablement venue nous fournir toutes les informations que nous pouvions souhaiter sur le compte de cette fille, Gladys. Il semble que Gladys Martin ait autrefois servi chez elle.

— Vraiment ? Comme c'est intéressant !

— Un dernier point, Mrs Percival. Avez-vous jamais entendu parler ici de merles ?

Jennifer Fortescue sursauta si fort que son sac lui échappa des mains et qu'elle dut se baisser pour le ramasser.

— De merles, inspecteur ? haleta-t-elle. De merles ? De quel genre de merles ?

— De merles en général, expliqua l'inspecteur Neele avec un léger sourire. De merles vivants, de merles morts, voire de merles... comment dire ?... symboliques.

— Je ne vois pas ce que vous voulez dire, répliqua-t-elle d'un ton sec. Je ne vois pas ce dont vous voulez parler.

— Vous ne savez donc rien qui ait trait à des merles, Mrs Fortescue ?

— J'imagine que vous faites allusion à ceux du pâté en croûte, l'été dernier, fit-elle lentement. C'était grotesque.

— Il y a eu aussi ceux qui ont été déposés sur le bureau de Mr Fortescue.

— Ça aussi, c'était une plaisanterie grotesque et d'un goût particulièrement douteux. Je me demande qui a bien pu aller vous parler de ça. Mr Fortescue, mon beau-père, en avait été très contrarié.

— Très contrarié ? Sans plus ?

— Oh ! je vois où vous voulez en venir. Oui, j'imagine que... oui, c'est exact. Il est allé jusqu'à nous demander si on avait vu des étrangers rôder dans les parages.

— Des étrangers ! fit l'inspecteur en haussant les sourcils.

— C'est, en tout cas, ce qu'il nous a dit, se rebiffa Mrs Percival.

— Des étrangers, répéta rêveusement l'inspecteur Neele.

Puis il questionna :

— Il donnait l'impression de paniquer ?

— De paniquer ? Je ne vous suis pas très bien.

— D'avoir peur. Peur de ces étrangers, veux-je dire.

— Oui. Oui, ça, sans doute. Bien sûr, je ne me souviens pas très bien des détails. Ça remonte à plusieurs mois, voyez-vous. Mais, personnellement, je n'ai jamais cru que ça pouvait être autre chose qu'une mauvaise plaisanterie. De Crump, peut-être bien. J'ai toujours été persuadée que ce Crump est un déséquilibré, et je sais qu'il boit. Il lui arrive de se montrer d'une rare insolence. Je me suis parfois demandée s'il ne pouvait pas avoir une dent contre Mr Fortescue. Ne croyez-vous pas que ce soit possible, inspecteur ?

— Tout est possible, répliqua l'inspecteur Neele en prenant congé.

*

Percival Fortescue était à Londres, mais l'inspecteur Neele trouva Lancelot et sa femme à la bibliothèque. Ils disputaient une partie d'échecs.

— Je m'en voudrais de vous interrompre..., s'excusa Neele.

— Nous ne faisons que tuer le temps, inspecteur. Pas vrai, Pat ?

Pat approuva de la tête.

— J'imagine que la question que je vais vous poser va vous paraître aberrante, préluda Neele. Seriez-vous au courant de quelque chose qui aurait trait à des merles, Mr Fortescue ?

— A des merles ? sourit Lance, amusé. Quel genre

de merles ? Merles blancs, beaux merles, vilains merles ou merles tout court ?

L'inspecteur Neele se fendit de son plus parfait sourire désarmant :

— Je l'ignore, Mr Fortescue. Il a juste été fait allusion devant moi à des merles, c'est tout ce que je peux dire.

— Bon sang de bonsoir ! s'exclama Lancelot, soudain sur le qui-vive. Il ne s'agirait pas de la vieille mine aux Merles, par hasard ?

— La mine aux Merles ? Qu'est-ce que c'est que ça ?

Lance fronça les sourcils, perplexe :

— Le problème, inspecteur, c'est que je n'ai pas du tout ça en mémoire. J'ai juste en tête le vague souvenir d'une transaction pour le moins douteuse à laquelle mon cher papa se serait autrefois livré. Quelque part en Afrique occidentale. Tante Effie lui a un beau jour, me semble-t-il, envoyé ça dans les gencives mais les détails me sont sortis de la tête.

— Tante Effie ? Il doit s'agir de miss Ramsbottom, non ?

— Si.

— Je vais aller lui poser la question, décida l'inspecteur Neele.

Il afficha un air piteux :

— C'est une vieillarde terrifiante, Mr Fortescue. Elle a le don de me fiche la frousse.

Lance partit d'un bon rire :

— Je vous comprends. La tante Effie est un personnage, mais elle est capable de se décarcasser pour vous, inspecteur, pour peu que vous sachiez la prendre dans le sens du poil. Et à plus forte raison si vous fouinez dans le passé. Elle a une mémoire d'éléphant et n'aime rien tant qu'exhumer les cadavres enfouis dans les placards.

» Il y a encore autre chose, ajouta-t-il, pensif. Je suis monté la saluer, vous le savez, le jour de mon arrivée. Sitôt après ce fameux thé, en fait. Et elle m'a parlé de Gladys, la petite bonne qui a été tuée — à ceci près qu'on ignorait encore à ce moment-là qu'elle l'avait été... Mais tante Effie s'affirmait convaincue que cette

Gladys savait quelque chose qu'elle n'avait pas dit à la police.

— Cela me paraît une quasi-certitude, acquiesça l'inspecteur Neele. Et maintenant elle ne pourra plus jamais nous le dire.

— Non. Et il semble pourtant bien que tante Effie l'ait exhortée à cracher tout ce qu'elle avait sur le cœur. Dommage que la pauvre gosse ne l'ait pas écoutée.

— Dommage, en effet.

*

Ayant rassemblé tout son courage, l'inspecteur Neele se décida à monter à l'assaut du donjon de la tante Effie. Et il eut la surprise de découvrir que miss Marple occupait déjà le terrain. Ces deux dames discutaient missions étrangères.

— Je me retire, inspecteur ! s'empressa de déclarer miss Marple en se mettant sur ses pieds.

— N'en faites rien, chère mademoiselle, mondanisa le policier.

— J'ai prié miss Marple de venir s'installer à la maison, intervint miss Ramsbottom. C'est idiot d'aller dépenser de l'argent dans ce stupide *Hôtel du Golf*. Un repaire d'infamie, un antre d'iniquité. On y boit et y joue aux cartes jusqu'à point d'heure. Mieux vaut mille fois qu'elle s'installe au sein d'une famille chrétienne. Il y a une chambre inoccupée qui jouxte la mienne. Celle où a séjourné le Dr Mary Peters, la sœur missionnaire.

— C'est trop, trop gentil à vous, piaula miss Marple, mais pour rien au monde je ne voudrais m'imposer dans une maison en grand deuil.

— En grand deuil ? Vous nous la baillez belle ! Qui va ici pleurer la mort de Rex ? Et plus encore celle d'Adèle ? A moins que ce ne soit la réaction de la police qui vous inquiète ? Pas d'objections, inspecteur ?

— Pas la moindre en ce qui me concerne, bien chère mademoiselle.

— Eh bien, voilà qui est réglé, trancha miss Ramsbottom.

— C'est très aimable à vous, remercia miss Marple.

Je vais de ce pas téléphoner à l'hôtel pour annuler ma réservation.

Elle n'eut pas plutôt tourné les talons que miss Ramsbottom s'en prit à l'inspecteur.

— Bon, et *vous*, lui lança-t-elle d'un ton rogue, qu'est-ce que vous me voulez encore ?

— Je me demandais si vous ne pourriez pas me fournir des renseignements sur la mine aux Merles, mademoiselle.

Miss Ramsbottom laissa échapper un soudain éclat de rire coassant qui grimpa dans l'aigu :

— Ha ! hi ! hi ! Vous êtes allé dénicher ça ! Vous avez saisi mon allusion de l'autre jour ! Et que voulez-vous savoir au juste ?

— Tout ce que vous pourrez m'en dire, mademoiselle.

— Ce qui ne fera pas lourd. Ça ne date pas d'hier... ça remonte peut-être bien à vingt ou vingt-cinq ans. Une histoire de concession minière, en Afrique orientale. Mon beau-frère s'était associé pour l'occasion avec un certain MacKenzie. Ils se sont rendus sur place pour prospecter la mine ensemble et MacKenzie est mort là-bas des fièvres. Quant à Rex, il est revenu en disant à qui voulait l'entendre que la concession ne valait pas tripette. C'est tout ce que *moi*, je sais.

— Je suis au contraire persuadé que vous en savez beaucoup plus long sur la question, chère mademoiselle, insista Neele de son ton le plus engageant.

— Tout le reste est ragots. Et les ragots ne pèsent pas lourd au regard de la loi, me suis-je laissé dire.

— Nous ne sommes pas encore au tribunal, mademoiselle.

— Je ne vois pas ce que *moi*, je pourrais vous dire d'autre. Les MacKenzie ont fait un foin de tous les diables. C'est tout ce que je sais. Ils ont clamé que Rex avait floué MacKenzie. Je veux bien le croire. Il était malin comme un singe et c'était une fripouille. Mais quoi qu'il ait pu faire, il l'avait fait dans le cadre de la loi. Ils n'ont jamais rien pu prouver. Mrs MacKenzie était une exaltée. Elle est venue crier vengeance et proférer toutes sortes de menaces. Elle a hurlé que Rex [illegible] assassiné son mari. Nous avons nagé en plein mélodrame ! Je la soupçonne d'avoir perdu la tête — je crois d'ailleurs qu'elle a été internée peu après. Elle était arrivée en traînant à sa suite deux marmots terrifiés et en vociférant qu'elle allait leur inculquer le désir de venger leur père. Quelque chose dans ce goût-là. Une bouffonnerie, sur toute la ligne. Et ça, c'est tout ce que je peux vous dire. Seulement n'allez pas croire que la mine aux Merles soit la seule entourloupe à laquelle Rex se soit livré au cours de son existence. Vous en trouverez bien davantage si vous vous donnez le mal de creuser un peu. Qui vous a mis sur la voie de la mine aux Merles, au fait ? Seriez-vous par hasard tombé sur une piste qui vous aurait permis de remonter jusqu'aux MacKenzie ?

— Vous ne savez pas ce qu'ils sont devenus, mademoiselle ?

— Aucune idée. De vous à moi, je ne crois pas que Rex se serait laissé aller à assassiner ce MacKenzie. Qu'il l'ait laissé mourir me paraît plus vraisemblable. Même crime devant le Seigneur, certes, mais il en va tout autrement devant le tribunal des hommes. Quoi qu'il en soit, s'il l'a bel et bien fait, son châtiment l'a rattrapé. Les meules du Seigneur ne moulent que lentement, mais elles moulent la farine la plus fine... Fichez le camp, maintenant, je vous ai assez vu. Je ne peux rien vous dire de plus, et vous seriez malavisé de me harceler.

— Merci infiniment déjà pour tout ce que vous m'avez appris.

— Réexpédiez-moi cette Marple. Elle est futile et vaine, comme tous ces anglicans, mais elle sait comment gérer une œuvre de bienfaisance de manière sensée.

*

L'inspecteur Neele donna deux coups de téléphone, le premier à l'étude Ansell & Worall et le second à l'*Hôtel du Golf*, puis il convoqua le sergent Hay et lui signala qu'il s'absentait pour un bref laps de temps :

— Je fais un saut chez le notaire du coin. Après ça,

vous pouvez me joindre à l'*Hôtel du Golf* en cas d'urgence.

— Bien, patron.

— Et glanez tout ce que vous pourrez qui ait trait à des merles, ajouta Neele par-dessus son épaule.

— A des merles, patron ? répéta le sergent Hay, interloqué.

— J'ai bien dit à des merles, pas à des merlans.

— Très bien, patron, acquiesça le sergent Hay, médusé.

17

L'inspecteur Neele trouva en Me Ansell le type du notaire plus facilement intimidé qu'intimidant. Simple associé d'une étude de médiocre envergure et guère florissante, il était moins enclin à monter sur ses grands chevaux qu'à aider la police dans toute la mesure de ses moyens.

Oui, expliqua-t-il, il avait établi un acte testamentaire à la demande de feue Mrs Adèle Fortescue. Elle avait débarqué dans son cabinet quelque cinq semaines plus tôt. Cela lui avait semblé une démarche singulière, mais il n'en avait, bien évidemment, rien laissé paraître. Les démarches singulières sont monnaie courante dans le domaine notarial et, comme il allait de soi, l'inspecteur comprendrait que la discrétion, etc., etc. L'inspecteur hocha la tête pour bien prouver qu'il comprenait. Il avait déjà découvert que Me Ansell n'avait jamais traité par le passé la moindre affaire pour le compte de Mrs Fortescue ni pour celui d'aucun des membres de la famille.

— Manifestement, reconnut Me Ansell, elle voulait à tout prix éviter d'aller trouver les avoués de son mari pour ça.

Verbiage une fois mis de côté, les faits étaient simples. Adèle Fortescue avait rédigé un testament par

… elle léguait tous les biens en sa possession au …ur de sa mort à Vivian Dubois.

— Mais j'ai cru comprendre, hasarda Me Ansell avec une lueur interrogative dans le regard, qu'elle ne possédait en fait pas grand-chose à léguer.

L'inspecteur Neele dodelina de la tête. Au moment où elle avait signé son testament, ça n'était pas loin de la vérité. Mais depuis, Rex Fortescue était mort, et Adèle avait hérité cent mille livres — lesquelles cent mille livres (grevées des droits de succession) appartenaient probablement désormais à Vivian Edward Dubois.

*

En arrivant à l'*Hôtel du Golf*, l'inspecteur Neele trouva Vivian Dubois qui l'attendait dans un état de vive agitation. Dubois était en effet sur le point de partir avec armes et bagages quand il avait téléphoniquement reçu de l'inspecteur Neele la fort civile prière de n'en rien faire. L'inspecteur s'était montré en la matière d'une courtoisie extrême, assortie d'excuses. Mais en dépit de toutes ces belles phrases, la prière en question n'en était pas moins un ordre comminatoire. Dubois avait rué dans les brancards, mais pas trop.

Cette fois, il le prit d'un peu plus haut :

— Je veux espérer que vous mesurez, inspecteur, à quel point cette obligation de rester ici me complique l'existence. J'ai des affaires urgentes à traiter qui ne sauraient souffrir un plus long délai.

— J'ignorais que vous étiez dans les affaires, Mr Dubois, se récria le policier, plus ingénu que nature.

— De nos jours, il n'est hélas pas donné à tout un chacun de vivre de ses rentes autant qu'il le souhaiterait.

— La mort de Mrs Fortescue a dû beaucoup vous secouer. Vous étiez très bons amis, si je ne m'abuse ?

— Oui, acquiesça Dubois, c'était une femme exquise. Nous jouions beaucoup au golf ensemble.

— Elle doit vous manquer énormément.

— Oui, c'est le cas de le dire, soupira Dubois. Tout ça est effoyable, véritablement effroyable.

— Vous lui avez en fait téléphoné, je crois, l'après-midi même de sa mort ?

— Téléphoné ? Je ne m'en souviens vraiment pas.

— Vers 16 heures, d'après mes renseignements.

— Ou... oui, c'est après tout bien possible.

— Vous rappelez-vous la teneur de votre conversation, Mr Dubois ?

— Rien de très important. J'ai dû lui demander comment elle se sentait et si elle en savait davantage sur les conditions du décès de son mari... le genre de questions qu'on pose dans ces cas-là.

— *Je* vois, commenta l'inspecteur Neele.

Il ajouta :

— Ensuite de quoi vous êtes sorti faire un tour ?

— Euh... oui... oui, c'est bien ça, je crois. Ou plutôt, non, pas un tour, je suis allé faire quelques trous au golf.

— Vous m'étonnez, Mr Dubois, releva gentiment l'inspecteur. Pas ce jour-là... Le portier de l'hôtel vous a vu partir à pied sur la route de la Loge aux Ifs.

Leurs regards se croisèrent et Dubois, mal à l'aise, détourna les yeux :

— J'ai bien peur d'avoir un trou de mémoire, inspecteur.

— Peut-être êtes-vous tout bonnement allé rendre visite à Mrs Fortescue ?

La réponse, cette fois, fusa :

— Non. Non, ça, je ne l'ai pas fait. Je ne me suis en tout cas pas approché de la maison.

— Où êtes-vous allé, dans ce cas ?

— Oh ! je... j'ai dévalé la route, jusqu'aux *Trois Pigeons*, et puis j'ai fait demi-tour et je suis revenu par les links.

— Vous êtes bien sûr de n'être pas allé à la Loge aux Ifs ?

— Sûr et certain, inspecteur.

L'inspecteur secoua la tête :

— Allons, allons, Mr Dubois. Il vaut toujours mieux être franc avec nous, vous savez. Qui sait si vous n'aviez pas de raison tout ce qu'il y a d'innocente de vous rendre là-bas ?

— Je me tue à vous dire que je ne suis jamais allé voir Mrs Fortescue ce jour-là !

L'inspecteur se leva :

— Voyez-vous, Mr Dubois, fit-il le plus aimablement du monde, je crois qu'il va nous falloir vous demander une déposition en bonne et due forme, et vous seriez fort avisé, comme la loi vous y autorise d'ailleurs, de vous assurer pour ce faire la présence de votre avocat.

Les couleurs désertèrent le visage de Mr Dubois, n'y laissant plus subsister qu'un teint verdâtre et bilieux :

— Vous êtes en train de me menacer ! De me menacer !

— Non, non, pas le moins du monde, s'offusqua quelque peu l'inspecteur Neele. Ce sont là des méthodes qui nous sont interdites. Tout au contraire, je vous ai signalé que vous possédiez certains droits.

— Mais puisque je vous dis que je n'ai rien à voir dans tout ça ! Rien du tout !

— Allons, Mr Dubois, vous étiez ce jour-là à la Loge aux Ifs aux environs de 16 h 30. Quelqu'un a regardé par la fenêtre et vous a vu.

— Je ne suis allé que dans le jardin. Je ne suis pas entré dans la maison.

— Pas entré ? s'étonna l'inspecteur. Vous êtes sûr ? Vous ne seriez pas entré par la porte latérale et monté au premier étage jusqu'au boudoir de Mrs Fortescue ? Pour y chercher quelque chose, dans le petit secrétaire ?

— Alors, comme ça, vous les avez bel et bien, j'imagine, s'assombrit Dubois. Cette andouille d'Adèle les avait gardées... elle m'avait pourtant juré qu'elle les avait brûlées... Mais elles ne veulent pas dire ce que vous voudriez leur faire dire.

— Vous ne niez donc plus, Mr Dubois, avoir été un ami très *intime* de Mrs Fortescue ?

— Non, bien sûr que non. Comment le pourrais-je à partir du moment où vous avez les lettres ? Tout ce que je dis, c'est qu'il est inutile d'aller y chercher des traces de mauvais desseins cachés. N'allez pas croire une seconde que nous... qu'elle... ait jamais songé à se débarrasser de Rex Fortescue. Seigneur Dieu ! je suis *tout* sauf homme à ça !

— Mais peut-être était-elle femme à ça ?

— Ça ne tient pas debout ! s'écria Vivian. Est-ce qu'elle n'a pas été assassinée, elle aussi ?

— Oh ! si, si.

— Eh bien, est-ce qu'il ne serait pas naturel de croire que c'est l'assassin de son mari qui l'a tuée ?

— Ça se peut. Ça se peut en effet très bien. Mais il y a place pour d'autres hypothèses. Il n'est par exemple pas exclu (simple supposition de ma part, Mr Dubois) que Mrs Fortescue, après s'être dûment débarrassée de son mari, se soit mise à représenter un danger pour une tierce personne. Quelqu'un qui ne l'aurait peut-être pas matériellement aidée à faire ce qu'elle avait fait, mais qui l'y aurait à tout le moins encouragée... ne serait-ce qu'en étant bel et bien le *mobile* du meurtre. Pour une telle personne, nul doute qu'elle ait pu représenter un sérieux danger.

Dubois se mit à bégayer :

— Vous ne p-p-pouvez pas me mettre en cause là-dedans ! Vous ne *pouvez* pas !

— Elle avait fait un testament, voyez-vous. Elle vous a légué tout son argent. Tout ce qu'elle possédait.

— Je n'en veux pas, de cet argent ! Je n'en veux pas un sou !

— Bien sûr, ça ne représente réellement pas grand-chose, tempéra l'inspecteur Neele. Il y a des bijoux, quelques fourrures, mais à mon humble avis fort peu de liquidités.

Dubois écarquilla les yeux, mâchoire pendante :

— Pourtant je croyais que son mari...

Il s'interrompit net.

— Vous croyiez, Mr Dubois ? releva l'inspecteur avec, pour la première fois, de l'âpreté dans la voix. Voilà qui est très intéressant. Voilà un petit moment que je me demandais si vous connaissiez les termes du testament de Rex Fortescue...

*

Le second entretien prévu à l'*Hôtel du Golf* par l'inspecteur Neele était avec Mr Gerald Wright.

Très mince, Mr Gerald Wrigt était un jeune homme intellectuel jusqu'au bout des ongles et infiniment imbu de sa personne.

Sa stature, nota l'inspecteur Neele, n'était pas sans rappeler celle de Vivian Dubois.

— Que puis-je pour vous, inspecteur ?

— Je me suis dit que vous seriez sans doute à même de me fournir quelques renseignements, Mr Wright.

— Des renseignements ? Vraiment ? Voilà qui semble hautement improbable.

— C'est en rapport avec les récents événements survenus à la Loge aux Ifs. Vous êtes au courant, j'imagine ?

L'inspecteur avait mis quelque ironie dans sa question. Mr Wright lui accorda un sourire condescendant :

— Au courant, le mot est faible. Les journaux ne parlent plus que de ça. Ce que notre presse grand public peut être assoiffée de sang ! Quelle époque vivons-nous ! D'un côté on fabrique des bombes atomiques, de l'autre nos quotidiens se délectent à nous abreuver en reportages sur des crimes barbares ! Mais vous disiez que vous aviez des questions à me poser. Vraiment, je ne conçois pas ce qu'elles pourraient être. Je ne sais rien de cette affaire de la Loge aux Ifs. Je séjournais en fait sur l'île de Man quand Rex Fortescue a été assassiné.

— Vous êtes arrivé ici fort peu après, Mr Wright ? Vous aviez reçu un télégramme, me suis-je laissé dire, de miss Elaine Fortescue.

— Rien n'échappe à notre police, n'est-ce pas ? Oui, Elaine m'a demandé de venir. Et je suis, comme il se doit, accouru aussitôt.

— Et vous comptez, si j'ai bien compris, vous marier dans les meilleurs délais ?

— Tout à fait exact, inspecteur. Vous n'y voyez pas d'objections, je gage ?

— C'est l'affaire de miss Fortescue et d'elle seule. Je crois savoir que vos liens remontent à quelque temps déjà ? A six ou sept mois, si je ne m'abuse ?

— C'est bien cela, en effet.

— Sans être fiancés, vous aviez semble-t-il échangé tous deux une sorte de promesse de mariage. Seulement Mr Fortescue a refusé de donner son consentement et vous a signalé que, si sa fille décidait de passer outre, elle se verrait du même coup privée de dot aussi bien que de revenus. Sur quoi, vous auriez rompu et immédiatement pris le large.

Gerald Wright eut un petit sourire de commisération :

— Qu'en termes crus ces choses-là sont dites, inspecteur ! La vérité est que j'ai été victime de mes opinions politiques. Rex Fortescue représentait pour moi le capitalisme dans toute son horreur. Il va sans dire que je n'allais pas sacrifier mes convictions pour de l'argent.

— Vous ne voyez néanmoins aucune objection à épouser une femme qui vient de recevoir cinquante mille livres en héritage ?

Le petit sourire de Gerald Wright se fit satisfait :

— Aucune, je vous l'assure, inspecteur. Cet argent sera dépensé au bénéfice de la communauté. Mais vous n'êtes sûrement pas venu ici pour débattre avec moi de mes engagements politiques... ou de ma situation pécuniaire ?

— En effet, Mr Wright. Je voulais éclaircir avec vous un simple point de détail. Ainsi que vous le savez, Mrs Adèle Fortescue est morte, victime d'un empoisonnement au cyanure, au cours de l'après-midi du 5 novembre.

» Comme vous vous trouviez dans les environs immédiats de la Loge aux Ifs cet après-midi-là, je me disais que vous pouviez avoir vu ou entendu quelque chose qui se rapporterait à l'affaire.

— Et qu'est-ce qui vous amène à affirmer que j'étais, selon vos termes, dans les environs immédiats de la Loge aux Ifs à ce moment-là ?

— Vous aviez, ce même après midi, quitté cet hôtel à 4 heures et quart, Mr Wright. En le quittant, vous aviez pris la route qui descend vers la Loge aux Ifs. Il semble naturel de supposer que c'était là que vous vous rendiez.

— Telle était effectivement mon intention première, voulut bien admettre Gerald Wright. Jusqu'à ce que je me dise que ça ne rimait à rien. Nous étions déjà convenus, miss Fortescue et moi, de nous retrouver à l'hôtel à 18 heures. J'ai donc dirigé mes pas vers un chemin creux qui bifurque depuis la route et, après un grand tour, ne suis rentré à l'*Hôtel du Golf* que fort peu avant 18 heures. Elaine n'est pas venue à notre rendez-vous. Ce qui n'est pas surprenant étant donné les circonstances.

— Quelqu'un vous a-t-il vu au cours de ce « grand tour », Mr Wright ?

— Quelques voitures m'ont dépassé sur la route, il me semble. Mais je n'ai vu personne de connaissance, si c'est à cela que vous songiez. Quant au chemin creux, il est coupé de trop de fondrières pour qu'on s'y risque en voiture.

— Ce qui reviendrait à admettre qu'entre le moment, à 4 heures et quart, où vous avez quitté l'hôtel et celui, à 6 heures moins des poussières, où vous y êtes revenu, je devrais me contenter de votre parole pour déterminer où vous étiez ?

Gerald Wright continua de sourire d'un air d'infinie supériorité :

— Infiniment fâcheux pour vous comme pour moi, inspecteur. Mais faisons contre mauvaise fortune bon cœur.

La voix de l'inspecteur Neele se fit murmure :

— Et si quelqu'un qui regardait par la fenêtre du palier disait vous avoir vu dans le jardin de la Loge aux Ifs aux environs de 16 h 35...

Il laissa sa phrase en suspens.

Gerald Wright haussa les sourcils et secoua la tête :

— La visibilité devait être très mauvaise à ce moment-là. Je doute que qui que ce soit puisse se montrer affirmatif.

— Connaissez-vous Mr Vivian Dubois, qui est également descendu ici ?

— Dubois. Dubois ? Non, je ne vois pas de qui... A

moins qu'il ne s'agisse de ce grand brun qui semble avoir un faible pour les chaussures de daim ?

— Oui. Lui aussi est sorti faire un tour, ce fameux après-midi, du côté de la Loge aux Ifs. Vous ne l'auriez pas remarqué en route, par hasard ?

— Non. Non. Je ne saurais dire.

Pour la première fois, Gerald Wright paraissait quelque peu ébranlé.

— Ce n'était pourtant vraiment pas un après-midi à mettre un chien dehors, ajouta encore l'inspecteur Neele, songeur. Et surtout à aller se promener à la tombée de la nuit dans les fondrières. Or, c'est fou le trop-plein d'énergie qui semble s'être précisément emparé de tout le monde à ce moment-là.

*

A son retour à la Loge aux Ifs, l'inspecteur Neele fut accueilli par un sergent Hay rayonnant :

— Je vous ai déniché le tuyau pour ce qui est des merles, patron !

— Pas possible ?

— Comme c'est que je vous le dis, patron. Dans un pâté en croûte qu'ils étaient, à ce qu'il paraîtrait. Un pâté en croûte froid, qui avait été mis de côté pour le dîner du dimanche soir. Quelqu'un a dû se faufiler dans le cellier. Et puis ce quelqu'un, il a soulevé la croûte, sorti le veau et le jambon qui était dessous, et puis qu'est-ce que vous croyez qu'il a mis à la place ? Tout un tas de merles puants qui pourrissaient dans la cabane du jardinier ! Dans le genre blague à vous retourner l'estomac, elle n'était pas piquée des vers, vous ne trouvez pas ?

— Certes, mais « Est-ce point-là mets de choix à offrir à son roi ? », repartit l'inspecteur Neele avant de planter là l'infortuné sergent qui en resta comme deux ronds de flan.

18

— Une minute ! gronda miss Ramsbottom. Cette patience m'a donné du fil à retordre, mais je tiens le bon bout.

Elle transféra un roi et ce qui allait avec sur une case devenue vide, posa un sept rouge sur un huit noir, augmenta son talon de piques du quatre, du cinq et du six, opéra encore quelques déplacements rapides et se rencogna contre le dossier de son fauteuil avec un soupir de béatitude.

Elle demeura ainsi quelques secondes à goûter la joie de l'instant, puis leva les yeux vers la grande fille debout près de la cheminée :

— Alors, comme ça, vous êtes la femme de Lance, l'apostropha-t-elle.

Pat, qui s'était vue sommée à comparaître devant les instances de la tante Effie, hocha la tête :

— Oui.

— Vous êtes grande et bien charpentée, apprécia miss Ramsbottom. Et vous m'avez l'air robuste.

— Je jouis d'une très bonne santé.

Miss Ramsbottom dodelina de la tête en signe de satisfaction :

— La femme de Percival est empâtée. Mange trop de sucreries et ne fait pas assez d'exercice. Eh bien, asseyez-vous, mon enfant, asseyez-vous. Où avez-vous rencontré mon neveu ?

— Au Kenya, où je séjournais chez des amis.

— Vous aviez déjà été mariée, à ce qu'on m'a dit.

— Oui. Deux fois.

Miss Ramsbottom fit entendre un reniflement de dégoût :

— Des divorces, je parie.

— Non, fit Pat avant de préciser d'une voix qui tremblait un peu : Ils sont... morts. Tous les deux. Mon premier époux était pilote de chasse. Il a été tué à la guerre.

— Et le second ? Attendez... quelqu'un m'en a parlé. Il s'est tiré une balle dans la tête, non ?

Pat acquiesça.

— A cause de vous ?

— Non, dit Pat. Je n'y étais pour rien.

— Un turfiste, c'est ça ?

— Oui.

— Jamais de ma vie je ne suis allée aux courses, se flatta miss Ramsbottom. Le pari, le jeu... autant de miroirs aux alouettes tendus par le Malin pour y piéger les âmes.

Pat ne releva pas.

— Ce n'est pas moi qui entrerais non plus dans un théâtre ou un cinéma, renchérit miss Ramsbottom. Ah ! nous vivons des temps bien dissolus ! La liberté de mœurs a pénétré cette maison, ils se sont adonnés aux désordres de la chair, mais le Seigneur a abattu sur eux son glaive de feu.

Pat ne trouvait toujours pas que dire. Elle se demandait si la fameuse tante Effie de Lance avait bien toute sa tête. Et elle était, dans le même temps, déconcertée par la sagacité du regard que la vieille demoiselle dardait sur elle.

— Que savez-vous au juste, lui demanda soudain la tante Effie, sur la famille dans laquelle vous êtes entrée ?

— Autant, j'imagine, répondit Pat, qu'on en peut jamais savoir sur les familles dans lesquelles on entre.

— Hum ! voilà qui n'est point sot, voilà qui n'est point sot. Eh bien, je vais vous dire. Ma sœur était une imbécile, mon beau-frère un escroc, Percival est un faux-jeton et votre Lance a toujours été le canard boiteux de la famille.

— Je trouve tout ça absurde, répliqua vertement Pat.

— Peut-être, après tout, êtes-vous dans le vrai, accorda miss Ramsbottom de manière inattendue. On ne devrait pas se contenter de coller des étiquettes aux gens. Ne sous-estimez néanmoins pas Percival. On a toujours tendance à croire que les parangons de vertu sont automatiquement stupides. Percival a oublié de l'être. Sous ses mines de bon apôtre un peu efféminé se dissimule la ruse du serpent. Je n'ai jamais pu le souffrir. Notez en passant que je n'ai *aucune* confiance en Lance et que je le désapprouve en bloc — sans toutefois pouvoir m'empêcher d'avoir un faible pour lui... C'est une tête brûlée, il l'a toujours été. Il va vous falloir l'avoir à l'œil, veiller à ce qu'il n'aille jamais trop loin. Dites-lui de ne pas sous-estimer Percival, ma chère petite. De ne pas croire tout ce qu'il raconte. Ce sont tous des menteurs, dans cette maison.

Et la vieille demoiselle d'ajouter avec satisfaction :

— Mais ils connaîtront la morsure de la braise et les flammes de l'enfer.

*

L'inspecteur Neele s'apprêtait à conclure une communication téléphonique avec Scotland Yard.

A l'autre bout du fil, le commissaire adjoint résumait :

— D'accord, nous devrions être en mesure de vous fournir ce renseignement... à condition de prospecter l'ensemble des établissements psychiatriques privés. Cela dit, il n'est pas exclu qu'elle soit morte.

— C'est même probable. Ça fait un sacré bout de temps.

Rien n'égale en longueur l'ombre portée des vieux péchés que l'on traîne après soi. Miss Ramsbottom ne le lui avait pas envoyé dire. Elle le lui avait confié comme on vous remet une clé.

— N'empêche que c'est une hypothèse tirée par les cheveux, marmonna le commissaire adjoint.

— Si vous croyez que je ne le sais pas, monsieur ! Mais on n'a pas le droit de l'ignorer. Trop de détails collent...

— Oui, oui... la poignée de seigle... les merles... le prénom de ce bonhomme...

— Je n'en creuse pas moins les autres pistes, argumenta Neele. Dubois fait partie des possibles... Wright aussi... cette Gladys pouvait avoir aperçu n'importe lequel des deux en train de rôder du côté de la petite porte latérale... elle a pu abandonner son plateau dans le hall pour sortir voir de qui il s'agissait et ce qu'il fabriquait là... le type n'aurait alors eu qu'à l'étrangler en deux temps trois mouvements et à transporter son cadavre jusqu'à la lessive qu'il avait vu sécher histoire de lui planter une pince à linge sur le nez.

— Un geste de fou, on ne m'ôtera pas ça de l'idée ! Et un geste ignoble, qui plus est.

— Je suis bien d'accord, monsieur. C'est ce qui a révolté cette vieille demoiselle... Miss Marple. Adorable vieille créature... et futée, avec ça. Elle a trouvé le moyen d'investir la place — pour être plus près de miss Ramsbottom — et je vous fiche mon billet qu'elle ne va pas tarder à savoir tout ce qui se manigance dans les parages.

— Votre prochaine démarche, Neele, c'est quoi ?

— J'ai rendez-vous avec les avoués londoniens de la famille. Je veux en savoir davantage sur les affaires de Rex Fortescue. Et, bien que ce soit de l'histoire ancienne, je souhaiterais qu'on m'en dise un peu plus long sur la mine aux Merles.

*

Mr Billingsley, de l'étude Billingsley, Horsethorpe & Walters, était un homme d'une exquise urbanité et dont la discrétion proverbiale se dissimulait d'ordinaire derrière un adroit déploiement de paroles engageantes. C'était la seconde fois que l'inspecteur Neele venait le voir et la discrétion susmentionnée se révéla moins palpable qu'elle ne l'avait été lors de leur première rencontre. Le triple drame de la Loge aux Ifs semblait avoir donné du plomb dans l'aile à l'obligation professionnelle de réserve de Mr Billingsley. Il n'était désormais que trop désireux de confier tout ce qu'il savait à la police.

— Très extravagant, toute cette histoire, préluda-t-il. Très extravagante affaire. Je ne me rappelle rien, dans toute ma carrière, qui y ressemble un tant soit peu.

— Franchement, Mr Billingsley, nous avons besoin de tous les concours.

— Vous pouvez compter sur moi, très cher monsieur. Je ne serai que trop heureux de pouvoir vous assister dans toute la mesure de mes moyens.

— Tout d'abord, permettez-moi de vous demander jusqu'à quel point vous connaissiez feu Mr Fortescue et les affaires traitées par sa firme ?

— Je connaissais Rex Fortescue ce qu'il est convenu

d'appeler bien. A savoir que nous étions en rapports depuis une bonne quinzaine d'années... oui, seize ans même, je crois bien. Ce qui ne signifie pas pour autant, notez-le au passage, que nous fussions les seuls, sur la place de Londres, à nous occuper de ses intérêts.

L'inspecteur Neele hocha la tête. Il savait. Billingsley, Horsethorpe & Walters étaient les avoués honorables de Rex Fortescue. Pour ses transactions plus douteuses, il avait toujours eu recours à des officines où l'on s'embarrassait moins de scrupules.

— Que voulez-vous savoir au juste ? poursuivit Mr Billingsley. Je vous ai parlé de son testament. Percival Fortescue est son légataire universel.

— Je m'intéresse présentement, confia l'inspecteur Neele, au testament de sa veuve. A la mort de Mr Fortescue, elle s'est retrouvée à la tête, si j'ai bien compris, de la coquette somme de cent mille livres ?

Billingsley opina du bonnet :

— Somme considérable, en effet, et dont je puis vous dire en confidence, inspecteur, que la firme eût été bien en peine de la lui verser.

— La firme ne serait donc pas prospère ?

— Pour tout dire, inspecteur, et strictement entre nous, elle est en train de sombrer — et ce, depuis dix-huit mois.

— Une raison bien précise ?

— Eh bien, oui. Et je serais porté à dire que cette raison n'était autre que Rex Fortescue lui-même. Au cours de l'année écoulée, il n'a cessé de se conduire en fou furieux. Bradant valeurs sûres par-ci, accumulant opérations hasardeuses par-là, et allant s'en vanter comme d'autant de coups de génie de la manière la plus extravagante qui soit. Il ne voulait plus écouter ni avis ni conseils. Percival — le fils, comme vous le savez — est venu me supplier d'user de mon influence auprès de son père. Lui-même avait apparemment essayé, mais s'était fait envoyer paître. Bref, j'ai fait ce que j'ai pu, mais Fortescue ne voulait plus entendre raison. C'était un homme changé du tout au tout.

— Mais pas déprimé, j'imagine ?

— Certes non ! Bien au contraire. Déchaîné. Emphatique et tonitruant.

L'inspecteur Neele hocha la tête. Une idée qu'il avait déjà caressée était en train de prendre corps. Et il commençait à saisir la cause des frictions entre Percival et son père.

Cependant, Mr Billingsley poursuivait :

— Mais il ne sert à rien de m'interroger sur le testament de sa femme. Nous n'avons enregistré ici aucun document de ce genre.

— Non, je sais, dit Neele. Je voulais tout juste vérifier qu'elle avait quelque chose à léguer. En gros, cent mille livres.

Mr Billingsley secoua la tête avec la dernière énergie :

— Non, non, mon cher monsieur ! Vous nagez dans l'erreur !

— Vous voulez dire que, ces cent mille livres, elle n'en était qu'usufruitière ?

— Non... non... elle en héritait en toute propriété. Mais ce legs était assorti d'une clause suspensive. A savoir que Mrs Fortescue ne pourrait en jouir qu'à la condition expresse de survivre un mois plein à la mort de son mari. C'est devenu, si je puis me permettre, une pratique assez courante de nos jours. Les aléas des transports aériens en sont à l'origine. Si deux personnes sont tuées dans un accident d'avion, il est parfois extrêmement malaisé de déterminer laquelle a survécu quelques instants à l'autre... et je laisse à votre imagination les kyrielles de problèmes en chaîne qui peuvent en découler.

L'inspecteur Neele le regarda d'un air ébahi :

— Ainsi Adèle Fortescue n'avait pas cent mille livres à léguer... Qu'est-ce qu'il advient de cet argent ?

— Il est reversé à l'entreprise. Ou plutôt, devrais-je dire, au légataire universel.

— Et le légataire universel est Mr Percival Fortescue.

— C'est cela même, acquiesça Mr Billingsley, cette somme revient à Mr Percival Fortescue. Et si l'on tient compte de l'état désastreux des finances de la firme, se laissa-t-il un peu inconsidérément aller à ajouter, autant dire qu'il en aura bien besoin !

*

— Ah ! ces trucs qu'il vous prend l'envie de savoir, vous, les flics ! s'exclama l'ami médecin de l'inspecteur Neele.

— Allons, Bob, crachez-moi le morceau.

— Bon, étant donné que nous sommes seuls, vous ne pourrez au moins pas me citer, Dieu merci ! De toute façon, je ne crois pas m'avancer beaucoup en disant que vous avez tapé dans le mille. PGP, ou si vous préférez paralysie générale progressive, d'après tout ce que vous me racontez. La famille se doutait du coup et faisait l'impossible pour l'envoyer chez son toubib. Et lui, il ne voulait rien savoir. Ce type de méningo-encéphalite syphilitique se traduit par divers troubles neurologiques et psychiques comme ceux que vous m'avez décrits : perte du sens critique, mégalomanie, irritabilité, crises de colère, fanfaronnade, folie des grandeurs, certitude d'être un génie absolu — en l'occurrence un génie des affaires. Tout ce qu'il faut pour couler en moins de deux une affaire florissante... à moins qu'il ne soit procédé à une mise sous tutelle, ce qui n'est pas toujours évident... surtout si l'intéressé vient à subodorer qu'on va chercher à piétiner ses plates-bandes. Oui... on peut dire que c'est un coup de veine pour vos amis qu'il ait passé l'arme à gauche.

— Ce sont tout sauf mes amis, maugréa Neele.

Et il répéta la petite phrase qu'il avait déjà prononcée à quelque temps de là :

— Car « *tous ces gens-là sont bien antipathiques* ».

19

Toute la famille Fortescue était réunie dans le grand salon de la Loge aux Ifs. Accoudé à la cheminée, Percival haranguait l'assemblée :

— Tout cela est bien joli, mais la situation devient intenable. La police entre et sort comme dans un moulin et ne nous met au courant de rien. J'aime à croire qu'ils savent ce qu'ils font. En attendant, nous sommes paralysés. Il nous est impossible de prendre la moindre décision, de faire le moindre projet pour ce qui est de notre avenir à tous.

— C'est d'un tel manque d'égards ! renchérit Jennifer. Et c'est tellement stupide !

— Cette interdiction à quiconque de quitter la maison sans justification impérative semble toujours en vigueur, poursuivit Percival. Il n'en demeure pas moins que nous pourrions quand même discuter entre nous de nos problèmes de famille. Commençons par toi, Elaine. D'après ce que j'ai cru comprendre, tu as l'intention d'épouser... — comment s'appelle-t-il, déjà ? — Gerald Wright ? Peut-on savoir quand ?

— Le plus tôt possible, décréta l'intéressée.

Percival fronça les sourcils :

— Autrement dit, dans six mois ?

— Alors, là, absolument pas. Pourquoi devrions-nous nous morfondre six mois ?

— Parce que mieux vaut toujours respecter les convenances.

— Et puis quoi, encore ? Un mois. C'est le maximum de ce que nous puissions attendre.

— Après tout, c'est toi que ça regarde. Et, une fois mariés, quels sont vos projets — si tant est que vous en ayez ?

— Nous envisageons de fonder un établissement d'enseignement.

Percival secoua la tête :

— Ça me semble un placement bien hasardeux par les temps qui courent. Ne serait-ce qu'en raison de la pénurie de domesticité et de la difficulté de recruter une équipe de professeurs d'un certain niveau. Non, Elaine, tout cela est bel et bon... Mais j'y réfléchirais à deux fois si j'étais toi.

— C'est tout réfléchi. Gerald est convaincu que l'avenir de ce pays dépend de la qualité de l'éducation qu'on y prodigue.

— Je vois Mr Billingsley après-demain, coupa Percival. Nous devons aborder ensemble un certain nombre de problèmes financiers. Il suggérait l'autre jour que tu souhaiterais vraisemblablement placer en fidéicommis pour tes enfants et toi l'argent que Père t'a laissé. C'est ce qui serait le plus avisé par ces temps troublés.

— Je n'en ai pas la moindre intention, affirma Elaine. Nous allons avoir besoin de cet argent pour ouvrir notre école. Nous avons entendu parler d'une propriété idéale qui serait à vendre. C'est en Cornouailles. Le parc est magnifique et la maison très bien. Evidemment, il faudrait considérablement l'agrandir... y ajouter plusieurs ailes.

— Tu veux dire... tu veux dire que tu comptes retirer tout ton argent de l'affaire ? Vraiment, Elaine, je peux t'assurer que je ne juge pas ça très judicieux de ta part.

— Plus judicieux, en tout cas, que de l'y laisser, si tu veux le fond de ma pensée, riposta Elaine. L'entreprise prend l'eau par tous les bouts. Tu as dit toi-même, Val, avant la mort de Père, qu'elle allait droit à la faillite.

— C'était une façon de parler, éluda Percival, mais je ne saurais trop insister, Elaine, sur le fait que retirer ton capital pour l'engloutir dans l'achat, l'équipement et le fond de roulement d'un établissement scolaire est de la folie. Suppose que ça ne soit pas un succès, qu'est-ce qui se passera ? Tu te retrouveras sans un sou.

— Ce *sera* un succès, se buta Elaine.

— Moi, je t'apporte mon soutien plein et entier !

C'était Lance qui avait jeté cet encouragement. Un Lance vautré dans son fauteuil, ses longues jambes ostensiblement étalées devant lui :

— Tente ta chance, Elaine ! J'ai dans l'idée que, dans le genre tordu, ton école ne sera pas piquée des vers, mais c'est ce que tu veux... enfin, toi et Gerald. Et même si tu perds jusqu'à ta chemise, tu auras au moins eu la satisfaction de faire ce dont tu avais envie.

— Je n'en attendais pas moins de toi, grinça Percival.

— Je sais, je sais, riposta Lance. Je suis le fils prodigue, et le panier percé de la famille. Mais dis-toi bien que, de nous deux, c'est moi qui ai le mieux su profiter de l'existence, mon vieux !

— Tout dépend de ce qu'on appelle profiter de l'existence, se rebiffa Percival, glacial. Ce qui nous amène à tes projets à toi, Lance. J'imagine que tu vas retourner au Kenya... aller baguenauder au Canada... ou t'élancer à l'escalade de l'Everest... si toutefois tu n'as rien trouvé de plus exaltant.

— Qu'est-ce qui te fait croire ça ?

— Tu n'as jamais beaucoup apprécié la vie popote en Angleterre, ce me semble.

— L'être humain change en vieillissant, sourit Lance. Il s'assagit. Figure-toi, Percy vieux frère, que je brûle de me métamorphoser en parfait homme d'affaires encroûté.

— Tu veux dire que...

— Je veux dire que je reviens travailler au sein de l'entreprise avec toi, vieille branche.

Son sourire s'élargit :

— Oh ! rassure-toi, ce sera bien évidemment toi le patron. Tu t'es taillé la part du lion. Je ne suis qu'un pauvre associé très minoritaire. Mais je n'en détiens pas moins suffisamment de parts pour avoir mon mot à dire, non ?

— Euh... oui... bien sûr, si c'est sous cet angle-là que tu envisages les choses. Mais j'aime autant te prévenir, mon cher, que tu risques de beaucoup, beaucoup t'ennuyer.

— Eh bien, je me le demande, vois-tu. Je crois, au contraire, que je risque de beaucoup, beaucoup m'amuser.

Percival se rembrunit encore davantage :

— Tu plaisantes sans doute, Lance, quand tu parles de réintégrer l'entreprise ?

— La réintégrer ? Je compte même m'y immerger.

Percival secoua la tête :

— L'affaire est en très mauvaise posture, figure-toi. Tu ne tarderas pas à t'en rendre compte. Et nous nous retrouverons pieds et poings liés une fois que nous aurons versé sa part à Elaine si elle insiste toujours pour l'obtenir en liquidités.

— Nous y revoilà, Elaine ! triompha Lance. Tu vois à quel point tu avais raison de vouloir ramasser tes billes tant qu'il y en a à ramasser.

— Vraiment, Lance, fulmina Percival, tes plaisanteries sont du dernier mauvais goût.

— Je trouve aussi que vous devriez modérer vos propos, Lance, renchérit Jennifer.

Assise à l'écart, près de la fenêtre, Pat les examinait l'un après l'autre. Si c'était ça que Lance appelait « faire grimper Percival aux rideaux », il avait atteint son but. Le côté un peu chochotte et petit doigt en l'air de son beau-frère n'était plus qu'un souvenir. Présentement, Percival écumait :

— Tu es sérieux, Lance ?

— Comme un pape.

— Ça ne marchera pas, tu sais. Tu en auras vite assez.

— Moi ? Jamais ! Je brûle d'y être. Un bureau dans la *City*, un essaim de dactylos virevoltantes... et j'exige une secrétaire blonde et à tomber à la renverse comme miss Grosvenor — c'est bien Grosvenor ? J'imagine que tu as déjà mis le grappin dessus. Tant pis, je me dénicherai sa copie conforme : « Oui, Mr Lancelot. Mais cela va sans dire, Mr Lancelot. Votre thé, Mr Lancelot. »

— Oh ! arrête de jouer les pitres ! aboya Percival.

— Pourquoi te mets-tu en colère, oh ! frère bien-aimé ? Tu n'as pas hâte de me voir partager ton lourd fardeau ?

— Tu n'as pas la moindre idée du pétrin dans lequel nous sommes.

— Bien sûr. Mais tu n'auras qu'à me faire un dessin.

— Il faudrait d'abord que tu comprennes qu'au cours des six derniers mois... — non, plus que ça, depuis un an — Père n'était plus lui-même. Il a commis, financièrement parlant, les bourdes les plus monumentales. Bradé des valeurs sûres. Misé sur des valeurs spéculatives aberrantes. Il est même allé jusqu'à jeter littéralement l'argent par les fenêtres.

— En somme, la famille a eu de la veine que quelqu'un lui colle de la taxine dans son thé.

— C'est une façon ignoble de le formuler, mais c'est au fond exact. Ça nous a évité la faillite de justesse. Il n'empêche qu'il va falloir nous montrer extrêmement conventionnels et prudents pendant un certain temps.

Lance secoua la tête :

— Je ne suis pas d'accord avec toi. La prudence n'a jamais servi à rien ni avancé personne. Il faut savoir prendre un minimum de risques, être ambitieux. Il faut viser haut.

— Pas d'accord, se hérissa Percy. Prudence et mesure en tout. Voilà les clés de la rentabilité.

— Pas les miennes, décréta Lance.

— Tu n'es que minoritaire dans l'affaire, ne l'oublie pas, rappela Percival.

— D'accord, d'accord. Ce qui me donne quand même voix au chapitre.

Percival se mit à arpenter nerveusement la pièce :

— Non, Lance. Il va de soi que je t'aime beaucoup, mais...

— Toi, tu m'aimes beaucoup ?

Percival ignora le sarcasme :

— ... mais je crois sincèrement que nous ne parviendrons jamais à nous entendre. Nos points de vue sont totalement divergents.

— Ce qui peut se révéler très positif, souligna Lance.

— La seule chose à faire est de dissoudre la société, trancha Percival.

— Tu veux m'évincer en me rachetant mes parts, c'est ça ?

— Vu nos divergences, mon cher, je ne vois pas comment faire autrement.

— Si tu trouves déjà difficile de débloquer l'héritage d'Elaine, comment vas-tu te débrouiller pour me verser mon dû ?

— Je ne pensais pas à de l'argent comptant, articula Percival. Nous pourrions... euh... nous répartir les titres.

— En te réservant les valeurs en béton tandis que tu me refilerais les plans sur la comète, je vois ça d'ici !

— Ils me semblaient avoir ta préférence.

Lance retrouva son grand sourire :

— Tu n'as pas entièrement tort, Percy, ma vieille. Seulement je ne suis désormais plus libre de céder à tous mes penchants. Il y a Pat à qui je dois penser.

Les deux hommes se tournèrent vers elle. Elle ouvrit la bouche, puis la referma. Quel que soit le jeu que jouait Lance, mieux valait ne pas intervenir.

— Fais-m'en la liste, Percy, enchaîna Lance, moqueur. Les mines du Diamant en Toc, celles du Rubis Introuvable, les concessions pétrolifères sans pétrole. Tu me crois aussi cinglé que j'en ai l'air ?

— Bien sûr, certaines des valeurs en question sont hasardeuses, reconnut Percival, mais ne perds pas de vue qu'elles peuvent aussi bien se révéler un jour immensément rentables.

— Tu ne chantes plus le même air, dis-moi ! Tu veux vraiment me refiler les derniers nanars achetés par papa comme cette bonne vieille mine aux Merles et autres titres bidons. A propos, l'inspecteur t'en a parlé, à toi aussi ?

Percival prit l'air soucieux :

— Oui. Je n'arrive pas à savoir en quoi elle l'intéresse. Et je n'ai d'ailleurs pas pu lui en dire grand-chose. Toi et moi étions encore tout gosses, à l'époque. Je me souviens juste vaguement que Père était allé sur place et avait dit à son retour que ça ne valait rien.

— C'était quoi ? Une mine d'or ?

— Je crois. Père en était revenu formel : en fait d'or, il n'y en avait pas. Et rappelle-toi qu'il n'était pas du genre à se tromper.

— Qui est-ce qui l'avait embarqué sur cette galère ? Un dénommé MacKenzie, non ?

— Si. C'est ça. Et qui est d'ailleurs mort là-bas.

— MacKenzie est mort là-bas..., se remémora pensivement Lance. Et est-ce qu'il n'y a pas eu une scène à tout casser ? Si, je crois que ça me revient... Mrs MacKenzie, non ? Elle s'est amenée ici. Et elle s'est mise à pousser les hauts cris. A traiter papa de tous les noms, à lui cracher des injures, à vociférer des malédictions. Et elle l'a même accusé, si je me souviens bien, d'avoir assassiné son mari.

— Tu exagères toujours ! s'offusqua Percival. J'ai beau chercher, ça ne me rappelle rien du tout.

— Moi, si, fit Lance. Et comment ! Mais il faut avouer que j'étais plus jeune que toi. C'est peut-être pour ça que ça m'a marqué. J'avais l'impression qu'on nageait en plein drame. Où était-elle, au fait, cette mine aux Merles ? En Afrique occidentale, non ?

— Oui, il me semble.

— Quand je serai au bureau, se promit Lance, j'essaierai de remettre la main sur cette concession.

— Tu peux être bien sûr que papa ne s'est pas trompé, le reprit Percival. S'il est revenu en disant qu'il n'y avait pas d'or, c'est qu'il n'y en avait pas.

— Pour une fois, tu as probablement raison, soupira Lance. Pauvre Mrs MacKenzie. Je me demande ce qu'elle a pu devenir, ainsi que ces deux gosses qu'elle avait amenés. C'est marrant... ils doivent être adultes, depuis le temps.

20

A la maison de repos de Pinewood, l'inspecteur Neele se trouvait confronté à une dame aux cheveux gris qu'il avait rejointe dans le parloir des visites. Helen MacKenzie ne faisait pas ses soixante-trois ans. Ses yeux d'un bleu très pâle étaient dépourvus de toute expression. Elle avait le menton fuyant, la lèvre supérieure d'une longueur peu commune et par instants agitée de tics. Elle serrait sur ses genoux un gros livre qu'elle ne lâchait pas du regard.

L'inspecteur gardait présente à l'esprit la conversation qu'il venait d'avoir avec le chef de l'établissement.

— Il s'agit d'un internement volontaire, notez-le bien, avait tenu à préciser le Dr Crosbie. La patiente n'a pas du tout été interdite.

— Elle n'est donc pas dangereuse ?

— Loin de là. La plupart du temps, elle est capable de raisonner aussi sainement que vous ou moi. Et elle est actuellement dans une de ses bonnes périodes, ce qui vous permettra d'avoir avec elle une conversation parfaitement normale.

Cette agréable perspective en tête, l'inspecteur Neele avait lancé son premier ballon d'essai :

— C'est très gentil à vous d'avoir consenti à me recevoir, madame. Je m'appelle Neele. Je suis venu vous voir au sujet d'un certain Mr Fortescue, qui est mort récemment. Mr Rex Fortescue. Je suis persuadé que ce nom vous dit quelque chose.

Les yeux de Mrs MacKenzie étaient restés rivés sur son livre :

— Je ne saisis pas de quoi vous me parlez.

— Mr Fortescue, madame. Mr Rex Fortescue.

— Non, décréta Mrs MacKenzie. Non. Je vous garantis bien que non.

Un tantinet déconcerté, l'inspecteur Neele se demanda si c'était là ce que le Dr Crosbie appelait se montrer normal.

— Je crois pourtant bien, Mrs MacKenzie, que vous avez eu affaire à lui il y a pas mal de temps.

— Pas tant que ça. C'était hier.

— *Je vois,* fit l'inspecteur Neele en se raccrochant à sa formule consacrée comme à une bouée de sauvetage. Mais je me suis quand même laissé dire que vous lui aviez rendu visite à sa résidence, la Loge aux Ifs, il y a bon nombre d'années.

— Une maison outrageusement ostentatoire.

— Oui. Oui, ce n'est pas moi qui vous contredirai sur ce point. Il avait été, si je ne m'abuse, associé avec votre mari pour l'exploitation d'une mine en Afrique. La mine aux Merles, je crois bien.

— Il faut que je lise mon livre, articula Mrs MacKenzie. Je n'ai plus beaucoup de temps et il faut que je lise mon livre.

— Bien évidemment, madame. Je le comprends fort bien.

Il marqua une pause et reprit :

— Mr MacKenzie et Mr Fortescue sont partis ensemble pour l'Afrique afin de prospecter cette mine.

— Elle appartenait à mon mari, précisa

Mrs MacKenzie. Il l'avait découverte, bornée et en avait obtenu la concession. Mais il manquait de capitaux. Il s'est adressé à Rex Fortescue. Si j'avais su, si j'avais pu prévoir ce qui allait arriver, je l'en aurais empêché.

— Oui, je comprends bien. Toujours est-il qu'ils sont partis ensemble pour l'Afrique et que votre mari y est mort des fièvres.

— Il faut que je lise mon livre, répéta Mrs MacKenzie.

— Vous croyez que Mr Fortescue a floué votre mari dans cette affaire de la mine aux Merles, Mrs MacKenzie ?

— Ce que vous pouvez être bête ! marmonna Mrs MacKenzie sans toujours lever les yeux de son livre.

— Oui, oui, ça, je n'en disconviens pas... Mais, voyez-vous, tout cela remonte à bien des années, et enquêter sur un dossier clos depuis des années est parfois plus difficile qu'il n'y paraît.

— Qui a dit qu'il était clos ?

— Je vois. Pour vous, il ne l'est pas.

— *Rien n'est jamais réglé qui ne soit équitablement réglé.* C'est Kipling qui a dit ça. Personne ne lit plus Kipling, mais c'était un grand homme.

— Vous avez bon espoir que cette affaire soit équitablement réglée un de ces jours ?

— Rex Fortescue est mort, m'avez-vous dit ?

— Il a été empoisonné, déclara l'inspecteur Neele.

Mrs MacKenzie éclata d'un rire qui acheva de le déconcerter :

— Quelle ânerie ! Il est mort des fièvres.

— Je vous parlais de Mr Fortescue.

— Moi aussi.

Elle leva enfin son regard et fixa Neele de ses yeux d'un bleu délavé :

— Allons ! Il est mort dans son lit, non ? Il est mort dans son lit ?

— Il est mort au St Jude's Hospital, rectifia l'inspecteur Neele.

— Mon mari, lui, personne ne sait où il est mort. Personne ne sait non plus de quoi il est mort, ni où il a été enterré... Tout ce qu'on sait, c'est ce que Rex Fortescue a *raconté*. Et Rex Fortescue était un menteur.

— D'après vous, il y aurait eu du louche ?

— Du louche, du louche et les poules pondent des œufs à la louche.

— Vous pensez que Rex Fortescue était responsable de la mort de votre mari ?

— J'ai eu un œuf à la coque pour mon petit déjeuner, ce matin, se rengorgea Mrs MacKenzie. Tout frais. On l'aurait dit du jour. Etonnant, non, quand on pense que ça se passait il y a trente ans ?

Neele poussa un profond soupir. A ce train-là, il n'était pas près de voir le bout du tunnel. Il n'en poursuivit pas moins :

— Un mois ou deux avant qu'il meure, quelqu'un a mis des cadavres de merles sur le bureau de Rex Fortescue.

— Ça, c'est intéressant. Ça, c'est très, très intéressant.

— Auriez-vous une idée sur l'identité de la personne qui a pu faire ça ?

— Les idées n'ont jamais mené nulle part. Ce qui compte, c'est l'action. Il faut agir. Je leur ai inculqué ça, voyez-vous : l'obligation d'agir.

— Vous parlez de vos enfants ?

Elle hocha la tête à petits coups brefs :

— Oui. Donald et Ruby. Ils avaient neuf ans et sept ans quand ils se sont retrouvés orphelins de père. Je le leur ai dit. Je le leur ai dit tous les jours. Je le leur ai fait jurer toutes les nuits.

L'inspecteur Neele se pencha vers elle :

— Vous leur avez fait jurer quoi ?

— De le tuer, pardi !

— Je vois.

Neele avait dit ça comme s'il commentait là la réplique la plus raisonnable et sensée du monde.

— Et ils l'ont fait ? enchaîna-t-il.

— Donald a été envoyé sur Dunkerque. Et il n'en est jamais revenu. Ils m'ont expédié un télégramme pour me dire qu'il était mort : « ... tombé au cours d'une action contre l'ennemi. » L'action, voyez-vous, mais pas la bonne.

— Je suis navré pour vous, madame. Et votre fille ?

— Je n'ai pas de fille, décréta Mrs MacKenzie.

— Vous venez d'en parler, madame. Votre fille Ruby.

— Ruby. Oui, Ruby...

Elle se pencha en avant :

— Vous savez ce que j'ai fait à Ruby ?

— Non, madame. Que lui avez-vous fait ?

— Regardez, chuchota-t-elle. Là, dans mon livre.

Il découvrit que ce qu'elle tenait serré dans son giron était une Bible. Une très vieille Bible probablement dans sa famille depuis des générations, qu'elle ouvrit à la page de garde et où il vit une longue liste de noms et de prénoms, consignés là au fil des naissances selon la tradition séculaire. De son index décharné, Mrs MacKenzie pointa les deux derniers. « Donald MacKenzie », suivi de sa date de naissance, « Ruby MacKenzie », avec la sienne. Mais le nom de Ruby MacKenzie était barré d'un épais trait d'encre :

— Vous voyez ? Je l'ai rayée de la Sainte Bible. Je l'en ai retranchée à jamais ! L'ange du Jugement dernier ne trouvera pas son nom ici.

— Mais pourquoi avoir fait une chose pareille, madame ?

Elle prit un air futé :

— Vous le savez très bien.

— Mais non. Je vous assure que je n'en sais rien.

— Elle s'est parjurée ! Vous le savez bien qu'elle s'est parjurée !

— Où se trouve à présent votre fille, madame ?

— Je vous l'ai dit. Je n'ai pas de fille. Il n'y a plus de Ruby MacKenzie.

— Vous voulez dire qu'elle est morte ?

— Morte ?

Elle eut un petit rire strident :

— Ça vaudrait mieux pour elle. Beaucoup mieux. Beaucoup, beaucoup mieux.

Elle poussa un soupir et s'agita dans son fauteuil. Puis, revenant à une forme de courtoisie glacée, elle conclut :

— Je regrette infiniment, mais je crains de ne pas pouvoir vous parler plus longtemps. Voyez-vous, le temps presse... et il est *indispensable* que je lise mon livre.

Aux questions suivantes de l'inspecteur Neele, Mrs MacKenzie opposa un silence obstiné. Tout au plus se contenta-t-elle à chaque fois d'un petit geste d'agacement tandis qu'elle s'abîmait dans la lecture de sa Bible et que son index décharné suivait les versets au fur et à mesure qu'elle les parcourait.

Neele se leva, se retira et retourna échanger quelques mots avec le directeur de Pinewood :

— Est-ce que des membres de sa famille viennent la voir ? Sa fille, par exemple ?

— Je crois que sa fille a dû venir la voir du temps de mon prédécesseur, mais sa visite avait tellement agité la patiente qu'il a préféré la prier de ne pas revenir. Depuis lors, toutes les formalités sont réglées par l'intermédiaire de ses avoués.

— Auriez-vous cependant une idée de l'endroit où peut habiter cette Ruby MacKenzie ?

— Pas la moindre.

— Vous ne savez pas non plus si elle se serait mariée, par exemple ?

— Absolument pas. Tout ce que je peux faire, c'est vous donner l'adresse du cabinet d'avoués avec lequel nous sommes en rapport.

Mais l'inspecteur Neele avait déjà trouvé tout seul la trace des avoués en question, qui n'avaient rien pu — ou rien voulu — lui dire de plus. Ils administraient des fonds placés en fidéicommis au nom de Mrs MacKenzie. Tous arrangements avaient été pris des années plus tôt avec miss MacKenzie, qu'ils n'avaient pas revue depuis.

Avant de quitter la clinique, Neele tenta d'obtenir une description de Ruby MacKenzie, mais les résultats ne se révélèrent guère encourageants. Tant de parents défilaient pour voir les patients qu'au bout d'un certain temps on ne s'en souvenait plus que vaguement et qu'on finissait même par les confondre. La responsable du service, qui était là depuis des années, croyait se rappeler que miss MacKenzie était une petite jeune femme brune. La seule autre infirmière ayant fait carrière dans la maison la voyait blonde et plutôt forte...

— Et voilà où nous en sommes, monsieur, soupira l'inspecteur en guise de conclusion au compte rendu qu'il venait de faire à l'intention du commissaire adjoint. Nous sommes face à un montage criminel parfaitement cinglé mais qui *colle.* Il y a *forcément* un sens à tout ça.

Le commissaire adjoint opina du bonnet et se mit à réfléchir tout haut :

— Les merles dans le pâté en croûte colleraient avec la mine aux Merles, la poignée de seigle dans la poche du mort, le fait de se goberger de miel avec le scone mangé avec son thé par Adèle Fortescue... — encore qu'en l'occurrence ce ne soit pas concluant : après tout, n'importe qui peut se goberger de miel en prenant son thé ! Et pour couronner le tout, le troisième meurtre, cette fille retrouvée étranglée au moyen d'un bas et avec une pince à linge censée « lui béqueter le nez ». Oui, vous avez raison : si cinglé que ça puisse paraître, on ne peut en tout cas pas l'ignorer.

— Une minute, monsieur ! intervint l'inspecteur Neele.

— Qu'est-ce qu'il y a ?

Neele fronçait les soucils :

— Ce que vous venez de dire... Ça ne sonnait pas juste... Il y avait quelque chose qui clochait.

Il secoua la tête, découragé :

— Le problème, c'est que je n'arrive pas à retrouver quoi.

21

Lance et Pat se promenaient parmi les plates-bandes tracées au cordeau qui entouraient la Loge aux Ifs.

— J'espère ne pas te faire de peine, murmura Pat, si

je te dis que ce jardin est bien le plus déplaisant que j'aie jamais vu.

— Ça ne m'en fait aucune, même légère, répondit Lance. Mais tu trouves vraiment ? Ça ne m'a jamais frappé. Il y a pourtant trois jardiniers qui le bichonnent du matin au soir.

— C'est probablement là que le bât blesse. Tous les rhododendrons sont là comme à la parade, et les fleurs des corbeilles sont changées au fil des saisons. On n'a jamais regardé à la dépense, mais on ne voit pas non plus trace du moindre goût personnel.

— Et toi, qu'est-ce que tu ferais pousser dans un jardin anglais si tu en avais un ?

— Dans mon jardin, il y aurait des roses trémières, des campanules et des pieds-d'alouettes, mais pas de corbeilles sophistiquées et surtout, surtout, pas de ces abominables ifs, conclut-elle avec un regard hostile sur les haies.

— Tu pratiques l'association d'idées, minimisa Lance.

— Il y a quelque chose d'effrayant chez les empoisonneurs, frémit Pat. Pour moi ce ne peuvent être que des gens abominables, pétris de haine et qui ne cessent de ruminer leur désir de vengeance.

— C'est comme ça que tu les vois ? C'est drôle ! Moi, ils me font plutôt l'effet de créatures méthodiques, dotées d'un parfait sang-froid.

— Tu as peut-être raison, fit-elle en réprimant un frisson. N'empêche que commettre *trois* meurtres... Qui que ce soit, il ne peut s'agir que d'un fou ou d'une folle.

— Oui, concéda Lance à voix basse. J'en ai bien peur, en effet.

Puis, d'une voix étranglée :

— Je t'en conjure, Pat, ne reste pas ici. Retourne à Londres. Descends dans le Devonshire ou remonte vers les lacs d'Ecosse. Va à Stratford-on-Avon ou va visiter les marécages de Norfolk. La police n'y verra pas d'objections... tu n'as rien à voir avec cette histoire. Tu étais à Paris quand le vieux a été assassiné, et à

Londres au moment des deux autres crimes. Je t'assure que je me fais un sang d'encre à te savoir ici.

Pat resta un moment silencieuse avant de déclarer avec le plus grand calme :

— Tu sais qui c'est, n'est-ce pas ?

— Non, je t'assure.

— Mais tu *crois* le savoir... C'est pour ça que tu as peur pour moi... J'aimerais que tu me le dises.

— Je ne peux pas te le dire. Pour la bonne raison que je ne sais rien. Mais je donnerais n'importe quoi pour que tu t'éloignes d'ici.

— Mon chéri, dit Pat. Je n'ai pas la moindre intention de m'éloigner. Je reste ici. Pour le meilleur et pour le pire. Je ne peux pas envisager d'autre solution. Encore qu'avec moi, ajouta-t-elle avec comme une fêlure dans la voix, ce serait plutôt toujours pour le pire.

— Qu'est-ce que tu me chantes là, Pat ?

— Je porte la poisse. Voilà tout. J'ai toujours porté la poisse à tous ceux qui m'approchaient.

— Ma petite gourde chérie et adorée ! A moi, ce n'est pas la poisse que tu as apportée. Vois comme tout s'est arrangé depuis que je t'ai épousée : le vieux s'est réconcilié avec moi et m'a demandé de revenir au bercail.

— Oui, mais qu'est-ce qui s'est passé dès que tu as obtempéré ? Je te dis que je porte malheur à tout le monde.

— Tu te fais des idées, mon amour. C'est de la superstition pure et simple.

— Je n'y peux rien. Il y a des gens qui portent la poisse. Je fais partie du lot.

Lance la prit par les épaules et la secoua énergiquement :

— Tu es ma Pat à moi, et t'avoir épousée a fait de moi l'homme le plus heureux de la terre. Mets-toi bien ça dans ton petit crâne de piaf.

Puis, se calmant, il lui dit d'un ton radouci :

— Mais, sérieusement, Pat, sois prudente. Si un fou rôde effectivement dans les parages, je ne tiens pas à ce que ce soit toi qui prennes une balle dans la peau ou qui ingurgites la mort-aux-rats.

— Comme tu y vas !

— Quand je ne suis pas là, reste dans les jupes de cette vieille bique. De cette Machinchouette Marple. Pourquoi tante Effie lui a-t-elle demandé de s'incruster ? Tu en as une idée, toi ?

— Dieu seul sait ce qui se passe dans la tête de tante Effie. Mais *nous*, Lance, combien de temps allons-nous rester ici ?

Lance haussa les épaules :

— Difficile à dire.

— J'ai comme l'impression, insista Pat, que nous ne sommes pas réellement les bienvenus.

Elle hésita tout en poursuivant :

— La maison appartient maintenant à ton frère, j'imagine ? Et il n'a aucune envie de nous voir nous y éterniser, non ?

Lance gloussa :

— Lui, non. Mais il est bien obligé de nous supporter pour le moment.

— Et après ça ? Qu'est-ce que nous ferons, Lance ? Retournerons-nous en Afrique orientale ou quoi ?

— C'est ça ce que tu aimerais, pas vrai ?

Elle acquiesça vigoureusement de la tête sans rien dire.

— Eh bien c'est une veine, sourit Lance. Parce que c'est ce dont j'ai envie moi aussi. Ce pays ne me dit maintenant plus rien du tout.

Le visage de Pat s'éclaira :

— Comme je suis contente ! Après ce que tu avais dit l'autre jour, j'avais peur que tu veuilles te fixer ici.

Une lueur diabolique brilla dans les yeux de Lance :

— Seulement il va falloir que tu tiennes bien ta langue en ce qui concerne nos projets, Pat. Parce que si j'ai déjà fait grimper mon cher frère Percival aux rideaux, je te prie de croire que j'ai la ferme intention de continuer encore un moment.

— Oh ! Lance, sois quand même prudent.

— Je serai prudent, mon ange. Mais je ne vois pas pourquoi ce vieux Percy emporterait le morceau.

*

La tête légèrement de côté comme le plus avenant des cacatoès, miss Marple prêtait, dans le grand salon, une oreille attentive aux doléances de Mrs Percival Fortescue. Elle y détonnait d'ailleurs quelque peu, dans ce grand salon. Sa silhouette fluette avait quelque chose d'incongru au cœur des coussins multicolores qui garnissaient le canapé de soie brochée dans l'angle duquel elle était piquée bien droite. (On lui avait appris, dès l'âge le plus tendre, à dormir sur une planche et à ne pas « se vautrer ».) Dans le fauteuil jouxtant le canapé en question, Mrs Percival, en robe de deuil tarabiscotée, s'était muée en véritable moulin à paroles. « Exactement, se disait miss Marple, comme cette pauvre Mrs Emmett, la femme du directeur de la banque. » Elle se souvenait comment Mrs Emmett lui avait un jour rendu visite pour discuter de l'emplacement des stands de la vente de charité du 11 Novembre et comment, une fois le protocole d'ensemble réglé, Mrs Emmett s'était soudain mise à parler, parler, parler à n'en plus finir. Il faut dire qu'elle n'occupait pas une position facile à St Mary Mead. Elle n'appartenait pas à la vieille garde des dames de bonne condition mais de revenus modestes qui vivotaient dans des cottages proprets nichés autour de l'église et qui, même si elles ne faisaient pas toutes à proprement parler partie de la noblesse du comté, en connaissaient du moins les tenants et aboutissants sur le bout des doigts. Mr Emmett, le directeur de la banque, s'était indéniablement marié en dessous de sa condition, d'où le total isolement de sa femme qui ne pouvait même pas se raccrocher au clan également fermé de l'aristocratie du commerce et des affaires. L'hydre du snobisme à tout crin avait dressé la plus hideuse de ses sept têtes à seule fin de bannir Mrs Emmett et la confiner à jamais sur l'archipel de l'éternelle solitude.

La nécessité de dire enfin ce qu'elle avait sur le cœur avait gonflé chez l'exclue tel un flot tumulteux, et les digues avaient ce jour-là cédé, libérant un torrent furieux capable de tout emporter sur son passage. Miss Marple avait à l'époque pris Mrs Emmett en pitié, comme elle prenait aujourd'hui en pitié Mrs Percival Fortescue.

Mrs Percival croulait sous le poids des griefs et le simple fait de les exposer — fût-ce à quelqu'un qu'elle ne connaissait ni d'Eve ni d'Adam — la soulageait au-delà de toute espérance :

— Loin de moi l'idée de vouloir me plaindre. Ce n'est pas mon genre. Je n'ai jamais été femme à me lamenter sur mon sort. Il faut prendre son mal en patience : « faire avec », comme je dis toujours. « Ce qu'on ne peut empêcher, il faut savoir s'en accommoder », et je vous prie de croire que je ne suis jamais allée pleurer dans le giron de personne. Je ne vois d'ailleurs pas auprès de qui j'aurais pu m'épancher. Ce n'est pas pour dire, mais on est très isolé, ici... très isolé. Bien sûr, c'est très pratique de disposer dans cette maison d'un appartement quasi privé — et ça nous fait faire en outre de grosses économies. Mais, bien évidemment, ce n'est pas comme d'avoir son chez-soi. Je suis sûre que vous me comprenez.

Miss Marple lui dit qu'elle la comprenait.

— Dieu merci, notre future maison est presque prête et nous allons pouvoir y emménager. Il n'y a plus qu'à attendre que les peintres et les tapissiers débarrassent le plancher. Ces individus sont d'une lenteur !... Notez que mon mari a toujours été enchanté de vivre ici. Mais c'est tellement différent, pour un homme. Vous n'êtes pas de mon avis ?

Miss Marple abonda dans son sens : pour un homme, c'était différent. Elle avait eu d'autant moins de scrupules à le faire qu'elle l'estimait sincèrement. « Les messieurs », dans l'esprit de miss Marple, appartenaient à une catégorie d'êtres humains fort étrangère à son propre sexe. Il leur fallait deux œufs au bacon au petit déjeuner, trois repas copieux par jour et à heures fixes — et il n'était pas question de les contredire ni de chercher à discuter quoi que ce fût avec eux avant le dîner.

— Mon mari, voyez-vous, est en ville du matin au soir, poursuivit Mrs Percival. Quand il rentre, il est éreinté et n'a qu'une envie : lire son journal. Tandis que moi, au contraire, je me morfonds toute la journée ici où je n'ai âme qui vive à qui me confier. Oh ! j'y suis très bien : c'est très confortable et tout. La cuisine est excellente. Mais je trouve qu'on a un énorme besoin de se sentir entourée. Les gens des environs ne sont pas du tout mon genre. Beaucoup sont ce que j'appelle très m'as-tu-vu, très « moi, je ne joue qu'au bridge ». Mais pas le bridge comme il faut. J'aime disputer une bonne partie de bridge tout autant que n'importe qui, mais bien sûr les gens d'ici roulent sur l'or. Ils misent des sommes énormes, et ils boivent comme des trous. En fait ils mènent ce que j'appelle une vie de patachon. A côté de ça, vous avez bien évidemment toute une collection de... ma foi, de ce que je ne peux pas m'empêcher d'appeler de *vieilles harpies*, qui vivent un plantoir à la main et n'aiment rien tant que s'adonner au jardinage en médisant de leurs voisins.

Farouche jardinière devant l'éternel, miss Marple se sentit visée.

— Ce n'est jamais moi qui irais médire des morts, reprit vaillamment Mrs Percy, mais il ne fait pas l'ombre d'un doute que Mr Fortescue — mon beau-père, veux-je dire — a commis la boulette de son existence avec son second mariage. Ma... — il n'y a pas, je n'ai jamais pu en parler comme de ma belle-mère : elle avait le même âge que moi. La vérité, en ce qui la concerne, c'est qu'elle était toquée des hommes. Absolument toquée des hommes. Et la façon dont elle jetait l'argent par les fenêtres ! Mon beau-père la laissait le mener par le bout du nez. Il se souciait comme d'une guigne des factures qu'elle lui faisait régler. Cela choquait beaucoup Percy, vraiment beaucoup. Percy est toujours si regardant pour tout ce qui touche à l'argent. Il a horreur du gaspillage. Et puis avec ça que Mr Fortescue est devenu si bizarre, qu'il entrait dans des colères si terribles, et que l'argent lui filait entre les doigts pour financer des opérations qui n'avaient ni queue ni tête... Ah ! je peux vous dire que la vie ici n'était pas devenue facile.

— Votre mari devait se faire beaucoup de souci ? se risqua à remarquer miss Marple.

— Ça, vous pouvez le dire ! Et ça faisait bientôt un

an sonné que Percy se rongeait les sangs. C'est bien simple, il n'était plus du tout le même. Son comportement, voyez-vous, avait changé. Même avec moi. Quelquefois, quand je lui parlais, eh bien il ne me répondait même pas.

Elle soupira et enchaîna :

— C'est comme Elaine, ma belle-sœur, voyez-vous... c'est *vraiment* une drôle de fille. Toujours à courir la campagne. Très feux de camp et vie au grand air. Pas méchante, non, ce n'est pas ce que je veux dire... mais pas non plus amicale pour deux sous. Et puis pas question de l'entraîner à Londres pour faire du lèche-vitrines ou, je ne sais pas, moi... aller au théâtre ou au cinéma. Et elle ne s'intéresse même pas à la mode.

Mrs Percival soupira derechef et murmura :

— Oh ! je ne me plains pas, notez bien.

Puis, prise d'un soudain scrupule de conscience, elle s'empressa d'ajouter :

— Vous devez me prendre pour une folle de vous déballer tout ça alors que je vous connais à peine. Mais après tout ce que nous avons vécu, tout ce que nous avons traversé, et puis ces chocs répétés... je crois d'ailleurs que ce sont les chocs qui sont le plus pénible. Et le contrecoup. Ah ! le contrecoup ! Je suis dans un tel état de nerfs, comprenez-vous, que j'avais un besoin vital de parler à quelqu'un. Et puis vous me rappelez une vieille demoiselle tellement adorable, miss Trefusis James. Elle s'était cassé le col du fémur à soixante-quinze ans. La soigner représentait un travail de longue haleine et nous étions devenues les meilleures amies du monde. Elle m'a donné une cape de renard quand je suis partie. Et je trouve vraiment que c'était trop gentil de sa part.

— Je sais exactement ce que vous ressentez, murmura miss Marple.

Et là encore elle était sincère. Elle n'imaginait que trop bien à quel point Mrs Percival pouvait exaspérer son mari, pourquoi il fuyait sa conversation comme la peste, et comment la malheureuse n'était jamais parvenue à se faire des amis dans la région. Courir Londres pour faire du lèche-vitrines, se rendre à des matinées théâtrales et jouir du confort d'une demeure luxueuse ne compenserait jamais chez elle l'absence de la chaleur humaine qu'elle s'était attendue à trouver au sein de la famille de son mari.

— J'espère ne pas me montrer brutale, voire grossière, en portant ce jugement, fit miss Marple de sa plus douce voix de vieille demoiselle bien élevée, mais je ne peux m'empêcher de penser que feu Mr Fortescue n'était pas vraiment un homme comme il faut.

— Oh ! il était tout sauf ça ! s'exclama sa belle-fille. Très franchement, ma chère, et de vous à moi, c'était un être haïssable. Et ça ne m'étonnne pas — mais alors, pas du tout — que quelqu'un l'ait supprimé.

— Vous n'avez absolument aucune idée de..., se lança miss Marple avant de s'interrompre, confuse. Oh ! mon Dieu, peut-être est-ce là une question que je ne devrais pas poser... pas même l'ombre d'une idée de qui... de qui... enfin, de qui a pu être ce quelqu'un ?

— Oh ! je pense que c'est cet horrible Crump. Je l'ai toujours détesté. Il a des manières... — comment dire ? — non pas franchement insolentes, voyez-vous, mais bel et bien insolentes quand même. Impertinentes, ce serait plutôt ça.

— Pour autant, il faudrait tout de même qu'il ait eu un mobile.

— Croyez-vous que ce genre d'individu ait réellement besoin d'un mobile ? Il aura suffi que Mr Fortescue le rembarre à propos d'une peccadille quelconque, je le soupçonne d'ailleurs de boire plus que de raison. Et puis ce que je crois réellement, au fond, c'est qu'il est un peu dérangé, si vous me comprenez à demi mot. Comme ce valet de pied, ou ce majordome, je ne sais plus, qui a parcouru la maison de ses maîtres en tuant tout ce qui bougeait. Bien évidemment, pour être tout à fait honnête, j'ai été persuadée au début que c'était *Adèle* qui avait empoisonné Mr Fortescue. Mais maintenant qu'elle a été empoisonnée elle aussi, il va de soi qu'on ne peut plus la soupçonner. Peut-être qu'elle a accusé Crump, voyez-vous. Ce qui fait qu'il se sera affolé, qu'il aura mis du poison dans les petits gâteaux du thé, mais que Gladys l'aura vu faire et qu'il aura été obligé de la tuer elle aussi... Je trouve que c'est terriblement dangereux de l'avoir ici, dans la maison. Oh ! que ne donnerais-je pas pour pouvoir m'en aller ! Mais j'imagine que ces abominables policiers ne voudraient même pas en entendre parler.

Elle se pencha soudain vers miss Marple et posa une main grassouillette sur le bras de la vieille demoiselle :

— Je me dis parfois qu'il faut que je m'en aille... que si tout ça ne s'arrête pas très vite il faut que... il faut que je parte en courant.

Elle se redressa pour épier la réaction de miss Marple :

— Mais peut-être que... que ce ne serait pas la chose à faire ?

— Non, je ne crois effectivement pas que ce soit la chose à faire. La police vous retrouverait d'ailleurs tout de suite, vous savez.

— Vous croyez qu'ils y arriveraient ? Vous croyez vraiment qu'ils y arriveraient ? Vous pensez qu'ils sont assez futés pour ça ?

— On ne gagne jamais rien à sous-estimer la police. L'inspecteur Neele me paraît remarquablement intelligent.

— Et moi qui lui ai trouvé l'air si stupide !

Puis, comme miss Marple secouait la tête, Jennifer Fortescue reprit :

— Je ne peux pas m'ôter de l'idée que... que c'est dangereux de rester ici.

— Dangereux pour vous, voulez-vous dire ?

— Ou-oui... euh, enfin, oui...

— Parce qu'il est quelque chose que vous... savez ?

Mrs Percival parut reprendre haleine :

— Oh ! non... je vous assure que je ne sais rien du tout. Que pourrais-je bien savoir ? C'est tout bonnement que... que je me sens nerveuse. Ce Crump...

Mais ce n'était pas de Crump, songea miss Marple en voyant Jennifer croiser et décroiser les doigts, que Mrs Percival Fortescue avait peur. Elle était effectivement terrorisée, mais par qui ?

22

Il commençait à faire noir. Miss Marple était allée s'installer avec son tricot près de la porte-fenêtre de la bibliothèque. Regardant par la vitre, elle vit Pat Fortescue qui faisait les cent pas sur la terrasse. Elle ouvrit le loquet et l'interpella :

— Rentrez, ma chère petite ! Rentrez donc ! Je suis sûre qu'il fait beaucoup trop froid et humide pour rester dehors sans manteau.

Pat obéit à l'injonction. Elle entra, referma la porte-fenêtre et alluma deux lampes.

— Vous avez raison, reconnut-elle, il fait un temps de chien cet après-midi.

Elle s'assit sur le canapé à côté de miss Marple :

— Qu'est-ce que vous tricotez ?

— Oh ! rien qu'une brassière de dessus, ma chère petite. Pour bébé, voyez-vous. Comme je le dis toujours, les jeunes mères n'ont jamais trop de brassières de dessus. C'est du deuxième âge. Je ne tricote jamais que du deuxième âge. Les bébés grandissent tellement vite quand ils sont au premier.

Pat étendit ses longues jambes vers le feu :

— Il fait bon, ici, aujourd'hui. Avec ce feu, ces lampes allumées et vous qui tricotez de la layette. C'en est devenu confortable, douillet, comme l'Angleterre devrait l'être.

— Comme elle l'est, rectifia miss Marple. Il n'y a pas beaucoup de Loges aux Ifs dans notre pays, ma chère enfant.

— M'est avis que c'est une bonne chose, soupira Pat. Je ne crois pas que ç'ait jamais été une maison heureuse. Je ne crois pas qu'en dépit de tout ce luxe et de tout cet argent dépensé, personne y ait jamais été heureux.

— Non, convint miss Marple. Ce n'est pas ainsi que l'on irait imaginer la maison du bonheur.

— Je veux bien croire qu'elle ait plu à Adèle, reprit Pat. Encore que, ne l'ayant pas connue, je ne puisse pas savoir. Mais Jennifer y erre comme une âme en peine.

Quant à Elaine, elle se consume d'amour pour un garçon dont elle sait très bien en son for intérieur qu'il se soucie d'elle comme d'une guigne. Oh ! ce que je voudrais être loin d'ici !

Elle sourit à miss Marple :

— Figurez-vous que Lance m'a intimé l'ordre de rester autant que possible suspendue à vos basques. Il a l'air de penser que c'est ma meilleure garantie de sécurité.

— Votre mari n'est pas sot.

— Non. Lance n'est pas bête. Encore qu'il lui arrive de faire la bête. Mais j'aimerais qu'il me dise au juste ce qu'il redoute si fort. Une chose est sûre. Quelqu'un dans cette maison est fou, et la folie a ceci de terrifiant qu'on ne sait jamais ce qui peut se passer dans la tête d'un fou.

— Ma pauvre petite, s'apitoya miss Marple.

— Oh ! moi, je ne m'en fais pas. J'en ai, après tout, vu d'autres.

— Vous avez eu votre part de malheur, n'est-ce pas ? fit miss Marple avec une infinie douceur.

— Oh ! ma part de bonheur, je l'ai eue aussi. J'ai eu une enfance merveilleuse, en Irlande, avec les chevaux, la chasse et une immense maison de famille inondée de soleil et balayée par les courants d'air. Si vous avez eu une enfance heureuse, vous possédez un bien que personne ne pourra vous ôter. C'est après, quand je suis devenue adulte, que tout s'est mis à aller de travers. Pour commencer, il y a eu la guerre...

— Votre mari était pilote de chasse, n'est-ce pas ?

— Oui. Nous n'étions mariés que depuis un mois quand il a été abattu.

Elle fixa les flammes, dans la cheminée :

— Les premiers temps, j'ai cru que la meilleure solution était que je meure moi aussi. C'était si cruel, si injuste ! Et puis, avec le temps, j'en ai presque fini par me dire que c'était une bénédiction pour lui qu'il soit mort comme ça. Don était de la race des héros, des seigneurs de la guerre. Il était courageux, téméraire, capable de rire dans la mitraille. Il possédait toute les qualités qu'on exige d'un soldat. Mais je ne crois pas que le temps de paix lui aurait convenu. Il était animé d'un esprit de révolte doublé de... — oh ! comment dire ça ? — d'une sorte de phénoménale outrecuidance. Il n'aurait jamais pu rentrer dans le rang, s'intégrer à la société. Il se serait battu contre les moulins à vent. C'était, par bien des côtés, un insoumis, un être parfaitement asocial. Non, il ne se serait jamais intégré.

— Vous êtes lucide et c'est bien, murmura miss Marple.

Elle se pencha sur son tricot, releva une maille, compta à voix basse : « Trois à l'endroit, deux à l'envers, une glissée, deux à la fois » et reprit tout haut :

— Et votre second mari, ma chère petite ?

— Freddy ? Freddy s'est tiré une balle dans la tête.

— Oh ! mon Dieu. Comme c'est triste. Quelle tragédie !

— Nous étions très heureux, poursuivit Pat. Et puis j'ai commencé à me rendre compte, deux ans environ après notre mariage, que Freddy n'était pas... eh bien, n'était pas toujours très honnête. J'ai commencé à découvrir le genre de tripatouillages auxquels il se livrait. Mais ça n'a jamais eu d'influence négative sur notre vie... sur notre vie de couple, j'entends. Parce que, voyez-vous, Freddy m'aimait et je l'aimais. J'ai fait celle qui ne voit rien, qui ne comprend rien. C'était sans doute très lâche de ma part, j'imagine, mais je n'aurais pas pu le changer. On ne peut pas changer les gens.

— Non, convint miss Marple, on ne le peut pas.

— Je l'avais choisi, aimé et épousé pour ce qu'il était, et je me suis en quelque sorte dit que je n'avais pas le choix, qu'il me fallait... faire la part des choses. Et puis la situation s'est dégradée, il n'a plus pu faire face et il s'est tiré une balle dans la tête. Après sa mort, je suis allée faire un séjour chez des amis au Kenya. Je n'aurais pas pu rester en Angleterre et continuer à fréquenter notre vieille bande qui connaissait toute l'histoire. Et puis là-bas, j'ai rencontré Lance...

Son visage avait changé, son expression s'était adoucie. Elle continuait à fixer les flammes du foyer tandis que miss Marple la contemplait. Mais elle ne tarda pas à tourner la tête vers la vieille demoiselle :

— Dites-moi, miss Marple, que pensez-vous au juste de Percival ?

— Ma foi, je n'ai guère eu jusqu'ici l'occasion de le voir. Sauf d'ordinaire le matin, au petit déjeuner. C'est tout. Je ne crois en tout cas pas qu'il goûte outre mesure ma présence sous ce toit.

Pat rit de bon cœur :

— Ça, c'est son côté mesquin. Il est terriblement radin. D'après Lance, il l'a toujours été. Jennifer s'en plaint aussi. Il épluche les comptes de la maison que lui remet miss Dove. Il la tarabuste pour le moindre centime dépensé. Mais elle sait lui tenir tête. C'est vraiment une créature merveilleuse. Vous ne trouvez pas ?

— Oui, c'est vrai. Elle me rappelle Mrs Latimer, dans mon village, St Mary Mead. Elle avait été éclaireuse, voyez-vous, auxiliaire bénévole pendant la guerre, et puis elle s'était progressivement retrouvée à la tête de la plupart des œuvres de la paroisse. Et puis figurez-vous qu'il a fallu cinq ans pour que nous découvrions un beau jour que... oh ! mais il ne faut pas que je me laisse aller à des commérages. Rien n'est plus ennuyeux pour une tierce personne que d'entendre discourir sur des lieux et des gens dont elle ne sait rien. Je vous prie de me pardonner, ma chère petite.

— St Mary Mead est un de ces charmants villages où il fait bon vivre ?

— Je ne sais pas ce que vous appelez un charmant village. C'est un *ravissant* village. On y croise des gens charmants aussi bien que des gens épouvantablement déplaisants. Et, comme dans n'importe quel autre village, il s'y passe parfois des choses bien curieuses. L'être humain est le même en tous lieux, voyez-vous.

— Vous montez beaucoup voir miss Ramsbottom, n'est-ce pas ? reprit Pat. Moi, elle me *terrifie*.

— Elle vous terrifie ? Pourquoi ?

— Parce que je crois qu'elle est folle. Qu'elle est atteinte d'une sorte de folie mystique. Vous ne croyez pas qu'elle puisse être... réellement... dangereuse ?

— Comment cela, dangereuse ?

— Oh ! vous ne voyez que trop bien ce que je veux dire, miss Marple. Elle reste là-haut sans jamais sortir, à remâcher sa haine du péché. Elle pourrait en être venue à estimer que sa mission sur terre consiste à jouer les anges exterminateurs.

— C'est ce que pense votre mari ?

— Je ne sais pas ce que pense Lance. Il se refuse à me le dire. Mais il est une chose dont je suis bien sûre... c'est qu'il est persuadé qu'il s'agit de quelqu'un qui est fou et que ce quelqu'un fait partie de la famille. Bon, Percival est à mon avis sain d'esprit. Jennifer est bête comme ses pieds mais du genre pathétique. Et elle a un côté paquet de nerfs, mais sans plus. Quant à Elaine, c'est une de ces filles bizarres, ombrageuses et exaltées. Elle est follement amoureuse de ce garçon qu'elle s'est dénichée et elle se refusera toujours à admettre, fût-ce un seul instant, qu'il n'en veut qu'à sa dot.

— Vous pensez qu'il l'épouse pour sa dot ?

— Oui, bien sûr. Pas vous ?

— J'incline à penser avec vous que ça ne fait pas l'ombre d'un doute, avoua miss Marple. Comme le jeune Ellis quand il a épousé Marion Bates, la fille bien nantie de notre quincaillier. Elle était laide comme les sept péchés capitaux mais folle de lui. Quoi qu'il en soit, ç'a été une réussite parfaite. Les garçons comme ce jeune Ellis et comme ce Gerald Wright ne se montrent réellement invivables que lorsqu'ils épousent par amour une fille pauvre. Ils s'en veulent tellement de l'avoir fait qu'ils éprouvent le besoin de se venger sur le dos de la malheureuse. Alors que s'ils épousent une fille riche, ils ne cesseront jamais de la couver des yeux avec respect.

— Je ne vois pas, reprit Pat en fronçant les sourcils, comment ça pourrait être quelqu'un de l'extérieur. Et c'est ce qui... et c'est ce qui rend l'atmosphère ici irrespirable. Chacun épie son voisin. Et à moins qu'il ne se passe très vite quelque chose...

— Il n'y aura pas d'autres meurtres, murmura miss Marple. Ou cela m'étonnerait fort.

— Comment pouvez-vous dire ça ?

— Parce qu'en fait, j'en ai la quasi-certitude. Le meurtrier, voyez-vous, a obtenu le résultat escompté.

— *Le* meurtrier ?

— Le meurtrier ou la meurtrière. On use d'ordinaire du masculin par commodité.

— Vous dites qu'il ou elle a obtenu le résultat escompté. C'était quoi, ce résultat ?

Miss Marple secoua la tête : elle n'était encore pas tout à fait au clair sur ce point.

23

Une fois de plus, miss Somers venait de faire le thé de l'équipe de dactylos et, une fois de plus, l'eau n'avait pas frémi avant qu'elle ne la verse sur les feuilles. L'histoire aime à se répéter. Miss Griffith, en saisissant sa tasse, se dit intérieurement : « Il faut *absolument* que je parle de Somers à Mr Percival. Je suis sûre qu'on peut trouver mieux. Mais tant que cette effroyable affaire n'est pas réglée, je ne peux quand même pas l'importuner avec des problèmes d'intendance. »

Sur quoi, comme elle l'avait déjà fait si souvent, ce dragon femelle décréta avec aigreur :

— *Encore une fois,* l'eau ne frémissait pas, Somers !

Et la pauvre miss Somers s'empourpra comme il se doit et bredouilla sa formule rituelle :

— Mon Dieu ! et dire que, *cette fois-ci,* j'étais pourtant *persuadée* qu'elle frémissait...

La suite des variations sur ce thème imposé fut interrompue par l'arrivée de Lance Fortescue. Il jeta distraitement un regard circulaire et miss Griffith se leva d'un bond pour se précipiter à sa rencontre.

— Mr Lance ! trémola-t-elle.

Il pirouetta pour lui faire face et son visage s'illumina d'un sourire :

— Mais je ne rêve pas ! C'est bien notre miss Griffith !

Miss Griffith buvait du petit-lait. Onze ans qu'il ne l'avait pas vue et il se rappelait encore son nom.

— Et dire que vous me reconnaissez ! minauda-t-elle.

A quoi Lance rétorqua, charmeur :

— Comment vous oublier ?

Un frisson d'exaltation était parallèlement en train de secouer l'essaim des dactylos. Oublieuse de ses soucis avec le thé, miss Somers, bouche bée, contemplait Lance avec des mines énamourées. Miss Bell le lorgnait sans vergogne par-dessus le rouleau de sa machine à écrire. Quant à miss Chase, elle avait subrepticement sorti son poudrier et se passait sa houppette sur le bout du nez.

Lance regarda autour de lui :

— Si je comprends bien, tout est resté comme dans le bon vieux temps.

— Il n'y a pas eu beaucoup de changements, Mr Lance. Mais, vous, quelle belle mine vous avez ! Et ce que vous êtes bronzé ! Vous avez dû mener une vie fascinante, là-bas ?

— C'est le cas de le dire, mais peut-être bien que je suis sur le point d'entamer une nouvelle vie tout aussi fascinante à Londres.

— Vous revenez travailler ici, au bureau ?

— Ça se pourrait.

— Oh ! mais c'est merveilleux !

— Vous allez me trouver très rouillé, miss Griffith. Je compte sur vous pour me remettre dans le bain.

Miss Griffith eut un petit rire de gorge :

— Ce sera tellement bien de vous avoir de nouveau parmi nous, Mr Lance. Tellement bien !

— C'est gentil à vous de dire ça, ronronna Lance avec un regard reconnaissant. Très gentil à vous.

— Nous n'avons jamais cru... aucune d'entre nous n'a jamais pensé...

Mrs Griffith s'interrompit et rougit jusqu'aux oreilles.

Il lui tapota le bras :

— Vous n'avez jamais cru le diable aussi noir qu'on vous l'avait dépeint ? Peut-être en effet ne l'était-il pas. Mais, tout ça, c'est de l'histoire ancienne. Rien ne sert de remâcher le passé morose. C'est l'avenir qui compte.

Il ajouta :

— Mon frère est là ?

— Oui, dans son bureau, je crois.

Lance eut un sourire enjôleur et s'esquiva. Dans le petit bureau qui servait d'antichambre au saint des saints, une créature à l'âge indéfinissable et au visage revêche l'apostropha :

— Votre nom, je vous prie ! Vous avez rendez-vous ?

Lance la considéra avec étonnement :

— Vous êtes... miss Grosvenor ?

Miss Grosvenor lui avait été dépeinte sous les traits d'une blonde à tomber à la renverse. Et il avait d'ailleurs pu constater que tel était bien le cas au vu des photos publiées dans la presse aux premiers jours de l'affaire. Cette maritorne ne pouvait en aucun cas être miss Grosvenor.

— Miss Grosvenor ne fait plus partie du personnel depuis la semaine dernière. Je suis Mrs Hardcastle, la secrétaire particulière de Mr Percival Fortescue.

« Se débarrasser d'une blonde incendiaire et mettre une gorgone à la place... Ça, c'est du Percy tout craché ! se dit Lance. Je me demande ce qui a pu l'y pousser. Peur du faux pas ou restrictions budgétaires ? »

Il prit un air détaché :

— Je suis Lancelot Fortescue. Nous ne nous sommes pas encore rencontrés.

— Oh ! je suis confuse, Mr Lancelot, se confondit en excuses Mrs Hardcastle, c'est la première fois, je crois, que vous venez au bureau ?

— La première, mais pas la dernière, sourit Lance.

Il traversa la pièce et ouvrit la porte de ce qui avait été le bureau de son père. A sa surprise, ce n'était pas Percival qui trônait derrière le bureau directorial mais l'inspecteur Neele. Lequel inspecteur Neele leva le nez de la pile de paperasses qu'il était en train de trier et le salua :

— Bonjour, Mr Fortescue, vous venez, j'imagine, inaugurer vos nouvelles fonctions ?

— A ce que je vois, vous avez déjà entendu dire que j'avais décidé de réintégrer la société ?

— Votre frère m'a fait part de la nouvelle.

— Tiens donc ! Et avec un fol enthousiasme ?

Neele s'efforça de dissimuler son sourire.

— Cet enthousiasme ne sautait pas aux yeux, fit-il avec le plus grand sérieux.

— Pauvre Percy, commenta Lance.

L'inspecteur le dévisageait avec curiosité :

— Vous allez vraiment réintégrer le petit monde de la finance ?

— Qu'y a-t-il là d'invraisemblable, inspecteur ?

— Ça ne vous ressemble pas, c'est tout, Mr Fortescue.

— Pourquoi ça ? Je suis le fils de mon père.

— Et de votre mère.

Lance secoua la tête :

— Vous vous fourrez le doigt dans l'œil si vous pensez trouver quelque chose de ce côté-là, inspecteur. Ma mère était le type même de l'Anglaise romantique estampillée époque victorienne. Son livre de chevet était *Les Idylles du Roi*, comme vous l'aviez peut-être d'ailleurs conjecturé vous-même à l'énoncé de nos prénoms qui ne sont pas ceux de tout un chacun. Elle a passé sa vie étendue sur une chaise longue et n'a sans doute jamais eu le moindre contact avec la réalité. Ce qui est loin d'être mon cas. Je ne donne ni dans le sentimentalisme ni dans le romanesque et suis au contraire réaliste à tous crins.

— Il arrive qu'on se connaisse soi-même fort mal, fit observer Neele.

— Ça, c'est exact, convint Lance.

Il s'assit dans un des énormes fauteuils et étendit ses longues jambes comme il avait l'habitude de le faire. Puis, un petit sourire satisfait au coin des lèvres, il fit à son tour remarquer :

— Quoi qu'il en soit, vous, vous êtes plus futé que mon frère, inspecteur.

— Ah bon ? En quoi, Mr Fortescue ?

— J'ai fichu à Percy une peur bleue. Il est persuadé que je suis décidé à reprendre le collier. Que je vais venir piétiner ses plates-bandes. Que je vais me lancer à corps perdu dans les affaires, dilapider tout l'argent de la boîte et essayer de l'embarquer dans des combines hasardeuses. Ça vaudrait presque le coup de le faire, rien que pour se payer une pinte de bon sang !

Presque, mais pas tout à fait. Parce que vous avez raison, inspecteur, je ne supporterais pas l'atmosphère des bureaux. J'ai besoin d'air, d'espace, j'aime le risque. Ici, j'étoufferais.

Il s'empressa d'ajouter :

— Ceci tout à fait entre nous, inspecteur. N'allez pas vendre la mèche à Percy, je vous en supplie.

— Je serais étonné que nous abordions le sujet, Mr Fortescue.

— Il faut que je m'amuse encore un peu à ses dépens, comprenez-vous, poursuivit Lance. Que je lui donne une bonne dose de sueurs froides. Il faut bien que je prenne ma revanche.

— Que voilà une phrase bien étrange, Mr Fortescue, releva Neele. Votre revanche... sur quoi ?

Lance haussa les épaules :

— Bah ! c'est maintenant de l'histoire ancienne. Remettre ça sur le tapis n'est plus de saison.

— Il y a eu autrefois un léger incident à propos d'un chèque, d'après ce que j'ai cru comprendre. Est-ce que ce ne serait pas à ça que vous faisiez allusion ?

— Vous en savez, des choses, inspecteur !

— Il n'avait pas été question à l'époque de poursuites judiciaires, si j'en crois mes sources, continua Neele. Votre père n'y aurait, semble-t-il, jamais consenti.

— Non. Il s'est contenté de me flanquer dehors à coups de pieds dans les fesses, c'est tout.

L'inspecteur Neele le contemplait d'un air méditatif, à ceci près que ce n'était pas à Lance Fortescue qu'il songeait mais à Percival. A l'honnête, à l'industrieux, au parcimonieux Percival. Il lui semblait qu'où il dirigeât ses pas dans cette affaire il revenait immanquablement se buter à l'énigme Percival Fortescue — à ce personnage que tout le monde croyait connaître mais qui était, en fait, très difficile à cerner. On aurait dit, à première vue, un individu ondoyant et falot, un garçon timoré, écrasé par la toute-puissance paternelle. Percy Prout-ma-chère, comme l'avait surnommé le commissaire adjoint. Neele essayait présentement, au travers de Lance, de se faire une idée plus précise de la personnalité de Percival.

— Votre frère semble avoir toujours... comment dire ?... ployé sous la férule de votre père, hasarda-t-il.

— On peut se le demander.

Lance semblait se poser très nettement la question :

— Oui, on peut se le demander. Oui, c'est en tout cas, à mon avis, l'impression que ça donne. Mais je ne suis pas sûr que ça corresponde véritablement à la réalité. Car il est assez stupéfiant, voyez-vous, quand on repense à toutes ces années, de constater à quel point Percy, sans avoir l'air d'y toucher, a toujours réussi à remarquablement mener sa barque.

Oui, songea l'inspecteur Neele, c'était assez stupéfiant, en effet. Il fouilla dans les papiers posés devant lui et en sortit une lettre qu'il tendit à Lance :

— Ceci est un courrier que vous avez adressé à votre père en août dernier, n'est-ce pas, Mr Fortescue ?

Lance prit la feuille, y jeta un coup d'œil et la lui rendit :

— Oui. Je lui ai écrit cette lettre après mon retour au Kenya. Et dire qu'il l'avait conservée ! Où l'avez-vous trouvée ? Ici, au bureau ?

— Non, Mr Fortescue, dans les papiers de votre père, à la Loge aux Ifs.

L'inspecteur la considéra d'un air méditatif. Ce n'était pas un roman fleuve :

Cher Papa,

J'ai discuté avec Pat et j'accepte ta proposition. Régler mes diverses affaires ici va me prendre un peu de temps, mettons jusqu'à fin octobre ou début novembre. Je te tiendrai au courant. J'espère que nous nous entendrons mieux que par le passé. Je m'efforcerai d'y mettre du mien. C'est tout ce que je peux te promettre. En attendant, prends bien soin de toi. Affectueusement,

Lance

— A quelle adresse aviez-vous envoyé cette lettre, Mr Fortescue ? Au bureau ou à la Loge aux Ifs ?

Lance plissa le front dans l'effort qu'il fit pour se le rappeler :

— Ce n'est pas commode. Je ne m'en souviens plus.

Ça fait bien trois mois, maintenant. Au bureau, je crois. Oui, j'en suis presque sûr. Ici, au bureau.

Il resta un moment silencieux avant de s'enquérir avec une franche curiosité :

— Pourquoi ça ?

— Je me posais tout bonnement une question, dit l'inspecteur Neele. Votre père ne l'a pas classée ici parmi ses papiers personnels. Il l'a emportée à la Loge aux Ifs et je l'y ai trouvée là-bas dans le tiroir de son bureau. Je me demandais ce qui avait bien pu l'inciter à le faire.

Lance s'esclaffa :

— Pour que Percy ne tombe pas dessus, j'imagine.

— Oui, admit l'inspecteur, on le dirait bien. Votre frère avait donc accès ici aux papiers personnels et confidentiels de votre père ?

— Eh bien... non, pas exactement.

Lance hésita :

— Je pense que... j'imagine qu'il aurait été à même d'y jeter un coup d'œil s'il lui en avait pris l'envie, mais qu'il n'était pas...

L'inspecteur acheva sa phrase pour lui :

— Qu'il n'était pas censé le faire ?

Lance se fendit d'un large sourire :

— C'est ça. En clair, c'est ce qui se serait appelé fouiner. Mais Percy, je suis prêt à en mettre ma main au feu, a toujours été un fouineur invétéré.

L'inspecteur acquiesça. Il était d'accord avec le diagnostic de Lance. Ce côté fouineur correspondait assez à l'idée qu'il commençait à se faire du personnage.

— Quand on parle du loup..., marmonna Lance.

La porte venait en effet de s'ouvrir. Et Percival Fortescue entra. Sur le point de parler à l'inspecteur, il s'arrêta net et fronça les sourcils à la vue de Lance :

— Bonjour. Toi ici ? Tu ne m'avais pas dit que tu comptais passer au bureau aujourd'hui.

— Je me suis soudain senti la proie d'un fantastique accès de zèle, expliqua Lance, aussi suis-je accouru dans le louable but de me rendre utile. Que veux-tu au juste que je fasse ?

— Rien pour le moment, grinça Percival. Rigoureusement rien. Il faudrait d'abord que nous déterminions de quelle branche d'activités tu pourrais t'occuper. Il faudrait également que nous te trouvions un bureau.

Avec un sourire en coin, Lance s'enquit :

— A propos, mon vieux, pourquoi t'es-tu débarrassé de la renversante miss Grosvenor pour la remplacer par ce dragon femelle au sourire chevalin qui garde ta porte ?

— Oh ! je t'en prie, Lance ! s'étrangla Percival.

— En fait de déception, la mienne se pose un peu là ! Moi qui me faisais une joie de tomber ici sur une blonde incendiaire... Pourquoi l'as-tu sacquée ? Elle en savait trop ?

— Bien sûr que non. Quelle idée !

La voix de Percival s'en était allée frôler les aigus et des marbrures rouges coloraient vilainement son visage trop pâle. Il se tourna vers l'inspecteur :

— Ne faites pas attention à mon frère. Il a toujours fait preuve d'un sens de l'humour assez particulier.

Puis il ajouta :

— Je n'ai jamais eu une très haute opinion des facultés intellectuelles de miss Grosvenor. Mrs Hardcastle, en revanche, a d'excellentes références et se montre très capable en dépit de la modestie de ses prétentions salariales.

— « La modestie de ses prétentions salariales ! » psalmodia Lance en levant les yeux au ciel. Vois-tu, Percy, je suis hostile à cette façon de mégoter sur les frais de personnel. D'ailleurs à ce propos, et compte tenu de la loyauté dont toute l'équipe a su faire preuve au cours de ces tragiques dernières semaines, ne crois-tu pas que nous devrions procéder à une augmentation générale des salaires ?

— La question ne se pose même pas ! glapit Percival Fortescue. Elles n'ont rien demandé et ce n'est de surcroît pas le moment !

L'inspecteur Neele remarqua l'éclair de malice qui passait dans le regard de Lance cependant que Percival, bien trop lancé pour se rendre compte de rien, poursuivait en bégayant de rage :

— Tu-tu as tou-toujours dit n'importe quoi ! Tu-tu as

toujours eu des idées extravagantes ! Dans l'état actuel des finances de la firme, les économies sont pour nous la seule façon de nous en sortir.

L'inspecteur Neele toussota discrètement avant de s'adresser à Percival :

— C'est précisément là un des sujets que je souhaitais aborder avec vous, Mr Fortescue.

— Oui, inspecteur ? fit ce dernier.

— Si je puis me permettre, Mr Fortescue, il semble qu'au cours des six derniers mois, voire peut-être même depuis un an, le comportement de votre père, et notamment sa façon de gérer l'entreprise, vous ait beaucoup inquiété.

— Il n'allait pas bien, trancha Percy. Il n'allait pas bien du tout.

— Vous avez tenté de le persuader de consulter un médecin. Et il aurait refusé. Catégoriquement refusé, c'est bien cela ?

— C'est bien cela.

— Puis-je vous demander si vous n'auriez pas alors compris que votre père était atteint de ce qu'on appelle communément PGP ou paralysie générale progressive, maladie dont les symptômes premiers sont l'irritabilité et la mégalomanie et qui aboutit tôt ou tard à un état de démence caractérisée et définitive ?

Percival parut surpris :

— Vous faites preuve d'une remarquable sagacité, inspecteur. C'est ce que je redoutais, en effet. Et c'est pour cela que je tenais tant à ce qu'il soit soumis au plus vite à un traitement médical.

— Mais en attendant, poursuivit Neele, tant que vous n'étiez pas parvenu à lui faire accepter de s'y soumettre, il demeurait à même de causer le plus grand tort à l'entreprise ?

— Il ne s'en est d'ailleurs pas privé, souligna Percival.

— Il aurait pu la mener droit à la faillite ?

— C'était une situation atroce. Personne ne saurait imaginer ce que j'ai vécu.

— D'un strict point de vue financier, fit doucement

Neele, le décès de votre père peut être considéré comme une véritable aubaine.

— J'ose espérer, s'insurgea Percival, que vous ne me croyez pas capable d'avoir considéré la mort de mon père sous cet angle !

— La question n'est pas là, Mr Percival. Je ne fais qu'évoquer une réalité. Votre père est mort avant d'avoir eu le temps de couler l'entreprise.

— Oui, oui, s'énerva Percival. A ne s'en tenir qu'aux faits, vous n'avez pas tort.

— Cette mort a donc bien été une aubaine pour l'ensemble de la famille qui, autrement, se serait retrouvée tout entière sur le sable.

— Certes. Mais, sincèrement, inspecteur, je ne vois pas où vous cherchez à en...

La voix de Percival se brisa.

— Je ne cherche à en venir nulle part, Mr Fortescue, réfuta Neele. Je me borne à préciser des points d'histoire. Maintenant, il y a encore autre chose... Vous m'avez affirmé, si j'ai bien compris, que vous n'aviez eu aucun rapport de quelque genre que ce soit avec votre frère depuis qu'il avait quitté l'Angleterre, il y a bien des années de cela.

— C'est exact, affirma Percival.

— Oui, mais en êtes-vous tout à fait sûr, Mr Fortescue ? Je prétends, moi, qu'au printemps dernier, alors que vous vous faisiez tant de souci à propos de la santé et du comportement de votre père, vous lui avez bel et bien écrit en Afrique pour lui exprimer vos craintes. Vous souhaitiez, j'imagine, obtenir l'aval de votre frère afin de contraindre votre père à se faire examiner et, si nécessaire, son appui pour le faire interner.

— Je... je... sincèrement, je ne vois pas..., balbutia Percival, anéanti.

— C'est bien exact, n'est-ce pas, Mr Fortescue ?

— En réalité, se défendit Percival, c'était là une démarche normale. Après tout, Lancelot était toujours associé à l'affaire. Et...

L'inspecteur Neele jeta un coup d'œil à Lance. Lequel souriait, hilare.

— Vous l'avez reçue, cette lettre ? lui demanda l'inspecteur.

Lance acquiesça d'un signe de tête.

— Et qu'est-ce que vous avez répondu ?

Le sourire de Lance s'élargit encore :

— J'ai écrit à Percy d'aller se faire cuire un œuf et de foutre la paix au vieux. Lequel vieux savait probablement très bien ce qu'il faisait.

L'inspecteur revint à Percival :

— Ce sont bien là les termes de la réponse de votre frère ?

— Je... je... euh... le sens général, oui, en gros, oui. Les termes eux-mêmes étaient infiniment plus... scatologiques.

— J'ai jugé préférable d'en donner à la police une version édulcorée, se justifia Lance. A présent, inspecteur, poursuivit-il, je peux bien vous confier que c'est là une des raisons pour lesquelles, après avoir reçu une lettre de mon père, je suis venu ici pour juger de la situation par mes propres yeux. Cela dit, au cours du bref entretien que j'ai alors eu avec lui, je n'ai franchement rien détecté d'anormal. Il m'a paru un peu irritable, c'est tout. Mais en pleine possession de ses moyens et parfaitement apte à gérer ses affaires. Ce qui fait qu'après être retourné en Afrique pour en discuter avec Pat, j'ai décidé de revenir au pays, histoire de veiller à ce que... comment dire ?... à ce qu'il n'y ait pas de coup tordu.

Il avait, au moment de conclure, jeté un coup d'œil éloquent en direction de son frère.

— Je proteste ! s'écria Percival Fortescue. Je m'élève de toutes mes forces contre ces odieuses insinuations. Je n'ai jamais eu la moindre intention de dépouiller mon père, je me faisais au contraire du souci pour sa santé. Je reconnais cependant que j'étais également inquiet pour...

Il s'interrompit. Et il y eut un léger silence que Lance s'employa aussitôt à combler :

— Inquiet pour ton porte-monnaie, hein ? Pour le petit porte-monnaie pas percé de Percy.

Il se leva et, brusquement, ses manières changèrent du tout au tout :

— D'accord, Percy, j'en ai marre. J'avais l'intention de te faire marcher encore un bout de temps en prétendant que j'avais l'intention de travailler avec toi. Il fallait bien que je me paye une pinte de bon sang, je n'allais quand même pas continuer à te laisser impunément faire tes coups fourrés en douce. Mais je n'en peux plus, j'y renonce. Parce que, franchement, ça me débecte de respirer le même air que toi. Tu n'as jamais été qu'un immonde petit salopard. Toujours à fureter, à fouiner, à raconter des salades et à faire des histoires. Et je vais te dire encore une bonne chose : je ne suis pas en mesure de le prouver, mais j'ai toujours été convaincu que c'était toi qui avais falsifié le fameux chèque qui a provoqué toute cette bagarre et qui m'a valu d'être flanqué dehors. Pour la bonne raison que c'était un faux grossier, un faux qui aurait attiré l'attention du premier imbécile venu. Mes états de service quelque peu douteux ne m'ont pas permis de me défendre comme j'aurais été en droit de le faire, mais je me suis souvent demandé si le vieux n'avait pas au fond compris que si c'était *moi* qui avais falsifié le chèque, j'aurais fait un autrement meilleur boulot !

Haussant le ton, il poursuivit :

— Quoi qu'il en soit, Percy, je ne vais pas continuer plus longtemps ce petit jeu idiot. J'en ai ma claque, de l'Angleterre et de la City. J'en ai ma claque des petits minables dans ton genre avec leurs pantalons rayés, leurs jaquettes noires et leur façon de minauder tout en se tirant entre eux dans les pattes pour mener à bien leurs misérables combines. Nous allons procéder à un partage comme tu l'as suggéré, et je vais retourner avec Pat dans un pays qui n'a rien à voir avec celui-ci — un pays où il y a suffisamment d'air pour qu'on y respire, d'espace pour qu'on y puisse se remuer. Tu peux te réserver les titres pépères. Garde pour toi les placements de père de famille, les obligations sans risques qui te feront grassement du deux, du trois, voire du trois et demi pour cent. Donne-moi ceux qui résultent des spéculations aberrantes de mon père, comme tu dis si bien. La plupart sont sans doute bidon et ne valent effectivement pas un rond. Mais je te fiche mon billet qu'il doit bien y avoir, dans le lot des nanars, quelques actions qui finiront un jour par rapporter plus gros que ta petite Caisse d'Epargne à trois pour cent l'an. Papa était un sacré vieux renard. Et il avait le nez creux. Il savait prendre des risques. Et quelques-uns de ses prétendus plans sur la comète lui ont parfois rapporté jusqu'à des cinq cents, six cents, sept cents pour cent. Je vais me fier à *son* jugement, et faire de sa chance *ma* chance. Quant à toi, espèce de larve...

Lance fit un pas en direction de Percival qui battit en retraite et contourna le bureau pour aller se réfugier derrière l'inspecteur.

— Ne t'inquiète pas, dit Lance. Je ne vais pas te toucher. Tu voulais que je m'en aille ? Le dégoût que tu m'inspires m'incite à fiche le camp. Tu devrais t'estimer satisfait.

Tout en se dirigeant vers la porte, il ajouta :

— Balance-moi aussi la concession de la mine aux Merles si ça te chante. Au cas où les MacKenzie continueraient à être sur le sentier de la guerre avec des envies de meurtre, je t'en débarrasserais au moins en les embarquant à ma traîne en Afrique.

» L'idée d'une vendetta, après toutes ces années, peut paraître hautement improbable, ajouta-t-il en se retournant sur le seuil. Mais l'inspecteur Neele semble prendre cette hypothèse tout à fait au sérieux, n'est-ce pas, inspecteur ?

— C'est absurde ! s'exclama Percival. Ça ne repose sur rien !

— Sur rien ? ricana Lance. Demande-lui donc pourquoi les merles l'intéressent tant et pourquoi il multiplie les questions à propos de la poignée de seigle trouvée dans la poche de papa.

L'inspecteur Neele intervint :

— Vous vous rappelez les merles de l'été dernier, Mr Fortescue ? Avouez qu'il y a bel et bien là matière à réflexion.

— C'est absurde ! répéta Percival. Personne n'a plus jamais entendu parler des MacKenzie depuis des années.

— Et pourtant, soutint Lance, je suis quasiment prêt

à parier qu'un MacKenzie se tapit dans notre entourage immédiat. Et je suis persuadé que l'inspecteur partage mon avis.

*

L'inspecteur Neele parvint à rattraper Lancelot Fortescue au pied de l'immeuble.

Lance lui adressa un sourire penaud :

— Je n'avais pas prémédité cette algarade. Mais, que voulez-vous, j'ai perdu mon sang-froid. Bah ! tout ça serait forcément sorti un jour ou l'autre. J'ai rendez-vous avec Pat au *Savoy*... vous faites un bout de chemin avec moi, inspecteur ?

— Non, je retourne à Baydon Heath. J'aurais encore néanmoins besoin d'une petite précision, Mr Fortescue.

— Allez-y !

— Quand vous êtes entré dans le bureau de votre père et que vous m'y avez vu... vous avez eu l'air étonné. Pourquoi ?

— Parce que je ne m'attendais pas à vous y voir, j'imagine. Je pensais y trouver Percy.

— On ne vous avait pas dit qu'il était sorti ?

Lance lui jeta un coup d'œil surpris :

— Non. On m'avait au contraire bien dit qu'il était dans son bureau.

— Personne ne savait donc qu'il était sorti. Je vois... Il n'y a pas de seconde porte qui permette de sortir directement de ce bureau... mais il y en a une, dans le secrétariat particulier, qui communique avec l'escalier. Je présume que votre frère aura emprunté celle-là. Mais cela m'étonne que Mrs Hardcastle ne vous en ait pas averti.

Lance eut un petit rire :

— Peut-être s'était-elle éclipsée pour lui chercher sa tasse de thé...

— Oui... oui... ça doit être ça.

Lance le dévisagea longuement :

— Qu'est-ce qui vous trotte dans la tête, inspecteur ?

— Des bribes d'idées que je cherche à mettre bout à bout, Mr Fortescue, c'est tout...

24

Dans le train qui le ramenait à Baydon Heath, l'inspecteur Neele eut singulièrement peu de succès avec les mots croisés du *Times*. Son esprit battait la campagne. Et c'est également la tête ailleurs qu'il lut les nouvelles du jour : un tremblement de terre au Japon, la découverte de gisements d'uranium au Tanganyika, celle du cadavre d'un matelot de la marine marchande drossé à la côte près de Southampton et une menace de grève imminente chez les dockers. Il s'attarda un peu plus sur les dernières victimes des matraquages et sur un médicament qui promettait de faire des merveilles dans les cas de tuberculose avancée.

Le tout forma bientôt une sorte de magma dans un recoin de son cerveau. Il retourna bientôt à son problème de mots croisés et parvint à caser trois définitions coup sur coup.

Quand il atteignit la Loge aux Ifs, sa décision était prise.

— Où est passé cette vieille demoiselle ? demanda-t-il au sergent Hay. Elle est toujours dans les parages ?

— Miss Marple ? Oh ! je veux, oui. Elle est devenue copain comme cochon avec l'autre vieille toupie, là-haut.

— Je vois... Allez donc me la chercher, j'aimerais lui dire un mot.

Miss Marple arriva au bout de quelques minutes, quelque peu essoufflée et les joues en feu :

— Vous vouliez me voir, inspecteur Neele ? J'espère de tout mon cœur ne pas vous avoir fait trop attendre. Le sergent Hay ne m'a pas trouvée tout de suite. J'étais à la cuisine, à bavarder avec Mrs Crump. Je la complimentais sur la qualité de sa pâte à tartes, sur la légèreté de ses feuilletés, et je lui disais à quel point le soufflé qu'elle nous a fait servir hier au soir était exquis. J'ai toujours été d'avis qu'il valait mieux louvoyer avant d'entrer dans le vif du sujet, pas vous ? C'est vrai que, pour vous, le problème ne se pose pas de la même façon. Vous êtes plus ou moins contraint d'attaquer bille en tête lors de vos interrogatoires. Mais il va de soi que, de la part d'une vieille personne dans mon genre qui n'a, comme on dit si souvent, rien de mieux à faire dans l'existence, on *s'attend* à des préliminaires interminables et à un flot de paroles inutiles. Or, pour gagner le cœur d'une cuisinière, le chemin le plus sûr passe, comme dit l'autre, par sa pâtisserie.

— Ce dont vous souhaitiez réellement lui parler, conjectura l'inspecteur Neele, étant au bout du compte Gladys Martin ?

— Gladys, bien entendu, acquiesça miss Marple avec un hochement de tête. Et Mrs Crump a effectivement pu me dire des tas de choses sur cette fille. Oh ! rien qui ait un rapport direct avec le meurtre, n'allez pas vous faire des idées. Mais sur ses états d'âme récents, sur les mille et un petits riens qu'il lui arrivait de lui confier.

— Et il y avait dans le lot des renseignements intéressants ? interrogea l'inspecteur.

— Eh bien, oui. J'en ai trouvé certains lourds d'enseignements. J'estime sincèrement que l'on commence à voir plus clair dans cette histoire, pas vous ?

— Oui et non, se garda bien de trancher l'inspecteur Neele.

Le sergent Hay, nota-t-il, avait quitté la pièce. Et il en éprouva du soulagement car ce qu'il s'apprêtait à faire était, pour ne pas dire plus, assez contraire à l'orthodoxie :

— Ecoutez-moi bien, miss Marple, je souhaiterais que nous ayons tous deux une conversation sérieuse.

— Oui, inspecteur Neele ?

— Par quelque bout qu'on le prenne, nous abordons vous et moi les problèmes sous des angles diamétralement opposés. Je dois vous avouer, entre parenthèses, que j'ai entendu chanter vos louanges au Yard. Vous me semblez connue là-bas comme le loup blanc.

— Je ne sais pas à quoi cela tient, se récria miss Marple, mais il est indéniable que je me trouve fort souvent mêlée à des affaires qui ne me concernent ni de près ni de loin. A des meurtres, veux-je dire, et à toutes sortes d'événements souverainement déplaisants.

— Vous vous êtes d'ailleurs taillé une solide réputation dans ce domaine, renchérit l'inspecteur Neele.

— Oh ! je dois cela à sir Henry Clithering, bien sûr, sourit-elle. C'est un si vieil et excellent ami.

— Comme je viens de vous le dire, reprit Neele, nous incarnons chacun des méthodes d'investigation antagonistes. On serait tenté de décréter que je procède à partir d'un jugement sain tandis que vous prônez le délire d'interprétation.

Miss Marple inclina quelque peu la tête de côté :

— J'ai bien peur de ne pas saisir au juste ce que vous entendez par là, inspecteur.

— Il y a dans toute investigation criminelle, miss Marple, une façon raisonnable et logique de considérer les faits. Dans l'affaire qui nous occupe, le premier meurtre profite à plusieurs personnes — mais, parmi ces plusieurs personnes, à *une* en particulier. Le second meurtre profite à cette même personne. Quant au troisième meurtre, il appartient a priori à la catégorie des « crimes de sécurité ».

— Mais si vous me disiez un peu ce que vous appelez le troisième meurtre ? objecta miss Marple.

Ses yeux d'un bleu de porcelaine pétillaient de malice.

L'inspecteur baissa la tête :

— D'accord. Vous marquez peut-être là un point. L'autre jour, voyez-vous, tandis que le commissaire adjoint récapitulait ces meurtres, quelque chose dans ce qu'il a dit m'a paru ne pas coller. C'était ça. Ça m'a fait penser tout naturellement à votre fameuse nursery rhyme. Le roi dans sa tour, la reine en son salon et la bonne qui étendait son linge.

— Exactement, approuva miss Marple, telle est bien la suite chronologique des faits dans le texte. Mais il se trouve que, dans la réalité des *faits*, Gladys a dû être assassinée *avant* Mrs Fortescue, n'est-ce pas ?

— Je le crois volontiers. C'est même une quasi-certitude. Son cadavre n'a été découvert que très tard dans la soirée et il a bien évidemment été difficile sur le moment de déterminer l'heure exacte de son décès.

Mais à mon avis elle a presque certainement été étranglée aux environs de 17 heures, parce que sans ça...

— Parce que sans ça, elle aurait sans l'ombre d'un doute porté le second plateau dans la bibliothèque, acheva miss Marple.

— Tout à fait. Elle y avait apporté le premier, elle était retournée à la cuisine chercher le second qu'elle a apporté jusque dans le hall... et, là, *un événement s'est produit.* Elle a vu quelque chose, ou entendu quelque chose. De quoi a-t-il bien pu s'agir ? C'est là toute la question. Peut-être Mr Dubois en train de redescendre de la chambre de Mrs Fortescue. Peut-être le fiancé d'Elaine Fortescue, Gerald Wright, qui entrait par la porte latérale. Qui que cela ait pu être, elle en a été immédiatement assez impressionnée pour abandonner là son plateau et sortir dans le jardin. Je ne vois pas, après cela, que son meurtre ait pu ne pas être immédiat : il faisait froid et elle ne portait que sa tenue de service.

— Je suis, bien évidemment, on ne peut plus d'accord avec vous, renchérit miss Marple. Je vous concède qu'il ne s'est jamais agi d'une histoire de « Et la bonne au jardin son linge étendait ». Elle n'aurait pas été étendre son linge à une heure aussi tardive, et elle ne s'y serait pas aventurée sans enfiler un manteau. Tout ceci n'est que camouflage et mise en scène, tout comme d'ailleurs la pince à linge, afin qu'il y ait concordance entre la réalité sordide et la nursery rhyme.

— Exactement, triompha Neele, et on en revient à ce que je qualifiais de folie furieuse et de délire d'interprétation. C'est bien là où nous nous opposons. Je me refuse à vous suivre sur votre terrain, miss Marple. Je ne peux pas... je ne peux tout bonnement pas gober votre histoire de nursery rhyme.

— Et pourtant cela *colle,* inspecteur. Force vous est bien d'avouer que cela colle.

— Ça colle, ça colle..., marmonna Neele. Il n'empêche que le déroulement de la séquence est erroné. Car enfin la chanson suggère très clairement que le meurtre de la bonne est le troisième. Or, nous savons que le troisième meurtre a été celui de la reine.

Adèle Fortescue a été tuée entre 17 h 25 et 17 h 55. Et à ce moment-là, Gladys, selon toute probabilité, était déjà morte.

— Il y a donc là divergence, n'est-ce pas ? souligna miss Marple. Divergence entre la nursery rhyme et l'assassin... et vous ne trouvez pas cela hautement significatif ?

L'inspecteur Neele haussa les épaules :

— Bah ! je ne sais pas. Je ne sais plus. Je suis peut-être bien en train de couper les cheveux en quatre. Les conditions des trois décès correspondent à celles dans lesquelles se trouvaient les trois personnages de la nursery rhyme... et c'est sans doute tout ce qui importait. Mais je m'avise que je parle depuis un moment comme si j'étais de votre bord, ce à quoi je me refuse avec la dernière énergie. Je vais maintenant vous exposer *mon* versant de l'affaire, miss Marple. Je commence par balayer du pied toutes ces fariboles de merles, de poignées de seigle et j'en passe ! Je me concentre sur des faits avérés et qui n'offensent pas le sens commun, sur des motifs qui peuvent pousser au meurtre des individus dotés de toutes leurs facultés mentales. Et je m'attaque, *primo,* au cas Rex Fortescue et me demande *à qui cette mort peut bien profiter.* Et je constate que, si elle profite à tout un tas de gens, elle profite par-dessus tout à son fils Percival. Lequel Percival n'était pas présent à la Loge aux Ifs ce matin-là. Il n'aurait donc pas pu verser le poison dans le café ou dans ce qu'a mangé son père au petit déjeuner. C'est du moins ce que nous estimions au début...

— Ah ! s'exclama miss Marple, les yeux étincelants. Ainsi il y avait donc bien un *truc.* J'avoue avoir remué la question dans tous les sens et m'être forgé moi-même quelques idées bien précises. Sans pouvoir vous apporter, hélas ! la moindre preuve, ni vous fournir non plus de pièce à conviction.

— Je ne crois pas qu'il y ait d'inconvénient, dans l'état actuel de l'enquête, à ce que je vous dévoile ceci, indiqua l'inspecteur Neele. La taxine avait été introduite dans un pot de marmelade d'oranges non encore entamé. Ce pot de marmelade a été placé sur la table du petit déjeuner et sa couche supérieure mangée par Mr Fortescue qui en a tartiné son pain grillé. Plus tard dans la journée, ce même pot a été jeté dans les buissons tandis qu'un pot similaire, dont on avait prélevé une quantité similaire de marmelade, est venu le remplacer dans le garde-manger de l'office. Le pot jeté dans les buissons a été retrouvé et je viens d'obtenir les résultats de l'analyse. Ils prouvent, sans conteste possible, la présence de taxine.

— C'était donc bien ça ! s'ébaubit miss Marple, enchantée. Un procédé si simple, et si facile à mettre en œuvre !

— Le Consolidated Investments Trust était en chute libre, reprit Neele. Si la firme avait dû verser cent mille livres à Adèle Fortescue conformément aux dispositions testamentaires de son mari, elle aurait selon toute vraisemblance capoté. Or, au cas où Mrs Fortescue aurait survécu un mois au décès de son époux, obligation aurait été faite à la firme de s'exécuter vaille que vaille. Car la chère Adèle se souciait comme d'une guigne des difficultés — voire de la faillite — de l'entreprise. Seulement voilà, elle n'a pas survécu un mois à son mari. Elle est morte, et le bénéficiaire de sa mort a été le légataire universel de Rex Fortescue. Autrement dit, une fois de plus Percival Fortescue.

» Encore et toujours Percival Fortescue, maugréa-t-il. Or même s'il avait parfaitement été en mesure de trafiquer la marmelade d'oranges, il n'a pas pu administrer le cyanure à sa belle-mère ni étrangler Gladys. D'après sa secrétaire, il se trouvait encore à son bureau de Londres à 5 heures de l'après-midi, et il n'a pas été de retour ici avant 19 heures ou presque.

— Ce qui lui aurait terriblement compliqué la tâche, en effet, souligna miss Marple.

— Ce qui la lui rendait totalement impossible, rectifia l'inspecteur Neele qui sentait la colère monter en lui. En d'autres termes, Percival est bel et bien hors de cause.

Abandonnant soudain prudence et retenue, et se laissant aller comme s'il avait été seul, il fulmina :

— Dans quelque direction que j'aille, vers quelque côté que je me tourne, je m'en reviens chaque fois me casser le nez sur la même personne : Percival Fortescue ! Et pourtant il *ne peut en aucun cas* s'agir de Percival Fortescue.

Se calmant un peu, il ajouta :

— Oh ! bien sûr, il y a d'autres possibilités, d'autres gens qui ont d'excellents motifs...

— Mr Dubois, cela va sans dire, jeta miss Marple d'un ton sec. Et ce freluquet de Mr Wright. Je suis mille fois d'accord avec vous. Dès lors qu'intervient la notion de *profit,* on ne saurait se montrer *trop soupçonneux.* Gardons-nous bien de jamais faire confiance à qui que ce soit.

Quoi qu'il en eût, Neele ne put retenir un sourire :

— Mieux vaut toujours envisager le pire, n'est-ce pas ?

C'était, à tout prendre, une bien curieuse doctrine — surtout lorsqu'elle émanait d'une frêle et délicieuse vieille demoiselle.

— Oh oui ! renchérit miss Marple. Je m'attends toujours au pire. Et je regrette d'avoir souvent à constater que j'étais encore en dessous de la vérité.

— D'accord, acquiesça Neele, envisageons le pire. Dubois a pu commettre les trois meurtres ; Gerald Wright aurait pu en faire autant (à la condition toutefois d'agir en accord avec Elaine Fortescue, qui se serait chargée de trafiquer la marmelade) ; Mrs Percival aurait, je veux bien le croire, également pu le faire. Elle était aux premières loges. Mais aucun de ces gens-là ne cadre avec le côté irrationnel et cinglé. Ils ne cadrent pas avec les merles et autres poignées de seigle. Ça, encore une fois, c'est *votre* théorie et il n'est après tout pas exclu que vous ayez raison. Et si tel est bien le cas, l'éventail des suspects se replie singulièrement, ne trouvez-vous pas ? Il se résume dès lors à une seule personne. Mrs MacKenzie est en effet internée dans une clinique psychiatrique, et ce depuis pas mal d'années. Ce n'est pas elle qui a pu venir assaisonner à la taxine la marmelade d'oranges du petit déjeuner ni introduire du cyanure dans le thé pris en famille à la bibliothèque.

Quant à son fils Donald, il a été tué au cours de la bataille de Dunkerque. Ça ne nous laisse que sa fille, Ruby MacKenzie. Conclusion, à supposer que votre théorie soit la bonne, à supposer que notre série de meurtres découle effectivement de cette affaire de la mine aux Merles, alors Ruby MacKenzie doit se trouver ici, entre ces quatre murs, et il n'y a qu'une seule personne ici qui puisse être Ruby MacKenzie.

— J'estime, voyez-vous, intervint miss Marple de sa voix fluette, que vous vous montrez parfois un peu trop dogmatique.

L'inspecteur Neele ne l'avait même pas écoutée.

— Une seule personne, s'entêta-t-il sombrement.

Sur quoi il se leva et sortit de la pièce.

*

Mary Dove était dans son petit salon, pièce à l'ameublement austère mais à l'ambiance confortable — ou qu'elle avait du moins su rendre telle. Quand l'inspecteur toqua à la porte, Mary Dove leva la tête de la pile de factures et de carnets de livraisons sur laquelle elle était penchée.

— Entrez ! lança-t-elle d'une voix claire.

L'inspecteur Neele obtempéra.

— Asseyez-vous, inspecteur.

Elle lui désigna un fauteuil :

— Pouvez-vous m'accorder un instant ? J'ai l'impression très nette que le poissonnier s'est trompé dans sa facture et il faut que je la recompte.

L'inspecteur Neele resta à la contempler sans mot dire tandis qu'elle additionnait sa colonne de chiffres. C'était extraordinaire à quel point cette fille pouvait être calme et maîtresse d'elle-même ! Il demeurait intrigué, comme cela lui était si souvent arrivé, par ce qui pouvait bien se dissimuler derrière ces manières assurées. Il essaya de discerner chez elle une quelconque ressemblance avec la femme à laquelle il avait parlé à la maison de repos de Pinewood. Si leur teint était à quelques nuances près similaire, rien dans leurs traits ne permettait de les rapprocher à coup sûr. Mary Dove ne tarda pas à s'arracher à sa comptabilité :

— Eh bien, inspecteur ? En quoi puis-je vous être utile ?

Il adopta son ton le plus posé :

— Voyez-vous, miss Dove, il y a dans toute cette affaire certains éléments assez singuliers.

— Oui ?

— Au premier rang desquels je citerai la présence pour le moins insolite de la poignée de seigle dans la poche de Mr Fortescue.

— C'était, en effet, très extravagant, acquiesça Mary Dove. Et figurez-vous que je ne suis toujours pas parvenue, à l'heure qu'il est, à y trouver une explication.

— Et puis il y a eu les curieux épisodes des merles. Ces quatre premiers merles sur le bureau de Mr Fortescue l'été dernier, et puis tous les autres qui sont venus se substituer au jambon et au veau dans le pâté en croûte. Vous étiez déjà là, je crois bien, quand ces deux incidents se sont produits ?

— Oui, en effet. Je m'en souviens maintenant parfaitement. Ç'a été très pénible. C'était tellement bête et méchant. Et ça ne rimait tellement à rien.

— Que ça ne rimait à rien n'est pas si sûr. Que savez-vous, miss Dove, de la mine aux Merles ?

— Je ne crois pas avoir jamais entendu parler de la mine aux Merles.

— Vous vous appelez, m'avez-vous dit, Mary Dove. Est-ce là votre vrai nom, miss Dove ?

Mary haussa les sourcils. Et l'inspecteur Neele aurait parié qu'une lueur d'inquiétude tremblait au fond de ses yeux bleus :

— En voilà, une question, inspecteur ! Seriez-vous en train d'insinuer que je ne m'appelle pas Mary Dove ?

— C'est très exactement ça, en effet. J'insinue en outre, continua Neele avec bonhomie, que vous vous appelez en réalité Ruby MacKenzie.

Elle le regarda dans les yeux. Et, pendant un long moment, son visage n'exprima rien : ni surprise ni indignation. Ce qui résultait, estima Neele, d'un violent effort de dissimulation. Enfin elle s'enquit d'une voix blanche mais toujours sans nervosité apparente

— Qu'attendez-vous que je vous dise au juste ?

— Bornez-vous à répondre à ma question. Votre vrai nom est-il Ruby MacKenzie ?

— Je vous ai déjà répété que je m'appelle Mary Dove.

— Certes, mais êtes-vous en mesure de le prouver, miss Dove ?

— Que voulez-vous voir ? Mon extrait de naissance ?

— Cela pourrait nous éclairer, comme cela pourrait aussi ne nous servir à rien. Qu'est-ce qui vous empêcherait d'être en possession de l'extrait de naissance d'une quelconque Mary Dove ? Laquelle Mary Dove pouvant être une amie à vous... ou, pourquoi pas, une morte.

— L'éventail des possibles me semble vaste en effet, ironisa-t-elle avec une note d'amusement dans la voix. Que vous voilà confronté à une cruelle énigme, mon pauvre inspecteur !

— Le personnel à la maison de repos de Pinewood serait sans doute capable de vous reconnaître, signala Neele.

— La maison de repos de Pinewood ? interrogea Mary Dove en haussant les sourcils. Qu'est-ce que c'est que la maison de repos de Pinewood ? Et où perche-t-elle ?

— Je suis persuadé que vous le savez fort bien, miss Dove.

— Et moi, je vous assure que je nage en plein brouillard.

— Vous niez donc catégoriquement être Ruby MacKenzie ?

— Je me refuse à nier quoi que ce soit. J'estime, voyez-vous, inspecteur, que c'est à vous de prouver que je suis bel et bien Ruby MacKenzie, qui que cette Ruby MacKenzie puisse être.

La lueur d'amusement était cette fois flagrante au fond de ses yeux bleus, d'amusement et de défi :

— Oui, c'est votre problème, inspecteur. Prouvez donc que je suis Ruby MacKenzie si vous en êtes capable.

25

Le sergent Hay guettait son supérieur au pied de l'escalier.

— La vieille chouette vous cherche, patron ! souffla-t-il avec des airs de conspirateur. Même qu'elle a des tas de choses à vous dire, à ce qu'il paraîtrait.

— Enfer et damnation ! gémit l'inspecteur.

— Je vous plains, patron, compatit le sergent Hay sans qu'un muscle de son visage trahisse le fond de sa pensée.

Il s'apprêtait à s'éclipser quand Neele le rappela :

— Reparcourez les notes que nous avait confiées miss Dove, Hay, celles concernant ses divers employeurs et leurs adresses respectives. Vérifiez ses références auprès d'eux... et puis, oui, pendant que vous y êtes, il y a encore deux ou trois détails que je voudrais connaître.

Il griffonna quelques mots sur une page détachée de son carnet et la lui tendit :

— Veillez à ce qu'on s'en occupe rapidement, voulez-vous ?

— C'est comme si c'était fait, patron.

Entendant un murmure de voix comme il passait devant la bibliothèque, l'inspecteur y jeta un œil par la porte entrouverte. Que miss Marple l'ait cherché ou non, elle était pour l'heure en grande conversation avec Mrs Percival Fortescue tandis que ses aiguilles à tricoter cliquetaient avec entrain.

— ... et j'ai personnellement toujours été d'avis qu'il fallait avoir la vocation pour exercer la profession d'infirmière. Un bien noble métier, en vérité, entendit-il avant de s'éclipser sur la pointe des pieds.

Miss Marple avait parfaitement remarqué sa présence, s'était-il dit, mais avait pris bien garde de n'en rien laisser voir.

Elle poursuivit de sa petite voix douce :

— J'ai eu une si charmante infirmière pour s'occuper de moi quand je me suis un jour cassé le poignet. Elle est ensuite allée soigner le fils de

Mrs Sparrow, jeune officier de marine et très joli garçon. Et ç'a été le début d'un vrai roman d'amour, car ils n'ont pas tardé à se fiancer. Ah ! tout ça était d'un romantique ! Et puis ils se sont mariés, ils ont été très heureux et ils ont eu deux adorables bambins.

Miss Marple poussa un soupir d'attendrissement :

— Il avait eu une pneumonie, voyez-vous. Et tout ou presque, dans ce genre de maladie, dépend de la qualité des soins et des attentions qu'on vous prodigue, n'est-ce pas ?

— Oh si ! c'est bien vrai ! renchérit Jennifer Fortescue, la qualité des soins est en effet primordiale. Encore que les récentes découvertes de la recherche médicale fassent, de nos jours, merveille dans ce domaine et qu'il ne faille plus lutter pied à pied pendant des semaines comme autrefois.

— Je suis persuadée que vous avez dû être une excellente infirmière, ma chère, se pâma miss Marple. Et c'est d'ailleurs ainsi qu'a débuté votre roman d'amour à vous, n'est-ce pas ? Vous étiez venue ici pour soigner Mr Percival Fortescue, si je ne m'abuse ?

— Oui, acquiesça Jennifer. Oui, oui... c'est comme ça que c'est arrivé.

Son ton était peu encourageant, mais miss Marple ne parut pas s'en aviser :

— Je comprends. On ne devrait bien évidemment jamais écouter les cancans de la domesticité, mais les vieilles personnes comme moi, je le confesse, grillent toujours d'en savoir davantage sur leurs congénères. Mais que vous disais-je ? Ah, oui ! Il y avait d'abord eu une autre infirmière, n'est-ce pas ? et qui avait été chassée, ou quelque chose d'approchant. Négligence professionnelle, j'imagine ?

— Je ne crois pas qu'il se soit agi de négligence de la part de cette fille, dit Jennifer. Il semble plutôt que son père ou Dieu sait qui ait été au plus mal... ce qui fait que c'est moi qui suis venue pour la remplacer.

— Je vois, vibra miss Marple. Et vous êtes aussitôt tombée amoureuse et cela a été le prélude à la passion d'une vie. Ah ! comme c'est merveilleux.

— Je n'irai pas jusque-là, tempéra Jennifer Fortescue. Il m'arrive souvent de souhaiter...

Sa voix trembla :

— Il m'arrive souvent de souhaiter revenir en arrière, me retrouver dans mon service à l'hôpital.

— Oui, oui, je vous comprends. Votre métier représentait tout pour vous.

— Je ne m'en rendais pas compte à l'époque, mais quand j'y repense... la vie est tellement monotone, ici. Toutes ces journées à ne rien faire, et Val complètement absorbé par son métier...

Miss Marple dodelina de la tête :

— Ces messieurs sont obligés de travailler si dur, par les temps qui courent. Ils n'ont plus guère de loisirs, quelle que puisse être l'importance de leurs revenus.

— Oui, mais quelle solitude et quel ennui pour les épouses qui restent à la maison. Je souhaite souvent n'être jamais venue ici, soupira Jennifer. Oh ! et puis, après tout, c'est bien fait pour moi. Je n'aurais jamais dû faire ça.

— Vous n'auriez jamais dû faire quoi, ma chère petite ?

— Je n'aurais jamais dû épouser Val. Oh ! et puis...

Elle poussa un nouveau soupir, très bref et définitif cette fois :

— Ne parlons plus jamais... plus jamais de ça.

Fort obligeamment, miss Marple embraya sur la longueur des jupes que les élégantes semblaient désormais porter à Paris.

*

— C'est si gentil à vous de ne pas nous avoir interrompues il y a quelques instants, remercia miss Marple quand, après qu'elle eut frappé à la porte du bureau, l'inspecteur Neele lui eut dit d'entrer. Il n'y avait plus guère que deux ou trois points de détail, voyez-vous, que je souhaitais éclaircir.

Puis sur un ton de reproche :

— Nous n'avions absolument pas fini de discuter, tout à l'heure.

— Pardonnez-moi, miss Marple, s'excusa l'inspecteur en s'arrachant son sourire le plus désarmant. Je crains en effet de m'être fort mal conduit. J'avais demandé à vous voir afin de vous consulter et je ne vous ai pas laissé placer un mot.

— Oh ! ça n'a aucune espèce d'importance ! le rassura aussitôt miss Marple. Car, voyez-vous, je n'étais pas encore prête à abattre mes cartes. J'aurais eu scrupule à porter des accusations avant d'être tout à fait sûre de moi. Sûre, veux-je dire, *en mon âme et conscience.* Ce qui est maintenant le cas.

— Vous êtes sûre de quoi, miss Marple ?

— Eh bien, certainement, de connaître l'identité de la personne qui a tué Mr Fortescue. Ce que vous m'avez dit à propos de la marmelade d'oranges, en particulier, a levé mes derniers doutes. Cela m'a confirmé aussi bien le *comment* que le *qui,* le tout coïncidant parfaitement avec les facultés mentales.

Un peu égaré, l'inspecteur Neele battit des paupières.

— Je suis navrée, balbutia miss Marple, confuse face à sa réaction. J'ai bien peur d'avoir parfois beaucoup de mal à m'exprimer clairement.

— Je vous avoue en effet, miss Marple, que le sens de votre conversation m'échappe.

— Peut-être alors serait-il souhaitable que nous reprenions le tout depuis le début ? hasarda la vieille demoiselle. Si toutefois vous estimez pouvoir m'accorder le temps nécessaire. J'aimerais, comprenez-vous, vous soumettre mon point de vue. Voyez-vous, j'ai longuement bavardé avec beaucoup de gens, avec la vieille et charmante miss Ramsbottom, avec Mrs Crump et avec son mari. Lui, bien sûr, ment comme un arracheur de dents, mais c'est sans gravité aucune, car à partir du moment où vous savez qu'un menteur ment, c'est comme s'il disait la vérité, n'est-ce pas ? Ce à quoi je tenais, voyez-vous, c'était tirer au clair ces histoires de coups de téléphone, de bas nylon et tout ce qui s'ensuit.

L'inspecteur Neele battit des paupières de plus belle et se demanda dans quel pétrin il avait bien pu se fourrer et où il était allé imaginer que miss Marple serait pour lui une collaboratrice aussi précieuse que perspicace. Mais bah ! Quelle que soit la bouillie de son cerveau, il n'en demeurait cependant pas moins qu'elle avait peut-être pu glaner çà et là quelques bribes d'informations qui ne se révéleraient pas totalement inutiles. Le succès de sa carrière, l'inspecteur Neele le devait à son aptitude à écouter autrui. Il se résigna à mettre encore une fois cette faculté en pratique :

— Allez-y, racontez-moi tout ça, miss Marple. Mais, je vous en conjure, commencez par le commencement.

— Oui, bien sûr, consentit miss Marple, et au commencement est Gladys. Car enfin si je suis venue ici, c'est à cause d'elle. Et vous avez eu la bonté de me laisser fouiller dans ses affaires. Et entre ceci, cela, les bas nylon, les appels téléphoniques ainsi qu'une chose et l'autre, je suis arrivée à y voir on ne peut plus clair. En ce qui concerne Mr Fortescue, veux-je dire.

— Vous avez une théorie, s'enquit l'inspecteur Neele, sur l'identité de la personne qui a versé la taxine dans la marmelade d'oranges de Mr Fortescue ?

— Il ne s'agit pas d'une théorie, s'indigna miss Marple. Je *sais* qui l'a fait.

Pour la troisième fois, l'inspecteur Neele, stupéfait, battit des paupières.

— C'est Gladys, bien évidemment, assena miss Marple.

26

L'inspecteur Neele considéra un long moment son interlocutrice et finit par secouer lentement la tête :

— Seriez-vous en train de me dire que Gladys Martin a délibérément assassiné Rex Fortescue ? Excusez-moi, miss Marple, mais vous ne me ferez pas avaler ça.

— Non, bien sûr que non, elle n'avait pas la moindre *intention* de l'assassiner, se récria mis Marple, ce qui n'empêche pas de l'avoir bel et bien fait ! Vous m'avez dit vous-même que, quand vous l'avez interrogée, elle s'était montrée terrifiée. Et qu'elle avait un air coupable.

— Oui, mais pas coupable de *meurtre*.

— Oh, non ! je vous le concède. Comme je viens de vous le dire, elle n'avait pas la moindre *intention* de tuer qui que ce soit, mais c'est pourtant bien elle qui a introduit la taxine dans la marmelade. Elle ne se doutait pas un instant qu'il s'agissait de poison, bien entendu.

— Que croyait-elle donc que c'était, alors ?

Le ton de l'inspecteur Neele exprimait toujours la plus totale incrédulité.

— Je pencherais volontiers pour un quelconque sérum de vérité, répondit miss Marple. Il est très intéressant, voyez-vous, et très instructif, de lire les coupures de journaux que collectionnent les jeunes filles. Cela a toujours tourné autour des mêmes sujets depuis que le monde est monde. Des conseils de beauté, des méthodes infaillibles pour séduire l'homme qu'on aime. Autrefois il s'agissait de philtres, de sorts jetés, d'envoûtements. De nos jours, tout cela se trouve enrôlé sous la bannière de la science. On ne croit plus aux magiciens ni aux fées qui, d'un coup de baguette magique, vous transformaient en crapaud. Mais si vous lisez dans la presse qu'en vous injectant certains gènes, des savants sont à même de modifier vos organes vitaux jusqu'à y développer les caractéristiques morphologiques des batraciens, vous êtes aussitôt prêt à le gober. Et ayant lu monts et merveilles sur le sérum de vérité, Gladys a tout de suite cru ce garçon avec la foi du charbonnier quand il est venu lui raconter que c'était de cela qu'il s'agissait.

— Quand quel garçon est venu lui raconter ça ?

— Albert Evans, voyons ! Non pas, bien sûr, que ce soit là son vrai nom. Quoi qu'il en soit, ils s'étaient rencontrés l'été dernier dans un camp de vacances, il lui avait fait la cour, l'avait embobinée et lui avait, j'imagine, raconté une sombre histoire d'injustice ou de persécution paternelle. Il suffirait, pour obliger Rex Fortescue à réparer ses torts, de l'amener en douceur à une confession en bonne et due forme. Je ne *sais* pas ceci en toute certitude, inspecteur, mais j'en mettrais néanmoins ma main au feu. Il l'a incitée à se faire embaucher ici, ce qui, étant donné l'actuelle pénurie de personnel de maison qualifié, n'allait effectivement poser aucun problème. Puis ils ont convenu d'une date. Rappelez-vous ce qu'il lui a écrit sur sa seconde carte postale « N'oublie pas notre jour » et réitéré dans sa dernière : « N'oublie pas ». Il s'agissait du fameux jour où ils mettraient leur grand projet à exécution. Gladys devrait mélanger à la couche supérieure de la marmelade d'oranges la drogue qu'il lui avait donnée de telle sorte que Mr Fortescue l'absorbe ce matin-là. Et elle devrait également glisser dans la poche de son patron une poignée de seigle. Je ne sais pas ce qu'il a pu lui raconter pour expliquer le seigle, mais, comme je vous l'ai dit dès le début, inspecteur, Gladys Martin était une fille incroyablement crédule. En fait, il n'est rien qu'elle n'aurait été prête à gober pourvu que ce soit un joli garçon qui le lui susurre à l'oreille.

— Continuez, murmura l'inspecteur Neele d'une voix éteinte.

— L'idée, obtempéra miss Marple, était sans doute qu'Albert passerait au bureau ce matin-là, qu'à l'heure où il s'y rendrait le sérum de vérité aurait fait son effet, que Mr Fortescue confesserait son ignominie et que tout finirait pour le mieux dans le meilleur des mondes. Vous imaginez dès lors l'état de la pauvre fille quand elle a appris que Mr Fortescue était mort.

— Mais enfin, objecta l'inspecteur Neele, si tel avait bien été le cas, elle m'en aurait parlé.

— Quel est le premier mot qu'elle vous a dit quand vous l'avez interrogée ?

— « C'est pas moi qui l'ai fait. »

— Je l'aurais parié ! triompha miss Marple. Ne voyez-vous donc pas que c'est exactement ce que ce genre de fille irait vous dire ? Chaque fois qu'il lui arrivait de casser un bibelot, elle m'affirmait invariablement : « C'est pas moi qui l'ai fait, miss Marple. J'y suis pour rien de rien et je sais même pas comment ça a pu arriver. » Elles ne peuvent pas s'en empêcher, ces malheureuses. Consternées par ce qu'elles viennent de faire, elles n'ont qu'une idée en tête : éviter qu'on leur passe un savon. Vous n'imaginez tout de même pas qu'une pauvre gamine affolée qui se rend compte qu'elle a tué quelqu'un sans en avoir la moindre intention va se précipiter pour vous le raconter ? A vous ? Ce serait ne pas tenir compte de son tempérament et de sa mentalité.

Neele se remémora l'interrogatoire de Gladys. La petite bonne lui avait paru affectée, agitée, sur la défensive... terrifiée même, avec son regard fuyant. Autant de signes de culpabilité ou autant de traits de caractère ? Il ne pouvait honnêtement se reprocher son erreur de diagnostic.

— Oui, admit-il. Vous avez sans doute raison.

— Son premier réflexe aura été de tout nier en bloc. Ensuite elle aura confusément essayé de comprendre ce qui avait bien pu se passer. Peut-être Albert n'avait-il pas su à quel point le produit était fortement dosé et s'était-il trompé en lui en confiant une trop grande quantité ? Elle aura cherché des explications et lui aura trouvé des excuses. Elle aura espéré qu'il prenne rapidement contact avec elle, ce qu'il n'aura pas tardé à faire. Par téléphone.

— Vous êtes vraiment sûre de ce que vous me dites là ? gronda Neele.

Miss Marple secoua la tête :

— Non. J'admets qu'il ne s'agit que de présomptions. Mais il y a eu ce jour-là des appels inexpliqués. A savoir que cela sonnait et que, quand c'était Crump ou Mrs Crump qui décrochait, on raccrochait à l'autre bout du fil. C'était bien là ce qu'Albert aurait fait, voyez-vous : multiplier les tentatives jusqu'à ce que ce soit Gladys qui réponde, et lui fixer alors un rendez-vous afin qu'ils puissent se rencontrer d'urgence.

— Je vois. Elle aurait donc eu rendez-vous avec lui le jour où elle est morte ?

— Oui, tout l'indique. Mrs Crump avait raison sur un point : la petite portait ses meilleurs bas nylon et ses chaussures du dimanche. Elle allait donc rencontrer un galant. A ceci près qu'elle n'allait pas *sortir* pour le rencontrer. C'est lui qui allait venir à la Loge aux Ifs. C'est d'ailleurs pour cela qu'elle s'était montrée distraite toute la journée et qu'elle a été en retard pour servir le thé. Et puis, au moment où elle traversait le hall avec le second plateau, je présume qu'elle aura aperçu Bert qui lui faisait signe, au fond du corridor, sur le seuil de la porte latérale. Elle a posé le plateau et a couru le rejoindre.

— Et là, il l'a étranglée.

Miss Marple pinça les lèvres. Puis :

— Cela n'a dû lui prendre que quelques secondes. Il ne pouvait pas, que voulez-vous, courir le risque qu'elle parle. Il fallait qu'elle meure, cette pauvre petite gourde, si sotte et si naïve. Et puis... et puis il lui a planté une pince à linge sur le nez !

Une fureur difficile à maîtriser vibra dans la voix de la vieille demoiselle :

— Il le fallait pour que cela coïncide avec la nursery rhyme. La poignée de seigle, les merles, la tour, le miel dont on se gobergeait, et puis la pince à linge... ce qui se rapprochait le plus d'« un oisillon venu lui béqueter le nez ».

— Ce qui lui vaudra au bout du compte d'être considéré comme ayant agi en état de démence caractérisée, fit lentement Neele, et lui évitera d'être pendu.

— Oh ! si, vous le ferez pendre, prophétisa miss Marple. Parce qu'il n'est pas fou, inspecteur. Pas fou pour deux sous !

L'inspecteur la dévisagea avec intensité :

— Ecoutez-moi, miss Marple, vous venez de m'exposer une théorie. Oui... oui... bien que vous me clamiez votre conviction, ce n'est là qu'une *théorie.* Vous prétendez qu'un homme est responsable de ces crimes, un homme qui se faisait appeler Albert Evans et qui aurait séduit la dénommée Gladys dans un camp de vacances afin de se servir d'elle. Cet Albert Evans serait quelqu'un qui voulait venger la ruine et la mort de son père dans cette vieille affaire de la mine aux Merles. Vous suggérez donc, en fait, que le fils de Mrs MacKenzie, Don, n'est pas mort à Dunkerque ? Qu'il est toujours vivant ? Qu'il se profile en filigrane derrière toute cette affaire ?

Mais, à la stupeur de l'inspecteur, miss Marple multiplia les signes de dénégation :

— Mais non ! mais *pas du tout* ! Je ne suggère rigoureusement *rien de tel.* Ne vous rendez-vous donc pas compte, inspecteur, que toute cette histoire de merles n'est qu'un leurre, qu'un écran de fumée ? Elle a été *utilisée,* un point c'est tout, utilisée par quelqu'un qui avait entendu parler des deux farces macabres de l'été dernier : les merles sur le bureau et les merles dans le pâté en croûte. Ceux-là, ah oui ! ils étaient bien réels. Ils avaient été placés par *quelqu'un d'autre* qui n'était que trop au courant de cette vieille histoire de concession minière et qui voulait se venger. Vengeance bien innocente, au fond, qui se bornait à mettre Mr Fortescue dans tous ses états et à lui faire peur. Je ne crois pas, voyez-vous, inspecteur, qu'on puisse apprendre à des enfants à remâcher leur vie durant de sombres désirs de meurtre. Ils ont beaucoup trop de bon sens pour se laisser endoctriner ainsi. En revanche, si vous savez que votre père a été grugé et qu'on l'a probablement laissé mourir sans soins, vous pouvez avoir envie de jouer un vilain tour à celui qui en est responsable. C'est, je crois, ce qui est arrivé. Et l'assassin s'en est servi.

— L'assassin, martela l'inspecteur Neele. Allons, miss Marple, exposez-moi donc enfin vos petites idées personnelles sur l'assassin. Qui est-ce, selon vous ?

— Vous ne serez pas surpris, déclara la vieille demoiselle. Ou alors bien peu. Car dès que je vous aurai dit de qui il s'agit — ou plutôt de qui je pense qu'il s'agit, car on ne saurait se montrer trop prudent en ces matières —, vous verrez qu'il est bien homme à ne pas reculer devant la perspective de commettre trois meurtres. Il est parfaitement sain d'esprit, remarquablement intelligent et totalement dépourvu de scrupules. Et il a agi par intérêt, bien sûr, pour de l'argent... pour ce qui doit sans doute représenter une colossale somme d'argent.

— Percival Fortescue ?

Il y avait eu comme de l'imploration dans la question qui avait jailli des lèvres de l'inspecteur Neele, et pourtant il s'était avisé, en la prononçant, qu'il faisait fausse route. Le portrait que venait de tracer miss Marple ne ressemblait en rien à celui de Percival Fortescue.

— Oh ! non, rectifia cette dernière. Pas Percival. Lance.

27

— C'est impossible ! décréta l'inspecteur Neele.

Ecrasé dans son fauteuil, il rivait sur miss Marple un regard d'halluciné. Comme elle l'en avait d'ailleurs prévenu, il n'était pas surpris, non. Ce à quoi il venait d'objecter, ce n'était pas à l'idée qu'on puisse s'en prendre à Lance Fortescue : le portrait qu'elle venait d'en brosser à grands traits était suffisamment éloquent pour emporter l'adhésion. Non, son objection tenait à l'absurdité consistant à imaginer que Lance Fortescue avait pu avoir l'opportunité de commettre les trois crimes que la vieille demoiselle lui imputait.

Miss Marple se pencha vers lui et, gentiment, patiemment et de son ton le plus persuasif, un peu à la manière d'une vieille institutrice exposant à un enfant les rudiments de l'arithmétique, entreprit de lui expliquer la situation telle qu'elle l'avait envisagée :

— Il a toujours été ainsi, voyez-vous. Toujours été mauvais, pourri. Pourri jusqu'à la moelle. Encore qu'à côté de ça, il ait invariablement su se montrer d'une grande séduction. Surtout auprès des femmes. D'où il résulte que, quelque entreprise douteuse qu'il ait jamais pu entreprendre, il s'est toujours trouvé davantage de gens pour l'absoudre que pour le condamner. Il était venu l'été dernier voir son père. Je ne crois en effet pas une seconde que ce dernier lui ait écrit ni qu'il lui ait demandé de revenir au bercail... à moins, bien sûr, que vous n'en déteniez la preuve ?

Elle resta suspendue à sa réponse, qui vint tout aussitôt :

— Non, rien ne prouve qu'il lui ait écrit. J'ai par

contre en ma possession une lettre que Lance prétend avoir envoyée à son père après cette visite éclair de l'été dernier. Mais il a aussi bien pu la glisser dans les papiers personnels de Rex Fortescue le jour où il est arrivé ici.

— Très malin de sa part, reconnut miss Marple en hochant la tête. Bref, comme je vous l'ai dit, il était venu l'été dernier entre deux avions pour tenter de se réconcilier avec son père, mais Rex Fortescue n'avait rien voulu savoir. Il convient, voyez-vous, de bien prendre en compte la situation de Lance Fortescue. Il venait de se marier et ses maigres ressources — qu'il complétait sans doute grâce à des expédients plus ou moins avouables — ne lui suffisaient plus. Il était éperdument amoureux de Pat (qui, entre parenthèses, est un ange et une fille adorable) et voulait pouvoir lui assurer le train de vie et la respectabilité qu'elle méritait. Ce qui, de son point de vue à lui, signifiait beaucoup, beaucoup d'argent. Lors de son passage éclair à la Loge aux Ifs, il avait dû entendre parler des fameux merles. Peut-être est-ce son père qui avait mentionné les deux incidents. A moins que ce ne soit Adèle qui l'ait fait. N'importe comment, il en avait aussitôt conclu que la fille de MacKenzie vivait sous le toit familial et qu'elle pourrait tenir lieu de bouc émissaire idéal lors du meurtre. Car, voyez-vous, dès qu'il avait compris que son père ne lui accorderait rien de ce qu'il lui demandait, le recours au meurtre de sang-froid lui avait paru inévitable. Sans doute avait-il mesuré aussi que la santé mentale de son père n'était pas... euh... pas ce qu'elle aurait dû être... et que, de là à ce qu'il meure de sa belle mort, la faillite aurait depuis longtemps emporté tous les actifs de l'entreprise.

— Il était parfaitement au courant de l'état de santé de son père, précisa l'inspecteur.

— Ah, bon ? Ceci explique alors bien des choses. La coïncidence qui fait que son père se soit prénommé Rex ainsi que les épisodes des merles lui auront sans doute rappelé la nursery rhyme de son enfance. Et c'est comme cela qu'il en sera venu à se dire qu'il fallait conférer à toute l'affaire une apparence de folie... et la relier à la vieille menace des MacKenzie. Puis il aura réfléchi ensuite que s'il supprimait Adèle, cela ferait cent mille livres que la firme économiserait. Seulement il faudrait qu'il y ait un troisième personnage : la bonne qui « au jardin son linge étendait »... et j'imagine que c'est ce vers qui lui aura suggéré son plan diabolique. Il userait d'une complice innocente qu'il réduirait au silence avant qu'elle ne puisse parler. Et ce subterfuge lui fournirait ce dont il avait le plus besoin : un alibi à toute épreuve pour le premier meurtre. La suite n'allait guère lui poser de problèmes. Il est arrivé de la gare juste avant 5 heures, au moment précis où Gladys débouchait dans le hall avec son second plateau. Entré par la porte latérale, il lui a alors fait signe. L'étrangler et transporter son cadavre derrière la maison jusque sous les cordes où était étendu le linge à sécher ne lui aura pas pris plus de trois ou quatre minutes. Après quoi il revient sonner à la porte d'entrée, est accueilli sur le seuil et s'en va rejoindre toute la famille pour le thé. Il monte ensuite saluer miss Ramsbottom. Et quand il redescend, il trouve Adèle seule qui « de miel se gobergeait », s'assied à côté d'elle sur le canapé et, tout en bavardant, s'arrange pour lui glisser le cyanure dans son thé. Cela n'a pas dû être bien sorcier, vous savez. Un petit cube de substance blanchâtre, ressemblant à s'y méprendre à un morceau de sucre. Il aura peut-être même tendu la main vers le sucrier et fait mine d'y prendre un morceau pour le laisser tomber comme par mégarde dans sa tasse. Il aura alors dit en riant « Pardonnez-moi, j'ai bien peur de vous avoir rajouté du sucre. » Ce qu'elle lui aura en effet pardonné avec son petit rire de gorge en tournant son thé avec sa cuillère avant de le boire. Cela a dû être aussi audacieux et en même temps aussi facile que cela. Mais de l'audace, nous savons qu'il n'en manque pas.

L'inspecteur Neele réfléchit et murmura lentement :

— Tout ce que vous me dites là est en fait bien possible... oui. Mais je n'arrive pas à voir... non, sincèrement, miss Marple, je n'arrive pas à voir le profit qu'il pouvait espérer tirer de tout ça. Si l'on admet que le vieux Fortescue menait son affaire à la banqueroute, se peut-il que la part d'héritage de Lance ait été néanmoins assez considérable pour le pousser à commettre trois meurtres ? Je ne le crois pas. Je ne le crois vraiment pas.

— Vous avez mis le doigt sur le point délicat, inspecteur, reconnut bien volontiers miss Marple. Oui, je suis pleinement d'accord avec vous. Nous nous heurtons là à une vraie difficulté. J'imagine que...

Elle lui jeta un regard implorant :

— J'imagine que... oh ! je suis si peu au fait de ces problèmes financiers... mais je suppose qu'il est exact et avéré que la mine aux Merles soit rigoureusement sans valeur aucune ?

Neele s'abîma dans ses réflexions. Mille détails lui revenaient à l'esprit. Le souhait exprimé par Lance de débarrasser son frère des actions inconsidérément spéculatives. Ses derniers mots, sur le seuil, lorsqu'il avait conseillé à Percival de lui abandonner la concession de la mine aux Merles accompagnée de la malédiction qui semblait y être attachée. Une mine d'or. Une mine d'or sans valeur aucune. Sans valeur, vraiment ? Et si elle en avait, au contraire ? Seulement cela paraissait bien improbable. Le vieux Rex Fortescue, du temps de sa splendeur, n'aurait jamais fait une telle boulette ! A moins que cette valeur n'ait été connue que récemment... Où diable se trouvait-elle, cette fichue mine ? En Afrique occidentale, avait déclaré Lance. Oui, mais quelqu'un d'autre — est-ce que ce n'était pas miss Ramsbottom ? — l'avait située en Afrique *orientale.* Lance n'aurait-il pas délibérément entretenu la confusion en citant l'ouest au lieu de l'est ? Miss Ramsbottom était certes âgée et perdait un peu la tête, mais il se pouvait fort bien qu'elle ait eu raison contre Lance. L'Afrique orientale... Lance en revenait tout juste, d'Afrique orientale. N'aurait-il pas pu, sur place, apprendre quelque chose d'intéressant ?

Brusquement, comme avec un déclic, une nouvelle pièce vint se mettre en place dans le puzzle de l'inspecteur Neele. Il se revoyait dans le train, se donnant un mal de chien pour tenter de s'intéresser aux nouvelles du *Times. Des gisements d'uranium découverts au Tanganyika.* Et s'ils se trouvaient par hasard sur le site de la mine aux Merles, ces gisements ? Ça expliquerait tout. Lance, étant sur place, aurait compris qu'il y avait là une fortune à saisir. Une fortune énorme !

Il poussa un soupir et leva les yeux vers miss Marple :

— Comment voulez-vous que je puisse jamais prouver une chose pareille ? lui reprocha-t-il comme si elle était à l'origine de tous ses problèmes.

Miss Marple l'encouragea d'un petit signe de tête affectueux, comme l'eût fait une bonne vieille grand-tante au plus doué de ses petits-neveux à la veille d'un examen :

— Vous y arriverez, affirma-t-elle. Vous êtes un garçon très, très intelligent, inspecteur Neele. Cela je m'en suis tout de suite rendu compte. Maintenant que vous savez qui est l'assassin, il doit être plus facile de cerner les preuves de sa culpabilité. Ne serait-ce qu'à ce camp de vacances, par exemple, il se trouvera bien quelqu'un pour reconnaître sa photo. Et il aura du mal à expliquer pourquoi il y a séjourné une semaine sous le nom d'Albert Evans.

Oui, se dit l'inspecteur Neele, Lance Fortescue était aussi malin que dépourvu de scrupules... mais c'était aussi un dangereux casse-cou. Et les risques qu'il avait pris là étaient peut-être un tout petit peu trop considérables.

« Je le tiens ! » songea-t-il. Puis, de nouveau assailli par le doute, il revint à miss Marple :

— Tout cela n'est que pure supposition, j'insiste là-dessus.

— Bien sûr, mais votre religion est néanmoins faite, n'est-ce pas ?

— Je crois bien que oui. Après tout, des individus comme ça, j'en ai déjà rencontrés des tas.

La vieille demoiselle hocha la tête :

— Oui... c'est cela. C'est tellement vrai, ce que vous dites là. C'est surtout à cause de cela que je suis personnellement si *sûre* de ce que j'avance.

Neele la considéra d'un air badin :

— A cause de votre vaste expérience des criminels de tout poil ?

— Oh ! non... bien évidemment non. A cause de Pat... une fille adorable... mais du genre à toujours épouser le vaurien qu'il faudrait fuir comme la peste... c'est surtout cela qui, dès le départ, a attiré mon attention sur lui...

— Même si, en mon âme et conscience, ma religion est faite, comme vous dites, il n'en reste pas moins tout un tas de choses à expliquer... Cette histoire de Ruby MacKenzie, par exemple. J'aurais pourtant été prêt à jurer que...

Miss Marple le coupa :

— Et vous auriez eu raison. Mais vous faisiez encore une fois erreur sur la personne. Allez donc voir Mrs Percy.

*

— Verriez-vous un inconvénient, Mrs Fortescue, demanda l'inspecteur Neele, à me communiquer votre nom de jeune fille ?

— Oh ! hoqueta Jennifer.

Elle semblait épouvantée.

— Vous n'avez aucune raison de vous inquiéter, madame, mais il vaut toujours mieux, croyez-m'en, avouer la vérité. Je ne me trompe pas, n'est-ce pas, en affirmant qu'avant votre mariage, vous vous appeliez Ruby MacKenzie ?

— Mon Dieu, je... oh ! bon, d'accord... oh ! seigneur... oh ! et puis, après tout, quel mal à cela ?

— Aucun, admit avec douceur l'inspecteur Neele. J'ai bavardé avec votre mère, l'autre jour, à la maison de repos de Pinewood.

— Elle m'en veut, je le sais, balbutia Jennifer. Je n'ai jamais osé retourner la voir tellement ça la fait souffrir. Pauvre maman chérie... elle aimait tant mon père.

— Et elle vous a inculqué de très mélodramatiques projets de vengeance ?

— Oui. Elle n'arrêtait pas de nous faire jurer sur la Bible, à mon frère et à moi, de ne jamais oublier, et de le tuer un jour. Mais dès mon premier stage à l'hôpital, quand j'ai commencé mes études d'infirmière, j'ai compris qu'elle n'avait plus, depuis bien longtemps, toute sa tête.

— Cette idée de vengeance, vous l'avez cependant gardée au fond de vous, Mrs Fortescue ?

— Oui, bien sûr. Rex Fortescue avait pratiquement assassiné mon père ! Non que j'aie jamais cru qu'il l'avait poignardé ou lui avait tiré dessus... mais qu'il l'avait bel et bien laissé mourir, ça, oui. Et ça revient au même, non ?

— D'un point de vue moral, si, effectivement.

— J'étais donc bien décidée à le lui faire payer. Aussi, quand j'ai appris qu'une de mes amies soignait son fils, j'ai réussi à la persuader de me laisser prendre sa place. Je ne sais pas au juste ce que j'avais en tête... Je n'avais pas la moindre intention, mais alors là, je vous le jure, inspecteur, pas la moindre intention de *tuer* Mr Fortescue. Tout au plus devais-je me dire obscurément que, si je soignais très mal son fils, ça reviendrait bien vite à le laisser en quelque sorte mourir lui aussi. Seulement il va de soi que, lorsqu'on est infirmière de métier, il est des choses qu'on ne peut plus faire. En réalité, j'ai eu un mal fou à tirer Val d'affaire. Sur quoi il est tombé amoureux de moi et m'a demandée en mariage, et je me suis dit qu'après tout, c'était peut-être encore ça la meilleure vengeance possible : épouser son fils aîné et récupérer du même coup l'argent qu'il avait escroqué à mon père. Oui ça me paraissait la solution la plus raisonnable, et de beaucoup.

— De beaucoup la plus raisonnable, oui, en effet, admit l'inspecteur Neele. C'est néanmoins vous, je suppose, qui avez mis les cadavres de merles sur son bureau et dans le pâté en croûte ?

Mrs Percival rougit jusqu'aux oreilles :

— Oui. C'était idiot de ma part... Mais Mr Fortescue venait de se vanter d'avoir « roulé dans sa vie tout un tas de gogos » et de les avoir « mis sur la paille — en toute légalité comme de bien entendu ». Ce qui fait que l'envie m'a soudain pris de lui... eh bien de lui donner la frousse de son existence. Et ça lui a bel et bien donné la frousse de son existence ! Ça l'a mis dans un état pas possible.

Elle ajouta, anxieuse :

— Cependant, je n'ai rien fait *d'autre* ! Je vous le jure, inspecteur. Vous ne... vous ne croyez honnêtement pas que je serais allée *tuer* quelqu'un, n'est-ce pas ?

L'inspecteur Neele sourit :

— Non, honnêtement... je ne le crois pas.

Il ajouta :

— A propos, est-ce que vous n'auriez pas récemment donné de l'argent à miss Dove, par hasard ?

La question laissa Jennifer pantoise :

— Comment savez-vous ça ?

— Nous savons un tas de choses, Mrs Fortescue, répliqua l'inspecteur avant d'ajouter à part lui : « Et nous en devinons également pas mal. »

Jennifer enchaîna très vite :

— Elle est venue me raconter que vous l'aviez accusée d'être Ruby MacKenzie. Et elle m'a garanti que, moyennant cinq cents livres, elle ne ferait rien pour vous ôter cette idée de la tête... tandis que, pour peu que vous appreniez que c'était *moi*, vous m'accuseriez aussitôt du meurtre de Mr Fortescue et de ma belle-mère. J'ai eu un mal fou à rassembler cette somme, parce que je ne pouvais bien évidemment pas me confier à Percival. Il ne sait rien de mes origines. J'ai dû vendre ma bague de fiançailles en diamant et un très beau collier que Mr Fortescue m'avait offert.

— Ne vous inquiétez pas, Mrs Fortescue, décréta l'inspecteur Neele, j'ai dans l'idée que je ne vais pas tarder à vous récupérer votre argent.

*

Ce n'est que le lendemain que l'inspecteur eut une nouvelle entrevue avec miss Mary Dove.

— J'étais en train de me demander, attaqua-t-il bille en tête, si vous ne me remettriez pas un chèque de cinq cents livres payable à l'ordre de Mrs Percival Fortescue.

Il eut le plaisir de voir l'impassible miss Dove perdre pour une fois contenance :

— Cette espèce d'imbécile vous a tout raconté, je parie.

— Oui. Et le chantage, miss Dove, est un délit qui tombe sous le coup de la loi.

— Vous aurez du mal à me faire passer en jugement sous un tel chef d'inculpation, inspecteur. Il s'agissait tout au plus d'un service — un peu particulier, je vous l'accorde — que je rendais à mon amie Mrs Percival Fortescue.

— Quoi qu'il en soit, si vous me remettiez ce chèque, miss Dove, je serais prêt à fermer les yeux.

A contrecœur, Mary Dove sortit de son sac son chéquier et son stylo.

— Ça tombe on ne peut plus mal, soupira-t-elle. Je suis particulièrement à sec en ce moment.

— Vous n'allez pas tarder à vous mettre en quête d'un nouveau poste de gouvernante, j'imagine ?

— Il va bien le falloir. Je n'irai pas jusqu'à dire que celui-ci ait comblé mes espérances. Il ne m'a guère apporté que soucis et contrariétés.

L'inspecteur Neele en convint :

— Oui, il vous a souvent placé en situation périlleuse. Nous risquions à tout moment d'éplucher vos antécédents.

Mary Dove, qui s'était reprise, s'autorisa un haussement de sourcils :

— Mes antécédents ? Comme vous y allez, inspecteur ! Je jouis d'un passé sans tache, je vous le garantis.

— Je vous le concède bien volontiers, convint Neele, affable. Votre passé est sans tache et votre casier judiciaire vierge. Il est cependant curieux de relever que les trois dernières maisons où vous avez exercé vos talents avec le brio que l'on sait ont toutes trois été cambriolées dans les deux mois qui ont suivi votre départ. Les cambrioleurs ont chaque fois semblé remarquablement renseignés sur les endroits où manteaux de vison, bijoux et autres babioles étaient entreposés. Curieuse suite de coïncidences, ne trouvez-vous pas ?

— Les coïncidences, il s'en produit tous les jours, inspecteur.

— Certes oui, reconnut Neele. Il s'en produit souvent. Mais mieux vaudrait tout de même pour vous qu'il ne s'en produise pas *trop* souvent à l'avenir, miss Dove. Sans quoi nous risquerions de nous revoir un jour prochain.

— Je souhaite... — sans vouloir toutefois vous offenser le moins du monde, inspecteur —, sourit Mary Dove, oui, je souhaite que ce jour-là n'arrive jamais.

28

Miss Marple lissa du plat de la main la dernière couche de vêtements soigneusement pliés dans sa valise, tassa un coin de châle qui dépassait et rabattit le couvercle. Elle jeta un coup d'œil circulaire dans la chambre. Non, elle n'avait rien oublié. Crump entra pour descendre ses bagages. Quant à elle, elle se rendit dans la pièce voisine pour y faire ses adieux à miss Ramsbottom.

— J'ai bien peur, dit-elle, de vous avoir fort mal récompensée de votre hospitalité. J'espère que vous saurez me le pardonner un jour.

— Humph ! renifla miss Ramsbottom.

Elle était plongée, comme à son ordinaire, dans une patience.

— Valet noir sur dame rouge, marmonna-t-elle.

Puis elle jeta à miss Marple un regard de biais :

— Vous avez fini par trouver ce que vous cherchiez, j'imagine ?

— Oui.

— Et je gage que vous avez tout raconté à cet inspecteur ? Vous croyez qu'il sera capable de confondre l'assassin ?

— La recherche d'une preuve accablante risque de lui prendre un petit peu de temps, répondit miss Marple. Mais je suis certaine qu'il y parviendra.

— Je ne vous pose pas de questions, reprit miss Ramsbottom. Vous avez le nez creux. Je l'ai su tout de suite. Et loin de moi l'idée de vous blâmer pour ce que vous avez fait. Le crime et l'ignominie doivent recevoir leur juste châtiment. Il coule dans cette famille un sang mauvais. Et il ne me reste qu'une satisfaction : savoir que cette souillure ne vient pas de notre côté. Ma sœur Elvira était une imbécile. Mais ça n'allait pas au-delà.

» Valet noir, répéta-t-elle, l'index pointé sur la carte. Beau et malfaisant à la fois. Oui, je craignais ça. Bah ! que voulez-vous, on ne peut pas toujours s'empêcher d'avoir un faible pour son prochain dans le péché. Ce garçon a toujours su embobiner son monde. Même moi... Il a menti sur l'heure à laquelle il m'avait quittée, ce jour-là. Je ne l'ai pas contredit, mais je me suis doutée... A partir de ce moment-là, je me suis doutée. Seulement c'était le fils d'Elvira... je ne pouvais pas me résoudre à le dénoncer. Ah ! que voulez-vous, Jane Marple, vous êtes une femme de bien, et le bien doit prévaloir. C'est surtout pour sa femme que je suis navrée.

— Moi aussi, souffla miss Marple.

Dans le hall, Pat l'attendait pour lui dire au revoir :

— Je regrette que vous ne restiez pas davantage. Vous allez me manquer.

— Il est pourtant grand temps que je m'éloigne, lui répondit miss Marple. J'ai mené à bien ce que j'étais venue faire. Cela n'a pas été... une partie de plaisir. Mais il est important, voyez-vous, que le crime et l'ignominie ne puissent triompher.

Pat la considéra d'un air perplexe :

— Je ne vois pas ce que...

— Non, bien sûr, ma chère petite. Mais vous comprendrez forcément tôt ou tard. Et si jamais je puis me permettre un conseil : au cas où un nouvel événement fâcheux viendrait un jour... bouleverser votre existence... le mieux que vous pourriez faire serait de retourner là où vous avez été heureuse enfant. Retournez vivre en Irlande, ma chère petite. Avec vos chevaux et vos chiens. Et tout le reste.

Pat acquiesça de la tête :

— Il m'arrive de regretter de n'avoir pas pris cette décision à la mort de Freddy. Mais si je l'avais fait...

Sa voix prit des intonations très douces :

— Si je l'avais fait... je n'aurais jamais rencontré Lance.

Miss Marple soupira.

— Nous n'allons pas rester ici, vous savez, reprit Pat. Nous comptons retourner en Afrique orientale dès que cette histoire sera tirée au clair. Je ne peux pas vous dire à quel point je m'en réjouis.

— Que Dieu vous bénisse, ma chère enfant, s'attendrit miss Marple. Il faut parfois dans la vie une bonne dose de courage. Mais je sais que vous n'en manquez pas.

Puis, après lui avoir tapoté affectueusement la main, elle s'en fut vers le taxi qui l'attendait devant le perron.

*

Miss Marple arriva chez elle tard dans la soirée.

Kitty — la dernière recrue de l'Orphelinat de St Faith — lui ouvrit la porte et l'accueillit avec enthousiasme :

— J'vous ai préparé un hareng pour vot'souper, miss. Et j'suis rudement contente qu'vous soyez d'retour... même qu'vous allez trouver qu'la maison elle brille comme un sou neuf. Un vrai nettoyage de printemps, que j'vous ai fait tout partout !

— Ça, c'est très gentil, Kitty... moi aussi, je suis bien contente d'être de retour.

Six toiles d'araignées au niveau de la corniche, nota-t-elle. Ces filles étaient incapables de lever le nez ! Mais elle était trop bonne âme pour dire le fond de sa pensée.

— Vot'courrier, il est là sur la table de l'entrée, miss. Même qu'y a une lettre qu'elle est allée à Daisymead par erreur. Le facteur, ça lui arrive plus souvent qu'à son tour, pas vrai ? Faut bien reconnaître que Dane et Daisy c'est quasiment du pareil au même, surtout que c'coup-ci, l'écriture, c'est pattes de mouches et compagnie. Les gens, là-bas, y z'étaient pas là, maison fermée et tout, et c'est que d'aujourd'hui qu'y sont rentrés et qu'y l'ont renvoyée en disant comme ça qu'y z'espéraient qu'c'était pas important.

Miss Marple s'en alla quérir le courrier en question. La lettre à laquelle Kitty avait fait allusion se trouvait sur le dessus de la pile. Les pattes de mouches annoncées lui rappelèrent vaguement quelque chose. Elle la décacheta.

Chère mam'selle,

J'espère que vous m'en voudrez pas de vous écrire comme ça mais je sais plus trop quoi faire vu que je pense pas à mal et que jamais de ma vie j'ai pensé à mal. Chère mam'selle, vous aurez lu dans le journal qu'y disent que c'est un meurtre mais c'est pas moi qui l'ai fait, pas vraiment, parce que je ferais jamais une vilenie comme ça et que je sais aussi qu'il l'aurait pas fait lui non plus. Albert, je veux dire. Je sais pas bien m'expliquer, mais voyez-vous on s'est connus l'été dernier, même qu'on devait se marier seulement Bert avait été comme qui dirait grugé de ses droits par ce Mr Fortescue qu'est mort. Et Mr Fortescue il avait tout nié et bien sûr tout le monde le croyait lui et pas Bert à cause qu'il était riche et que Bert était pauvre. Mais Bert avait un ami qui travaille dans une place où c'est qu'on fabrique ces nouvelles drogues, même qu'y en a une qu'elle s'appelle sérum de vérité que vous avez dû lire des choses dessus dans les journaux et qu'elle fait dire la vérité aux gens même qu'ils en ont pas envie. Bert devait aller trouver Mr Fortescue à son bureau le 5 novembre avec un avocat et moi il fallait que je fasse bien attention à lui donner la drogue à son petit déjeuner pour qu'elle fasse son effet juste quand c'est qu'ils arriveraient et qu'il avoue que tout ce qu'avait dit Bert était vrai. Ce qui fait, mam'selle, que je l'ai mélangée à sa marmelade d'oranges mais maintenant il est mort et je me dis comme ça que la drogue devait être trop forte mais que ça peut pas être la faute à Bert parce que Bert irait jamais faire une chose pareille mais je peux rien dire à la police parce qu'ils iraient penser que Bert l'a fait exprès alors que je sais que c'est pas vrai. Oh ! mam'selle, je sais pas quoi faire ni quoi dire et la police est là dans la maison et c'est affreux à cause qu'ils vous posent tout un tas de questions et qu'ils vous font les gros yeux et que je sais pas quoi faire et que j'ai pas de nouvelles de Bert. Oh ! mam'selle, ça m'ennuie bien de vous ennuyer avec ça mais si que vous pouviez venir ici me prêter la main c'est sûr qu'ils vous écouteraient et vous avez toujours été si bonne avec moi et j'ai jamais pensé à mal ni Bert non plus. Oh ! mam'selle, si seulement que vous pouviez nous venir en aide.

Avec mes respects et tout,

Gladys Martin

P.S. — Je vous mets avec une photo de Bert et moi. C'est un copain qu'était au camp de vacances qui l'a prise et qui me l'a envoyée. Bert sait pas que je l'ai... il aime pas qu'on lui tire le portrait. Mais comme ça vous pouvez voir comment qu'il est bien de sa personne et tout.

La bouche pincée, miss Marple examina la photographie. On y voyait un couple d'amoureux, les yeux dans les yeux. Gladys, lèvres entrouvertes et regard extatique, contemplait le visage de son vis-à-vis... le beau visage souriant de Lance Fortescue.

Comme ça vous pouvez voir comment qu'il est bien de sa personne et tout.

Les larmes perlèrent aux paupières de miss Marple. Et à l'infinie pitié succéda la fureur — la sainte fureur que l'on est en droit d'éprouver à l'encontre d'un assassin dépourvu d'entrailles.

Et puis enfin, balayant ces deux émotions, surgit un sentiment de triomphe, voisin de celui qui envahit le paléontologue lorsqu'il est enfin parvenu à reconstituer le squelette d'un animal disparu depuis des millénaires... à partir d'un fragment de mâchoire et de quelques dents.

Composition réalisée par JOUVE

IMPRIMÉ EN FRANCE PAR BRODARD ET TAUPIN
La Flèche (Sarthe).
Imp. : 36287 – Edit. : 75718 - 06/2006
ISBN : 2 - 7024 - 2917 - 3
Édition : 06